AF398347

Jana Engels wurde 1978 in Berlin geboren. Seit 2002 lebt sie in der Nord-Eifel. Mittlerweile blickt sie auf die Veröffentlichung einiger Romane zurück, in denen es um Liebe, Familie und Verwicklungen geht. Neben Spannung und fesselnden Emotionen findet sich auch immer eine Prise feinen Humors in ihren Geschichten.

JANA ENGELS

Das ERBE *der* TUCH FABRIK

ROMAN

Erstausgabe Dezember 2024

Copyright © 2024 dp Verlag, ein Imprint der
dp DIGITAL PUBLISHERS GmbH
Made in Stuttgart with ♥
Alle Rechte vorbehalten

Das Erbe der Tuchfabrik

ISBN 978-3-98778-970-0
E-Book-ISBN 978-3-98778-976-2

Covergestaltung: ArtC.ore-Design / Wildly & Slow Photography
Unter Verwendung von Motiven von
shutterstock.com: © Ironika, © Jag_cz, © Roman Samborskyi,
© INTREEGUE Photography, © humanaut
Lektorat: Astrid Rahlfs
Satz: dp DIGITAL PUBLISHERS GmbH
Druck und Bindung: Books on Demand GmbH, Norderstedt

1. Neuerungen

„Gute Fahrt, Frau Bergemann." Der junge Mann tippte zum Abschied grüßend an seine Mütze. Mit festem Griff umfasste Edith das Steuerrad ihres Wagens. Sie fuhr schnell und ließ ihn, das Tor der Druckerei und die übrige Stadt alsbald hinter sich. Sie wollte keine unnötige Minute verlieren. Ungeduldig legte sie die knapp dreißig Kilometer zwischen Köln und ihrem neuen Zuhause zurück und ihr Herz hüpfte freudig in der Brust, als sie endlich den hohen, schmalen Schlot aus rotem Backstein entdeckte. Er ragte in den azurblauen Himmel und unermüdlich quollen neue dicke Rauchschwaden aus ihm hervor. Glücklich warf Edith einen kurzen Blick auf die Rücksitzbank. Dort transportierte sie eine besondere Fracht, eine, die ihrem Erfolg die Krone aufsetzte und dieses Glück wollte sie unbedingt mit Franz, ihrem Ehemann, teilen. Er hatte sie in ihrer Arbeit von Beginn an nach Leibeskräften unterstützt. Er war es gewesen, der an sie geglaubt hatte. Ihm hatte sie, entgegen aller Vorbehalte, ihr Vertrauen geschenkt und mittlerweile war sie sich sicher, dass sie ihn tatsächlich liebte, dass er mehr als ein Freund, enger Vertrauter und Geschäftspartner war. Dieses Gefühl der Zusammengehörigkeit, das sich von Tag zu Tag intensivierte, sich auch änderte, das gegenseitige Vertrauen stärkte und sich auch in leidenschaftlicher Sehnsucht zeigte, war wunderbar. Was sie nun erlebte, war vollkommen anders als all das, was sie sich in der Zeit vor ihrer Heirat über die Liebe und Ehe ausgemalt hatte. Der frühlingsfrische Fahrtwind stob ihr durch das geöffnete Fenster ins Gesicht. Die Kirschbäume am Straßenrand mit ihren prächtigen rosafarbenen Blüten zogen schnell vorüber. Immer wieder lösten sich einige der Blättchen und tanzten wie kleine Flocken durch die Sonne. Lächelnd passierte Edith das geöffnete schmiedeeiserne Tor, fuhr auf das Fabrikgelände und hielt vor der Tür zum Kontor. Die Nachmittagssonne strahlte warm und war nun, ohne den Fahrtwind, viel deutlicher zu spüren. Genießerisch schloss sie für einen Moment die Augen und erfreute sich am dröhnenden Klang der Maschinen, der aus dem großen Fabrikgebäude drang.

„Ich werde es allen zeigen." Sie flüsterte ihre Worte, öffnete die Augen wieder und stieg dann aus dem Wagen.

Friedrich Pfennig, ein weiterer Ingenieur, den sie zu Beginn des Jahres eingestellt hatte, um Franz zu entlasten, da dieser nun notgedrungen mehr Termine mit ihr gemeinsam wahrnehmen musste, trat aus dem Warenlager und hob grüßend die Hand. Er war freundlich und verstand seine Arbeit. Sie selbst kannte sich mittlerweile so detailliert aus, dass sie sich ein Urteil darüber erlauben konnte.

Pfennig arbeitete engagiert, zeigte sich im Gegensatz zu früheren Ingenieuren respektvoll und akzeptierte sie in ihrer Position als Chefin des Unternehmens.

Edith lächelte freundlich und winkte kurz zurück, dann betrat sie das Kontor, wo noch die Sekretärin Bettina und der wortkarge Reichenshagen arbeiteten. Sie hatte darüber nachgedacht, das Kontor wegen des begrenzten Platzes zu verlegen, dieses Vorhaben aber angesichts des nicht unbeträchtlichen Aufwandes auf unbestimmte Zeit verschoben. Zudem boten die Räumlichkeiten auch Vorteile. Sie waren zentral gelegen und ermöglichten einen guten Überblick über das Gelände, das gegenüberliegende Fabrikgebäude und das Eingangstor zum Warenlager.

„Hallo, Bettina, gab es irgendwelche Vorkommnisse während meiner Abwesenheit?" Edith zog die Lederhandschuhe aus, nahm das Kopftuch ab und schlüpfte aus ihrem dünnen Mantel. Sie hängte alles ordentlich auf den Garderobenständer neben dem Eingang.

„Nein, keine Vorkommnisse. Es ist alles in bester Ordnung." Bettina, eine hagere junge Frau, die ihr Haar kurz trug und ihre Umgebung immer sehr aufmerksam wahrnahm, widmete sich gleich wieder ihrer Arbeit.

„Das freut mich." Edith seufzte erleichtert und sah sich um. Eine Weile beobachtete sie Bettina beim Tippen. Sollte sie auf Franz oder Reichenshagen warten? Nein.

„Kommen Sie, Bettina. Lassen Sie den Brief, den können Sie später fertig schreiben. Sie müssen mir helfen, die Kartons hineinzutragen."

Vier der mehrere Kilogramm schweren Kartons wuchteten sie in den angrenzenden Flur, der als Durchgang zum Stofflager und Ablageort für Aktenordner diente. Einen stellten sie auf den Schreibtisch, wo Edith ihn ehrfürchtig öffnete, indem sie vorsichtig den Pappdeckel hochhob.

„Na, was sagen Sie dazu?" Behutsam nahm sie eines der bedruckten Blätter heraus und gab es weiter. Noch immer fand sich der bekannte Schriftzug *Tuchfabrik Geldermann* im Briefkopf des neuen Geschäftspapiers, doch darunter war nun der Zusatz *Inh. Edith & Franz Bergemann (Ing)* zu lesen.

Der Notar und auch Tante Luise hatten einige Male insistieren wollen und darauf hingewiesen, dass die Nennung Ediths an erste Stelle für Misstrauen und Irritationen in der Branche sorgen könnte, doch sie hatte sich nicht beirren lassen. Es war ihr Traum gewesen und die Leitung der Fabrik lag nun einmal in ihrer Hand. Dass Franz sie regelmäßig zu Terminen begleiten musste, um in gewissen Kreisen bestehen zu können, verlangte beiden schon viel ab. Ihm, dem solcherlei Geschäftstreffen und Verhandlungen nicht die geringste Freude bereiteten, und auch Edith, die diese geschäftlichen Zusammentreffen gerne selbstständig abgewickelt hätte, war diese Praktik zuwider. Doch ohne Franz an ihrer Seite zierten sich die Herren, waren unentschlossen und misstrauisch.

Edith wusste, dass sie geduldig sein musste. Das Vertrauen in ihre Fähigkeiten würde wachsen, sobald sie bewiesen hätte, über einen längeren Zeitraum hinweg zuverlässig produzieren und liefern zu können und die Zeichen dafür standen gut. Die Fabrik brachte qualitativ hochwertige Stoffe hervor und noch waren die Auftragsbücher voll. Drei Großaufträge waren im letzten Jahr ohne Probleme auf postalischem Wege verlängert worden und hatten gar keiner Verhandlungen bedurft.

Bettina hielt den neuen Briefbogen in der Hand und betrachtete ihn aufmerksam. „Sehr schön, soll ich sofort auf die neuen umstellen?" Sie blickte auf ihr halb fertig getipptes Dokument in der Schreibmaschine.

„Aber nein. So eitel sind wir nun auch wieder nicht und ich sehe auch nicht ein, Material zu verschwenden. Wir brauchen den alten Bestand noch auf. Nur dieses eine Blatt hier werde ich schon nutzen."

Edith legte es auf den Schreibtisch, setzte sich und nahm den neuen Füllfederhalter, ein Weihnachtsgeschenk von Franz, zur Hand. Für einen Moment hielt sie inne, dann schrieb sie in sauberen, geschwungenen Lettern eine Nachricht an ihren Mann und schob den kurzen Brief in ein Kuvert. Als sie aufstand, um sich auf den Weg zum Fabrikgebäude zu machen, öffnete sich knarzend die Tür und der Briefträger Wilkens trat ein.

„Einen schönen guten Tag, die Damen." Der Mittvierziger lüftete wie immer seine Uniformmütze, unter der sich sehr dünnes, leicht gewelltes blondes Haar befand und nickte wichtig.

„Guten Tag", erwiderten Edith und Bettina die Begrüßung gleichzeitig.

Wilkens trat noch einen weiteren Schritt in den Raum und gab den Frauen Zeit, seine Anwesenheit auf sie wirken zu lassen. Edith zog die rechte Augenbraue hoch.

„Die Post ist da", erklärte der Mann das Offensichtliche schließlich in feierlichem Ton. Dann griff er in seine braune Ledertasche, die er an einem langen Riemen über der Schulter trug, und zog mehrere Briefe hervor.

„Diese hier sind geschäftlich und dieser hier …“, er zückte einen einzelnen Umschlag und hielt ihn in der anderen Hand, „… ist für Sie, Frau Bergemann.“

„Herzlichen Dank, ich nehme sie alle.“ Edith warf ihm ein gewinnendes Lächeln zu, übernahm die Sendungen und führte sie trotz der von Wilkens vorgenommenen sorgfältigen Trennung wieder zu einem Stapel zusammen. Sie unterließ es, ihm zu erklären, dass auch die geschäftlichen Briefe für sie bestimmt waren. Er wusste es nur zu gut, gehörte jedoch zu den Menschen, auf welche ebendiese Situation mehr als befremdlich wirkte. Sobald Franz in der Nähe war, wandte Wilkens sich dankbar an ihn. Ein junger Ingenieur in der Unternehmensleitung schien ihm wohl wesentlich besser geeignet als eine junge Ingenieursgattin. Sie hatte einmal mitbekommen, wie er sich Pfennig gegenüber dazu geäußert hatte.

„Keine Frau ist für unternehmerische Tätigkeit geschaffen. Es fehlt im Allgemeinen einfach an Stärke und Rationalität, Durchsetzungsvermögen und Vernunft. Das ist gemeinhin bekannt und auch nicht weiter tragisch, denn dafür haben diese Geschöpfe doch andere Qualitäten, nicht wahr? Ihr Auge für das Schöne, das Angenehme, ist nicht von der Hand zu weisen. Jeder Mann wünscht sich doch, nach einem anstrengenden Tag in ein hübsch geputztes Heim und die fürsorgenden Arme einer wohlwollenden Frau zurückzukehren. Es liegt nun mal in ihrer Natur, sich um das Wohlergehen ihrer Ehemänner und Kinder zu kümmern. So ist es schon vor dem Krieg gewesen und so wird es auch bleiben.“

Edith schluckte die aufsteigende Verärgerung hinunter. Bettina war derweil aufgestanden und hatte den Stapel mit den Briefen für den Versand aus dem Postausgangskorb geholt, um ihn Wilkens mitzugeben. Dieser sah nun alle Umschläge mit fachmännischem Blick durch, wobei Edith ihm seine Neugier, was die Adressaten anging, deutlich ansah. Dann blickte er auf und lächelte zufrieden.

„Wunderbar, meine Damen. Sie haben alles hübsch ordentlich frankiert." Wilkens verstaute die Umschläge und klopfte danach bestätigend auf den Lederdeckel seiner Tasche.

„Sie wissen doch, wir tun, was wir können", erklärte Bettina mit ernstem und ehrfürchtigem Augenaufschlag. Sie wurde von Edith dabei durch kräftiges Kopfnicken bestätigt.

„Aber natürlich, das weiß ich doch", brachte der Postbote mit einem breiten, gönnerhaften Lächeln hervor und nahm Haltung an, um sich zu verabschieden.

„Habe die Ehre!", stieß er hervor, drehte ab und verließ strammen Schrittes das Kontor.

„Habe die Ehre!", äffte Bettina ihn raunend nach. „Das haben Sie alles hübsch ordentlich frankiert." Sie schnitt eine Grimasse und sah Wilkens durch das Fenster nach.

„Schttt", wies Edith sie mit dem Zeigefinger an den Lippen darauf hin, vorsichtig zu sein, konnte sich das Augenrollen und eine sarkastische Bemerkung dann jedoch selbst nicht verkneifen. „Wir wollen doch nicht, dass Wilkens Sie hört und ärgerlich wird. Er ist immerhin eine Respektsperson und wir brauchen ihn doch, damit er uns immer alles hübsch ordentlich erklärt. Verderben Sie es uns nicht mit ihm."

Edith trat zu Bettina ans Fenster und sah ebenfalls hinaus, um sich zu versichern, dass er seinen Weg fortsetzte.

„Ja, Respektsperson …", erwiderte Bettina und begab sich schmunzelnd zurück an ihren Platz, wo sie sich umgehend wieder der Fertigstellung des Schriftstücks in der Schreibmaschine widmete.

Edith sah die Absenderadressen der erhaltenen Post flüchtig durch und legte den kleinen Stapel dann auf ihrem Schreibtisch ab. Die private Post, den Brief, der an sie persönlich gerichtet war, behielt sie in der Hand und zog ihren Brieföffner hervor. Der Umschlag kam aus Hohenfinow, geschickt von keiner geringeren als Ursula von Klein, ihrer Schwester. Ein ganzes Jahr hatten die beiden sich nicht mehr gesehen, zuletzt, als Ursula den jüngsten Sohn des Ministerialrats Heinrich von Klein geheiratet hatte. Gleich darauf war das junge Paar von Berlin ins brandenburgische Hohenfinow übergesiedelt. Wenige Monate später schon, als Edith ihr von der eigenen überraschend bevorstehenden Eheschließung geschrieben und ihre Schwester nach Kerchheim eingeladen hatte, war diese bereits in Umständen gewesen und der Arzt hatte ihr die lange Reise untersagt.

Edith dachte an Ursulas pompöse Hochzeitsfeier, dann an ihre eigene, die in aller Eile und in kleinem Kreis stattgefunden hatte. So war es Edith auch lieb gewesen, doch dass sie auf die Anwesenheit ihrer Schwester hatte verzichten müssen, schmerzte damals wie heute. Sie vermisste Ursula mehr, als sie sich früher hätte vorstellen können.

Obwohl sie in ihrer Rolle als Unternehmerin aufging und kaum Zeit hatte, an andere Dinge zu denken, drängten sich die Gedanken an die Schwester in unerwarteten Momenten in ihr Bewusstsein. So auch jetzt, so sehr, dass ihr Herz sich in der Brust schmerzhaft zusammenzog.

Edith setzte die Spitze des Brieföffners an. Das Papier gab ein feines, leises Geräusch von sich, als sie den Umschlag in einer flüssigen Bewegung zerschnitt. Darin lag ein kleines Blatt, auf dessen vorgedruckten Linien Ursula ihre Zeilen eng und gut leserlich niedergeschrieben hatte. Eilig überflog Edith ihre Worte, stieß mehrfach entzückte Seufzer aus und presste das Blatt anschließend mit einem Lächeln im Gesicht gegen ihre Brust. Sie verharrte einige Sekunden und las den Brief gleich darauf ein zweites Mal. Schließlich prüfte sie das Datum des Poststempels und stellte fest, dass es mehr als zwei Monate für die Zustellung gebraucht hatte. Die leichte Verärgerung darüber wischte sie mit einer schnellen Handbewegung fort und sprang schon wieder auf.

„Ich bin für ein Weilchen drüben", erklärte sie mit leuchtenden Augen. Zusammen mit Ursulas und dem gerade erst geschriebenen Brief für Franz stürmte sie hinaus.

Sie begab sich auf direktem Weg zum großen Tor für die Warenanlieferung und fand ihren Mann wie erwartet in der Wolferei. Er hatte ihr den Rücken zugewandt und beobachtete die Maschine. Am Eingangstor zu diesem Bereich blieb Edith stehen. Sie wollte keinen Schmutz hineintragen und rief laut seinen Namen.

Der Lärm in der Halle war beträchtlich, doch er hatte sie gehört, schob den Krempelwolf in den Leerlauf, was umgehend für Linderung sorgte, und kam ihr entgegen. Edith hielt ihm erwartungsvoll den Brief hin. Sobald er bei ihr war, sprudelte sie auch schon los und machte das Lesen für ihn überflüssig.

„Ursi hat geschrieben. Das Baby ist da, schon längst. Es ist ein Junge und Alfred heißt er. Heinrich platzt beinahe vor Stolz und hat schon einen Fotografen bestellt. Sie wird uns so bald wie möglich ein Bild von dem Jungen schicken und schon im Sommer wollen sie uns besuchen kommen. Ist das nicht großartig?"

„Das sind wunderbare Neuigkeiten. Warum haben sie denn nicht schon vor Wochen angerufen oder telegrafiert?"

„Das weiß ich auch nicht. Womöglich dachte Ursula, dass sie dem Ereignis mit einem Brief besser gerecht werden könnte. Vielleicht frage ich sie in dem Antwortbrief, den ich ihr übersenden werde." Sie grinste schelmisch. „Immerhin sind wir nun Onkel und Tante, unabhängig von Telefon, Telegramm oder Brief."

„In der Tat. Fühlt es sich für dich auch seltsam an?"

„Seltsam? Nein. Ursula hat ihr Leben lang von nichts anderem gesprochen. Mir war klar, dass es eines Tages so kommen würde."

„Auch, was das bedeutet?"

„Wie meinst du das?" Edith sah Franz interessiert an.

„Wir müssen unsere Rolle ernst nehmen. Zusätzlich zu deinem Brief und der Gratulation sollten wir ihnen ein Geschenk zur Geburt machen. Wie denkst du darüber?"

„Ich nehme an, dass du recht hast. Aber was ist dem Anlass angemessen? Eine Wiege und einen Wagen zum Ausfahren werden sie wohl längst haben und auch sonst alles Notwendige für ein Baby. Ich kenne Ursula, sie wird bereits für drei Kinder im Voraus ausgestattet gewesen sein. Sollen wir Geld schicken und sie selbst etwas Geeignetes aussuchen lassen?"

„Das wäre eine Möglichkeit. Eine andere wäre, dem kleinen Alfred etwas zu schenken, das er nicht braucht und was ihm einfach so Freude bereitet."

„Nun, er ist ein Baby. Die sind doch eher genügsam, aber es wird uns schon etwas einfallen. Schau mal, ich habe auch einen zweiten Brief dabei." Sie wechselte abrupt das Thema, holte das Kuvert mit ihrem eigenen kurzen Schreiben hervor und reichte es ihm.

„Was ist das?"

„Ein Briefumschlag mit einem Brief." Edith stöhnte in ungeduldiger Vorfreude und trat dabei von einem Fuß auf den anderen.

„Tatsächlich." Franz schmunzelte. „Ich vergesse immer, welch kluge Frau mich geheiratet hat." Eine aufrichtige Neckerei, die sie verstand und ihm nicht krummnahm.

„Liest du nun endlich?"

Er nickte, entfaltete das Papier und las laut.

Mein lieber Franz, wir wollen die Feste feiern, wie sie fallen. Lass uns heute Abend ausgehen. Edith

„Du lädst mich zum Abendessen ein? Sehr modern." Seine braunen Augen fingen ihren Blick ein, hielten ihn fest und sorgten für eine Beschleunigung ihres

Herzschlags. Franz' Nähe war immer wieder aufregend.

„Schau genau hin. Es gibt etwas zu feiern", forderte Edith nun mit etwas leiserer Stimme, jedoch ohne weniger Ungeduld. Sie beobachtete, wie er sich den Bogen genauer ansah und atmete glücklich aus, als er erkannte, worum es ging.

„Das neue Briefpapier ist da."

Sie nickte und platzte beinahe vor Stolz. Wieder ruhten seine Augen auf ihr und versetzten sie in eine angenehme Unruhe.

„Es ist schön, die Freude mit dir zu teilen", flüsterte sie angetan.

„Wir sollten unbedingt ausgehen. Sobald ich hier fertig bin." Er warf einen Blick auf seine Armbanduhr und zog sie vorsorglich auf. „Gib mir eine Stunde. Dann ist es Viertel vor vier. Die letzten fünfzehn Minuten werden Pfennig und Lindweiler problemlos alleine schaffen."

Lindweiler war Vorarbeiter in der Fabrik. Ein angenehmer Zeitgenosse, der schon einige Jahre bei Geldermanns angestellt gewesen war und diesen Posten nach Dietrichs Weggang übernommen hatte.

„Abgemacht", erwiderte Edith in freundlich geschäftlichem Ton. „Ich werde mich noch um die andere Post kümmern und Bettina etwas früher nach Hause schicken."

„Dann treffen wir uns in einer Stunde. Wohin wollen wir gehen?"

„In ein dem Anlass angemessenes Etablissement. Wie wäre es mit dem *Bellevue* am Marktplatz? Die Küche ist ausgezeichnet und ich habe große Lust auf ein Glas

Champagner. Außerdem beschwert sich dort niemand darüber, dass ich kein Kleid trage", erklärte sie und hatte damit wohl ihr tragendstes Argument hervorgebracht.

2. Besuch von Tante Luise

„Komm herein, schön, dich zu sehen", begrüßte Edith ihre Tante. Sie umarmte Luise herzlich, als diese durch die Haustür in den Flur des Wohnhauses getreten war.

„Grüß dich, Edith. Ich komme hoffentlich nicht ungelegen? Vielleicht hätte ich mich doch anmelden sollen."

„Nein, so weit kommt es noch, dass du dich in deinem eigenen Hause anmelden musst. Du bist hier immer willkommen." Edith lächelte und führte Luise durch den Flur ins Wohnzimmer.

„Das weiß ich doch, Liebes", seufzte diese und sah sich auf dem Weg dorthin wehmütig um. Nur einen kleinen Teil des Mobiliars hatte sie hinüber in ihr neues Zuhause bringen lassen. Der Rest der Einrichtung in diesem Haus erinnerte noch zu deutlich an ihre gemeinsame Zeit mit Leopold.

„Aber die Zeiten haben sich geändert", fuhr sie fort. „Dies ist nun euer Heim, deines und Franz'. Ich bin in meinem neuen Zuhause gut aufgehoben. Es sind so seltene Tage wie heute, an denen mich die Sehnsucht überkommt. Dann werde ich unruhig und ehe ich mich versehe, stehe ich vor deiner Tür und klopfe."

„Du weißt, dass du immer willkommen bist, egal wann dich die Sehnsucht quält. Setz dich und trinke einen Kaffee mit mir. Ich habe gerade welchen kochen lassen und wollte die alten Auftragsbücher durchgehen." Sie schob Luise einen der Stühle an den Tisch, auf dem sich verschiedene Ordner mit Dokumenten befanden, daneben stand ein Wägelchen mit weiteren Ordnern.

„Du arbeitest hier im Wohnzimmer?" Luise gab sich kaum Mühe, ihre Überraschung zu verbergen.

Edith nickte und begegnete ihr mit einem entschuldigenden Blick. „Keine Sorge, das ist nur ein vorrübergehender Zustand. Im Kontor läuft das Tagesgeschäft und es mangelt mir dort an Platz, zusätzlich noch die alten Papiere durchzugehen."

„Gibt es einen besonderen Grund dafür?" Luise klang sofort besorgt.

„Ja. Ich trage zusammen, wer einmal Kunde war und welche Stoffe gekauft hat. Ich habe mir überlegt, dass wir jetzt, da sich die wirtschaftliche Lage wieder erholt, schauen müssen, welche Geschäfte wir wieder aufnehmen können. Der Aufschwung ist zu spüren und es wird noch besser werden, davon bin ich überzeugt. Es wäre doch großartig, wenn wir ehemalige Kunden erneut gewinnen könnten."

„Habt ihr Sorgen?"

„Nein, noch nicht. Die Produktion läuft gut und es gibt keinen Grund zur Klage. Aber du kannst dir vorstellen, dass einige unserer Geschäftspartner misstrauisch sind und sich zudem auch noch für klüger halten. Sie wollen die Preise drücken und reden abwertend daher, um mich in Bedrängnis zu bringen. Wenn ich ehemalige Kunden wiedergewinne, können wir uns noch besser positionieren und unseren Umsatz noch etwas erhöhen. Mein Traum ist es, die Fabrik irgendwann zu erweitern. Aber komm, ich will nicht mit dir über Geschäftliches reden, es gibt so viele andere Dinge zu besprechen." Edith stapelte die Ordner übereinander und räumte sie auf das kleine Wägelchen. Sie ließ das Hausmädchen den Kaffee und ein paar Plätzchen servieren.

„Nun bin ich gespannt", begann Tante Luise, als die beiden wieder alleine waren. „Um welche wichtigen Dinge handelt es sich denn? Was hast du für Neuigkeiten zu berichten?"

„Ursula hat geschrieben. Das Kind ist da. Sie und Heinrich sind Eltern eines kräftigen Jungen. Alfred heißt er. Schau hier …", Edith sprang sofort wieder auf und zog beinahe das Tischtuch mit sich, als sie zum großen Schrank hinüber ging und einen Teddybären hervorholte. „… den haben Franz und ich vor einigen Tagen in der Stadt gekauft. Darüber wird sich der kleine Mann wohl freuen." Sie gab den mit Stroh gefütterten Bären an Luise weiter, die ihn genau betrachtete und dann auf ihren Schoß setzte.

„Ein niedliches Spielzeug. Habt ihr etwa vor, nach Hohenfinow zu reisen?"

„Aber nein, wie könnte ich die Fabrik nach nur wenigen Monaten sich selbst überlassen? Ich werde ihn gut verpacken, ein paar nette Zeilen dazu schreiben und die Sendung dann bei der Post aufgeben."

„Ursula wird sich gewiss darüber freuen und Alfred auch, wenn er alt genug ist. Was schreibt Ursula sonst noch?"

„Sie erholt sich gut und ihr Sohn ist offenbar ein wahrer Wonneproppen, der brav sein Fläschchen trinkt und kaum weint. Sie plant, schon bald wieder Gäste zu einer Gesellschaft einzuladen. Heinrich hat eine gute Stelle und wenn er weiterhin die richtigen Leute kennenlernt, ist ihm ein baldiger Karrieresprung gewiss.“

„Hört, hört. Unsere Ursi ist sehr ambitioniert. Wer hätte das gedacht …“

„Ich. Sie hat immer betont, dass sie eine herausragende Ehefrau und Mutter werden wolle. Es ist solch ein Glück, dass sie ihr Licht nicht mehr unter den Scheffel stellt und sie liebt ihren Heinrich sehr.“

„Ja, ihr beide habt großes Glück, denn du liebst doch deinen Franz auch“, stellte Luise leise fest. Sie ließ ein Stück Zucker in ihren Kaffee fallen und rührte bedächtig um.

„Du hast recht, aber bei uns ist es doch etwas vollkommen anderes als bei Ursula und Heinrich“, gab Edith sehr leise zurück.

„Keine Ehe ist wie die andere, da mach dir mal nichts vor. Du wirst deinen Weg mit ihm gehen, davon bin ich überzeugt.“

Beide Frauen lächelten sich einen Augenblick schweigend an, dann warf Edith einen Blick auf die Aktenordner, woraufhin Luise erneut das Wort ergriff.

„Versprich mir, dass ihr euch trotz der Arbeit und der Vielzahl an Aufgaben in der Fabrik Zeit füreinander nehmt. Euch zwei muss mehr als dieses Unternehmen verbinden.“

„Aber das tut es doch“, warf Edith ein.

„Ja, jetzt. Vergiss es nur nicht und gönne euch hin und wieder eine Auszeit, wenigstens für ein paar Tage. Leopold und ich haben es über all die gemeinsamen Jahre nicht geschafft und am Ende bereut."

„Wie meinst du das? Ihr führtet doch eine glückliche Ehe."

„Das stimmt. Aber wir haben auch immer davon geträumt, einmal eine lange gemeinsame Reise zu unternehmen. Letztlich kam immer etwas dazwischen, sodass wir sie wieder und wieder verschoben haben. Dann kam der Krieg und schließlich hatten wir unser Vorhaben sogar vergessen. Vielleicht wäre es etwas anderes gewesen, wenn wir Kinder bekommen hätten, aber so ... All unsere Arbeit, unsere Zeit, unsere Kraft steckten wir in dieses Haus, den Garten und die Fabrik." Luise strich behutsam mit der flachen Hand über das Tischtuch. Sie räusperte sich verlegen, bevor sie weitersprach, worauf Edith sie eindringlicher ansah.

„Ich habe das Gefühl, da ist noch mehr, was du mir sagen willst."

„Du täuschst dich nicht. Ich denke, es wird dir nicht gefallen, aber ich frage dich trotzdem: Habt ihr darüber gesprochen, wie es wird, wenn ihr Kinder bekommt?"

Edith hielt für eine Sekunde den Atem an. Luise hatte recht. Die Wendung des Gesprächs gefiel ihr nicht. Langsam nahm sie die Kaffeetasse und führte sie in bemerkenswert ruhiger Bewegung zum Mund. Sie nahm einen Schluck, stellte sie wieder ab und lächelte ihre Tante offen an.

„Du vergisst, mit wem du sprichst, Tante Luise. Ich bin es, Edith. Erinnere dich an meine Worte. Ich wollte niemals heiraten und auch niemals Kinder bekommen."

„Nun, du wolltest niemals heiraten und nun bist du doch Frau Bergemann. Und erzähle mir nicht, dass die Fabrik dein einziger Beweggrund dafür war. Das nehme ich dir längst nicht mehr ab. Du hast es eben selbst gesagt, Franz und dich verbindet mehr. Alles andere wäre auch ein Jammer." Luise schmunzelte und ihre Wangen erröteten in Anbetracht dieser offenen Unterhaltung.

Edith gab nach. „Nun, diesbezüglich muss ich gestehen, dass es sich um ein unerwartetes Wunder und eine glückliche Fügung handelte, dass Franz und ich uns hier begegnet sind und bisher habe ich es keinen Tag bereut."

Luise lächelte zufrieden über diese erneute Bestätigung.

„Allerdings steht das Thema Kinder auf einem vollkommen anderen Blatt. Ich traue mir zu, eine Fabrik zu leiten, aber Kinder bekommen? Nein. Dafür haben wir doch unsere Ursula." Edith schüttelte entschieden den Kopf und fuhr fort. „Ich bin glücklich mit Franz und wir zwei kommen gut miteinander aus. Mit der Arbeit und der Verantwortung sind wir vollkommen beschäftigt. Stell dir nur vor, wie es Ursula ging. Sie war monatelang krank, als sie Alfred erwartete."

„Das heißt doch nicht, dass es dir ebenso ergehen wird. Leopold und ich hätten gern eine Familie gehabt und über kurz oder lang wird sich auch bei euch Nachwuchs einstellen."

„Glücklicherweise gibt es Möglichkeiten, dies zu verhindern." Edith sprach ihre Worte mit besonderem

Nachdruck aus, woraufhin Luise den Teddybären auf
ihrem Schoß verlegen betrachtete.

„Natürlich, es war auch nur so ein Gedanke und wir
müssen das Thema keinesfalls vertiefen." Luise gab
Edith das Stofftier wieder zurück und rutschte nervös
auf ihrem Stuhl herum.

Unangenehme Stille breitete sich aus. Erst als Edith
aufstand und das Geschenk für den kleinen Alfred wieder im Schrank verstaut hatte, löste sich Luises Anspannung wieder.

„Ursprünglich wollte ich mit dir auch übers Reisen
plaudern. Weißt du, Leopold und ich haben große Unternehmungen immer vor uns hergeschoben. Ich
möchte nicht, dass es euch genauso ergeht wie uns und
du dich eines Tages als Witwe fragst, wie all die Jahre
verflogen sind."

„Keine Sorge, Franz und ich werden gewiss einmal gemeinsam verreisen und ich meine damit nicht nur einen Besuch bei Ursula. Sicherlich werden wir dies
nicht so ausschweifend veranstalten wie Mutter und
Vater, welche die von Kleins in geradezu unangenehmer Weise wie die Schmeißfliegen umschwirren."

„Edith, lass sie nur nicht hören, wie du von ihnen
sprichst."

„Keine Sorge. Es wird unter uns bleiben. Aber denk
dir, derzeit halten sie sich in Ungarn auf. Sie haben sich
ein Abenteuer vorgenommen und wollen das Land
vollständig mit der Bahn durchqueren. Anschließend
werden sie sich in einem Schlösschen am Balaton wo-
chenlang herrschaftlich von der Aufregung und den
Strapazen erholen."

„Nun, ihr müsst es wohl nicht gleich in diesem Maße übertreiben. Ich dachte an etwas weniger Ausuferndes."

„Ich verspreche, liebe Tante, dass ich darüber nachdenken und das Gespräch mit Franz suchen werde." Edith trank ihren Kaffee aus und schob die Tasse beiseite. „Lass uns nun von dir sprechen. Hast du deinen Traum vom Verreisen denn aufgegeben?"

„Du wirst es nicht glauben, das wäre beinahe der Fall gewesen. Aber nun stellte sich heraus, dass ein Teil der Frauen aus dem Handarbeitskreis gerade darüber debattiert."

„Wie schön, dass du dich noch immer fleißig mit ihnen triffst."

Edith erinnerte sich dankbar an den selbstlosen Einsatz und die Unterstützung, die ihr von einigen der Frauen entgegengebracht worden war. Gerade die beiden Juristinnen hatten mit ihrem Vertrag über die Gütertrennung, der Vereinbarung, die Edith im Falle einer Scheidung vor der Mittellosigkeit und dem Verlust der Tuchfabrik bewahrte, Großartiges geleistet. Ohne die Sicherheit dieses Papiers hätte sie sicherlich nicht geheiratet, weder Franz noch irgendjemand anderen. *Ich sollte Tante Luise bald wieder einmal dorthin begleiten*, ging es Edith durch den Kopf.

„Selbstverständlich. Dieser Austausch ist doch viel wert. Zudem werde ich oft nach dir gefragt und gebe bereitwillig Auskunft. Viele von ihnen haben ein sehr wachsames Auge auf dich und ihre Ohren überall. Falls ihnen Intrigen oder üble Machenschaften gegen die junge Fabrikantin Bergemann zugetragen werden, erfahre ich es umgehend."

„Muss ich mir Sorgen machen?" Edith warf ihrer Tante einen prüfenden Blick zu und zog dabei skeptisch die Augenbrauen zusammen.

„Ach, Gott bewahre. Im Moment sieht alles ruhig aus. Aber man kann leider nie wissen. Ich hoffe natürlich, dass dein Aufwand hier gar nicht notwendig ist." Luises Blick streifte das Wägelchen mit den Dokumenten.

„Das kann gut sein, wenn man die üblichen Vorurteile und die damit einhergehende Gegenwehr mal außen vorlässt." Verärgert stützte Edith sich auf die Unterarme und schürzte die Lippen.

„Genau die waren es doch, vor denen Leopold dich gewarnt hat und ich finde, dass du dich bis jetzt ausgezeichnet bewährst. Fast mache ich mir Sorgen, du könntest dich übernehmen, wenn du deine Pläne, zu expandieren, zu früh in die Tat umsetzt. Lass dir Zeit, dann fügt sich sicherlich alles."

Luise war nun wieder die sanfte, in sich ruhende Ratgeberin. Trotzdem stand Edith gerade nicht der Sinn danach, dieses Thema mit ihr zu vertiefen.

„Dein Wort in Gottes Ohr. Lass uns doch wieder zu deinen Reiseplänen zurückkehren. Wo soll es denn hingehen?"

„Reisepläne?" Luise schüttelte verneinend den Kopf. „Die habe ich noch lange nicht. Es sind erst einmal nur so Gedanken, die mir durch den Kopf gehen. Ich muss noch herausfinden, ob es für mich infrage kommen könnte, mich den anderen anzuschließen. Nicht unerheblich ist, um welche Art Reise es sich handelt. Im Moment ist die Rede davon, in den Schwarzwald zu fahren."

„Schwarzwald", wiederholte Edith. „Das klingt doch fein. Vielleicht solltest du nicht lange darüber nachdenken. Wie wäre es, wenn du dich spontan entschließen würdest, mitzufahren?"

„Schau einer an, da ist jemand schnell dabei. Du willst mich doch nicht loswerden?" Edith fing den prüfenden Blick auf, den Luise ihr über den Rand ihrer Brille hinweg zuwarf.

Sofort beschwichtigte sie. „Keinesfalls, liebe Tante. Doch wenn du schon so lange auf eine große Reise wartest, solltest du dich endlich aufmachen und deinen Traum wahr werden lassen. Wenn schon nicht *mit* Onkel Leopold, dann wenigstens *für* ihn. Er sähe das sicherlich genauso wie ich."

„An den Schwarzwald hatten dein Onkel und ich dabei eher nicht gedacht. Eher an die Küste mit Tagen am Meer und den gellenden Schreien der Möwen über den Fischerbooten." Luise geriet ins Schwärmen.

„Auch eine schöne Vorstellung. Fang doch erst einmal mit dem Schwarzwald an, bevor du dich wie Magellan ins Abenteuer stürzt. Wenn dir die gemeinsame Reise gefallen hat, schlägst du ihnen das Meer vor. Ich kann mir vorstellen, dass sich Interessentinnen dafür finden werden."

„Liebe Edith, du hast recht. Ich werde den Anfang machen und mich um die Reise in den Schwarzwald kümmern. Alles andere wird sich finden. Ich danke dir sehr für deine Gesellschaft und ich hoffe, du nimmst mir nicht übel, dass ich meine Nase in deine Angelegenheiten gesteckt und dich von der Arbeit abgehalten habe."

„Hast du das?" Edith lächelte nachsichtig. „Ich schätze deinen Rat und deine Fürsorge, liebe Tante, und ich weiß, dass dies alles mit Wohlwollen geschieht. Gräme dich nicht, es war doch ein erquickliches Gespräch."

Sie erhoben sich von ihren Stühlen und Luise umarmte Edith noch einmal herzlich. „Alles ist so anders ohne Leopold und ohne die Fabrik. Ich habe nun Zeit für all die Dinge, die ich immer vor mir hergeschoben habe. Ich muss auf meine alten Tage noch lernen, damit umzugehen und sie auch in die Tat umzusetzen. Ich verlasse dich also mit einem guten Vorsatz. Gleich morgen fahre ich in die Stadt und lasse mir die Prospekte zeigen."

Sie waren bereits an der Tür angelangt. Auch für Edith war es ungewohnt, ihre Tante, deren Gast sie früher hier gewesen war, hinauszubegleiten und zu verabschieden. „Danke für deinen Besuch. Komm jederzeit wieder."

„Danke, für den Kaffee und dein offenes Ohr. Grüße Ursula herzlich von mir … oder nein, ich werde ihr selbst schreiben und zur Geburt gratulieren."

„Es hat mich gefreut, dass du mich besucht hast."

„Und jetzt freust du dich, dass ich wieder gehe." Luise und Edith waren bereits auf den Hof hinausgetreten.

„Aber doch nur, um mich weiter in die alten Papiere zu vertiefen."

„Selbstverständlich. Bis bald."

Edith wartete, bis Luise in ihr Auto gestiegen und vom Gelände gefahren war. Dann sah sie sich prüfend um, nickte zufrieden und begab sich wieder ins Haus.

3. Ein neues Leben in Hohenfinow

„Bis heute Abend, meine liebe Ursi", verabschiedete sich Heinrich und küsste seine Frau zärtlich auf die Wange. Für einen Moment hielten sie sich bei den Händen, dann setzte Heinrich seinen Hut auf und ließ sie an der Haustür des stattlichen Landhauses zurück. Nach ihrer Heirat und dem damit verbundenen Umzug hatte er eine gute Stelle im Landratsamt angenommen und verwaltete seit kurzem einen eigenen Bezirk. Jeden Morgen um acht verließ er seither pünktlich das Haus und fuhr in seine Amtsstube, nicht aber, ohne zuvor mit seiner Gattin zu frühstücken und ihr seine Zuneigung in Form von kleinen Aufmerksamkeiten zu beweisen.

Ursula genoss ihr neues Leben in Hohenfinow, vor allem, da Heinrich und sie nun, sah man von Alfreds Geburt ab, endlich wieder unter sich waren. Die besondere Zuwendung, mit der ihre Mutter Henriette sie in den Monaten vor und nach der Hochzeit plötzlich bedacht hatte, war anstrengend und leicht als Manöver zu durchschauen gewesen. Sie hatte viel Zeit bei Ursula verbracht und sich mit ihren Ideen gefragt oder ungefragt eingebracht. Zumindest so lange, bis sich neue, interessantere Unternehmungen ergeben hatten. Nach einigen längeren Besuchen in Hohenfinow genossen Doktor Ziegler und seine Gattin ihren gesellschaftlichen Aufstieg nun in vollen Zügen, hauptsächlich in Gesellschaft der von Kleins. Sie kosteten das Zusammensein mit der feinen und einflussreichen Berliner Gesellschaft aus, zu deren engerem Kreis sie nun gehörten.

Schon wieder waren Ursulas Gedanken bei ihrer Mutter, doch ihren Mann hatte sie derweil nicht aus den Augen gelassen. Heinrich, mittlerweile an seinem Wagen angekommen, drehte sich nochmals zu ihr um, lächelte und stieg ein. Ursula winkte ihm mit ihrem Taschentuch nach, bis das schwarze Auto in der Ferne hinter den Alleebäumen verschwunden war. Sie stieß einen Seufzer aus, randvoll gefüllt mit Glück und Sehnsucht. Dann wandte sie sich um und ging zurück ins Wohnhaus.

„Gnädige Frau ..." Im kleinen Foyer kam ihr eines der Dienstmädchen entgegen. Es trug einen Weidenkorb mit Tüchern und Möbelwachs. Ursula nickte und es begab sich in eines der Zimmer, wo es sofort damit begann, die Schränke abzuräumen, um die regelmäßige Reinigung und Pflege des Holzes vorzunehmen.

Es ist doch wunderbar und heimelig geworden, dachte Ursula und sah sich zufrieden um. Sie stand in der Tür, beobachtete das Hausmädchen bei der Arbeit und versank nach und nach in ihren Gedanken.

Im ersten Jahr ihrer Ehe hatte sie sich intensiv um passendes Mobiliar und die Einrichtung des Haushaltes gekümmert. Hierbei war Henriette ihr kaum von der Seite gewichen und hatte darauf bestanden, ihre Wünsche und Vorstellungen einfließen lassen zu dürfen.

„Du hast noch nicht das richtige Auge dafür, aber das ist auch kein Wunder. Das Gefühl für Ästhetik und ansprechende Raumausstattung hat man oder eben nicht. Lass mich das erledigen. Du willst dich doch nicht blamieren ..." So oder ähnlich hatte Henriette sich immer wieder geäußert und dabei honigsüß gelächelt, bis Ursula ihr in einigen Zimmern das Regiment überlassen hatte. Wie hätte sie all das auch allein bewältigen sollen, noch dazu in ihrem Zustand?

Das Landhaus, in dem sie nun mit Heinrich wohnte, war größer, als sie erwartet hatte und wesentlich größer als die Stadtvilla, in der sie aufgewachsen war.

„Letzten Endes bin ich froh, mich nicht alleine damit befassen zu müssen, welche Stücke nun entsorgt, restauriert oder neu angeschafft werden sollten. Außerdem lenkt die Möbelfrage Mutter etwas von der aufgesetzten und ungewohnten Fürsorglichkeit für mich ab", hatte sie Heinrich eines Abends erschöpft gestanden.

Er hatte nur gelächelt und sie in den Arm genommen. „Soll sie sich austoben. Ich freue mich darauf, wenn wir erst allein sind."

„Mit dir könnte ich überall wohnen und glücklich sein", hatte sie leise entgegnet und trotz ihrer Zuversicht hatte es einige Zeit gedauert, bis sich Ursula an ihre neue Heimat gewöhnt und in die neuen Abläufe eingefunden hatte. Das Leben auf dem Barnimer Land war ein vollkommen anderes als in Berlin und auch vollkommen anders als in Kerchheim. Es gab weder

Fabriken noch enge Straßen. Im Vergleich zur Hauptstadt zeigte sich die Gegend so unfassbar weit. Die zwischen den Bauernhöfen befindlichen großen Flächen dienten als Acker, Weide oder Wiese. In ihrer neuen Heimat gab es kaum Lärm, es war idyllisch und sie mochte diese Ruhe. Besonders angetan hatte es Ursula der Hohenfinower Wald mit seinen Kiefern. Sie liebte die schlanken hellbraunen Stämme, die dicht an dicht wuchsen und erst in schwindelnder Höhe ihre kleinen Kronen ausbildeten, um ein luftiges Dach zwischen Himmel und Erde zu bilden. Es quietschte und knirschte sonderbar in den Stämmen, wenn der Wind diese in Schwingung brachte. Der lockere Sandboden war immer dicht mit braunen getrockneten Kiefernnadeln bedeckt. An anderen Stellen breitete sich Blaubeerkraut üppig auf dem Waldboden aus. Oft dachte Ursula daran, wieder einmal einen Spaziergang zu unternehmen, so wie damals, als Heinrich und sie hier angekommen waren und auf diese Weise viel Zeit allein miteinander hatten verbringen können.

Nun seufzte sie erneut, fand wieder in die Gegenwart. Das Hausmädchen war noch immer mit seiner Arbeit beschäftigt. Ursula strich sich sanft über den unteren Bauch, in dem sich das zweite Kind ankündigte. Alle ihre Träume und Hoffnungen hatten sich erfüllt. Aus ihr war eine glückliche Ehefrau und Mutter geworden und sie würde ihrem Mann zudem eine hervorragende Dame der Gesellschaft sein.

Mit einem zufriedenen Lächeln auf den Lippen wandte sie sich ab und ging ins Frühstückszimmer. Dort stand noch immer die Kanne mit dem Morgenkaffee und Ursula beschloss, sich eine weitere Tasse davon zu gönnen. Wollte sie heute überall nach dem Rechten sehen, musste sie sich entsprechend stärken. Sie nahm an dem runden Eichentisch Platz und ließ ihren Blick aus dem Fenster gleiten, während sie an ihrem Getränk nippte.

Das alte Anwesen bestand aus einem großen Haupthaus, welches stattliche zwölf Zimmer zählte. Hinzu kamen die beiden Nebengelasse, in denen die Hausangestellten arbeiteten und zum Teil auch wohnten. Es gab einen Wirtschaftshof mit Stallungen für Pferde, Kühe, Schweine und Federvieh sowie einen Gemüsegarten. Manchmal ertappte sich Ursula dabei, wie sie aus dem Fenster im zweiten Stockwerk hinausstarrte und ihre Gedanken um die Suppenküche in der Tuchfabrik kreisten. Seit sie aus Kerchheim zurückgekehrt war, hatte sie solche Arbeiten nicht mehr erledigt. Es gehörte sich nicht für eine Frau ihres Standes, das wusste sie nur zu gut. Dafür gab es hier auch Köchin und Küchenmädchen und die ließen sich ungern in die Töpfe schauen.

Ursulas Hauptaufgabe bestand in ihrem neuen Leben darin, Kontakte zu den wichtigen Damen und Herren der Gesellschaft zu knüpfen und zu pflegen. Dies gelang am einfachsten mit Einladungen zu kleinen Vergnügungsfesten. Die ersten Veranstaltungen dieser Art hatte Ursula zunächst mit Unterstützung ihrer Mutter, später allein ausgerichtet und bereits wichtige Menschen kennengelernt. Sich mit den Gattinnen hochrangiger Beamter einträglich zu halten, war beinahe bedeutender, als den Beamten selbst zu gefallen, das hatte Henriette ihr immer wieder eingeschärft. Doch als sich

Alfred schon wenige Monate nach der Hochzeit angekündigt hatte, musste sie sich zurücknehmen, was ihr anfänglich Kummer bereitet hatte, denn sie wollte ihren Ehemann keinesfalls enttäuschen, sondern ihn in allen Belangen tatkräftig unterstützen. Gerade als Ursula sich in die stetige Anwesenheit ihrer Mutter hineingefunden hatte, war diese wie ausgewechselt gewesen und hatte ihre neuen Pläne verkündet.

„Diese ewig gleichen Feste sind auf Dauer nichts für eine Frau meines Formats. Für dich sind sie genau richtig, aber für mich zu eintönig und unspektakulär. Zudem gibt es eine Vielzahl von Einladungen, die ich bisher zu deinen Gunsten ausgeschlagen habe. Nun ist es an der Zeit, nach Berlin zurückzukehren. Das verstehst du hoffentlich und erwartest nicht von mir, dass ich länger hier verweile. Es wäre doch eine Unverschämtheit, wenn ich jemanden verärgerte. Dieses Opfer zu bringen, wirst du nun wirklich nicht von mir erwarten, Ursula." Henriette hatte sich schnell in Erregung geredet, obwohl ihre Tochter nicht ein einziges Widerwort gegeben hatte.

Da war sie wieder, die wahre Henriette Ziegler, so, wie Ursula ihre Mutter von klein auf kannte, wenig empathisch und egozentrisch. Zum Verdruss, den der Ton und die Worte der Mutter in ihr hervorgerufen hatten, hatte sich sehr schnell Erleichterung gesellt. Der Umgang mit Henriette fiel Ursula wesentlich leichter, wenn diese ihrem gewohnten Zynismus freien Lauf ließ.

„Auf Wiedersehen, mein Kind, und schreibe mir. Wir lassen die Post nachsenden, wenn wir auf Reisen sind", hatte Henriette spitz erklärt und zwei Küsschen links und rechts von Ursulas Gesicht in der Luft platziert. Sie hatte ohne zu zögern noch am selben Tag den Rückweg nach Berlin angetreten.

In den darauffolgenden Tagen war Ursula von einer überwältigenden und andauernden Müdigkeit heimgesucht worden. Doktor Barth, einziger Mediziner im Landkreis und ein gewiss fähiger Mann mit bemerkenswert stoischer Ruhe, hatte Ursula vor allem Schonung verordnet und darauf bestanden, dass sie ihrem Bedürfnis nach Schlaf nachgab.

Auch dies war neu gewesen, bisher war immer ihr Vater, Doktor Bruno Ziegler, für die gesundheitlichen Fragen seiner Tochter zuständig gewesen. Das sah er nun nicht mehr so und auch Ursula war schnell froh darüber gewesen, dass sie für die gesundheitlichen Belange einer verheirateten Frau nicht mehr ihren Vater konsultierte.

Doktor Barth, der während des Krieges auch immer mal wieder in Lazaretten tätig gewesen war, hatte das vierzigste Lebensjahr erreicht. Er sprach wenig bis gar nicht, verrichtete seine Arbeit jedoch zuverlässig und wie Ursula zu ihrer vorübergehenden Bestürzung eines Tages festgestellt hatte, versorgte er nicht nur alle anderen Menschen im Umkreis medizinisch, sondern auch das Vieh! Nichtsdestotrotz gestand sie ein, dass der Doktor ein fähiger Mann war.

Sobald er sich Ursulas Zustand sicher gewesen war, hatte er sie in die betreuerische Obhut der alten Hebamme Magdalena übergeben. Alle Kinder der Gegend wurden von Magdalena auf die Welt geholt. Sie kümmerte sich während der Geburt und in der Zeit des Wochenbetts intensiv um alle Belange der Frauen. Sie tat es, so gut sie konnte, wenn es ihr irgendwie möglich war. Sogleich schweiften Ursulas Gedanken zurück zum letzten Winter.

Es hatte schon den ganzen Tag über geschneit, als die Wehen am frühen Abend eingesetzt hatten. Alfreds Geburt stand bevor und Magdalena war gerufen worden. Sie hatte sich eilig auf den Weg gemacht, war dann aber kurz vor ihrem Ziel auf den Steintreppen des Anwesens gestürzt. Ihr Bein hatte so sehr geschmerzt, dass sie nicht mehr hatte auftreten und die Geburt auch nicht in gewohntem Maße hatte begleiten können. Daher war in der Not Doktor Barth gerufen worden. Dieser hatte zunächst die erste medizinische Versorgung der Hebamme vorgenommen und später unter deren Aufsicht Alfreds Geburt begleitet, die glücklicherweise ohne Komplikationen verlaufen war. Die Versorgung des Neugeborenen und die Aufsicht über die junge Mutter hatte die Hebamme wieder selbst übernommen, während der Doktor geduldig vor dem Zimmer gewartet hatte.

„Ich lasse mir nicht gern ins Handwerk pfuschen. Hebammen bringen Kinder zur Welt, Punktum! Aber ich bin froh, dass unser Herr Doktor so vielseitig ist und man ihn im Ernstfall gebrauchen kann. Das lässt sich von kaum einem anderen Medicus behaupten." Dies war, wie Ursula trotz ihres erschöpften Zustands erkannt hatte, ein großes Lob aus dem Mund der Alten gewesen. Bessere Töne würde sie über den Doktor nicht von sich geben.

Nun war Alfred schon fünf Monate alt und sie erwartete bereits das nächste Kind. Ursula hoffte inständig, dass sie die unterbrochene Aufgabe als Gastgeberin wieder aufnehmen und weiterführen konnte, bevor die Schwangerschaft zu beschwerlich wurde. Sie liebte Heinrich. Keinesfalls wollte sie ihn enttäuschen und hatte ihn erst vor wenigen Tagen über ihre Pläne in Kenntnis gesetzt.

„Zwei Feste, eines im Spätsommer und das andere im Herbst, wird es geben. Dann beginnt die Schwarzwildjagd und was gibt es Besseres, als Keiler am Spieß, um die richtigen und wichtigen Leute in unserem Hause zu versammeln?“

„Was habe ich nur für ein Glück“, hatte Heinrich geantwortet und seiner Frau zufrieden das Feld überlassen. Ursula gab sich seither täglich Mühe, ihm nicht zu zeigen, wie müde und erschöpft sie vom Tage war. Sie wollte nicht riskieren, ihn von seiner Arbeit abzulenken und musste mit dieser Angelegenheit selbst fertig werden.

„Hannah, wo ist das Kind?“, rief Ursula das Kindermädchen.

„Alfred schläft in seinem Zimmer. Soll ich ihn holen?“

„Ja, bring ihn ins Nähzimmer. Ich will ihn eine Weile bei mir haben.“

Ursula ging voraus und begann damit, einige Kleidungsstücke zum Ausbessern zurechtzulegen. Hannah schob den schlafenden Alfred in seinem Stubenwagen herbei und verließ das Zimmer wieder. Während Ursula, nun in Gesellschaft ihres Sohnes, die Anziehsachen ausbesserte und auch neue Stücke für ihr Baby herstellte, erlaubte sie sich immer wieder, für ein paar Minuten die Augen zu schließen. Während sie eine Masche nach der anderen für ein Strickjäckchen über die Nadel arbeitete und nichts weiter zu hören war als das

Aneinanderschlagen der Stricknadeln und die Stimmen vom Hof, wanderten Ursulas Gedanken zu Edith.

Die Schwestern hatten sich seit Ursulas Vermählung mit Heinrich nicht mehr gesehen. Über das spontane Liebesglück ihrer Schwester und die eilige Eheschließung mit Franz war sie überrascht gewesen, hatte sich aber selbstverständlich für Edith, die gebetsmühlenartig wiederholt hatte, dass sie niemals heiraten wollte, sehr gefreut. Natürlich war auch Ursula im Nachhinein klargeworden, dass diese Entscheidung mit der Tuchfabrik und Onkel Leopolds Tod zusammengehangen hatte. Doch ihre Schwester hatte in ihren Briefen geschworen, dass sie mit Franz glücklich war und es gab für sie keinen Grund, ihr nicht zu glauben.

Seit Ursulas Hochzeit war über ein Jahr vergangen. Eine unfassbar lange Zeit der Trennung für die Schwestern und sie sehnte sich sehr nach Edith. Dennoch hatte sie den letzten Brief ihrer Schwester noch nicht beantwortet. Darin hatte Edith die junge Familie nach Kerchheim eingeladen. Sie und Franz seien noch so sehr mit der Übernahme und Fortführung der Fabrik beschäftigt, hieß es darin, dass sie eine längere Abwesenheit keinesfalls verantworten könnten. Aber wenn Ursula mit Mann und Kind zu Gast wäre, ließen sich sicherlich einige gemeinsame Unternehmungen planen.

„Ach, Alfred, ich vermisse sie auch." Ursula flüsterte ihre Worte unvermittelt in die Stille. Sie sah hinüber in den Stubenwagen, in dem ihr Söhnchen immer wieder munter die Arme in die Luft hob. „Wir können keine lange Reise antreten, nicht in meinem Zustand", erläuterte Ursula weiter und strickte diszipliniert eine Masche nach der anderen.

„Außerdem kann ich dich noch nicht für solch eine lange Zeit allein lassen. Ich will es auch nicht. Zudem kann sich dein Vater eine längere Abwesenheit nicht erlauben, wenn es mit der Karriere vorwärts gehen soll und ich muss ihn dabei unterstützen.“

Alfreds Bewegungen wurden schwungvoller und nun von regelmäßigen Lauten aus seiner kleinen Kehle begleitet.

Daher legte Ursula das Strickzeug ordentlich zur Seite und trat an den Stubenwagen heran. Nein, Sehnsucht hin oder her, sie würde in diesem Jahr nicht nach Kerchheim reisen und hoffte, dass bei Edith die Freude über das Lebensglück ihrer Schwester die Enttäuschung aufwog.

„Wenn deine Tante Edith erst selbst in Umständen ist, wird sie meine Beweggründe sicherlich noch besser nachvollziehen können. Sie sagt zwar etwas anderes, aber vielleicht stellt sich das Mutterglück schneller ein, als sie sich vorstellen kann.“

Alfred begann zu weinen.

„Keine Sorge, Hannah wird gleich hier sein. Dann wirst du neu gewickelt und bekommst dein Fläschchen. Ich werde währenddessen deiner Tante Edith den längst fälligen Brief schreiben.“

Sobald Ursula allein im Nähzimmer war, setzte sie sich in den Sessel und schloss die Augen. Nur ein paar Minuten wollte sie sich ausruhen.

4. Ein merkwürdiger Zettel

Franz pfiff vergnüglich vor sich hin, während er das Schneidzeug der Schermaschine sorgfältig säuberte. Die Tage seit der Heirat waren wie im Flug vergangen und das neue Leben für ihn wunderbar, anstrengend und aufregend gewesen. Aufregend vor allem, weil er Edith so innig liebte und sich sein sehnlichster Wunsch erfüllt hatte.

Die Frau, die niemals heiraten wollte, war nun seine Ehefrau. Das Schicksal hatte es unerwartet gut mit ihm gemeint. Gemeinsam liebten und leiteten sie nun die Tuchfabrik. Edith weit mehr als er, aber es war in Ordnung, denn es war ihr Traum und das Herz ging ihm auf, wenn sie glücklich war. Die Leitung einer Fabrik, Unternehmer und Tuchfabrikant zu werden, war ihm im Gegensatz zu Edith nie wichtig gewesen. Sie allerdings hatte sich mit viel Fleiß und Disziplin und allen Widerständen zum Trotz in diese neue Aufgabe gestürzt und er war stolz auf sie.

Edith erledigte ihre Aufgaben großartig. Dass die Unternehmer, mit denen sie Geschäfte tätigte, ihr die gerechte Anerkennung versagten, verärgerte ihn umso mehr. Wenn sie gemeinsam Termine wahrnahmen, wurde ihm immer wieder klar, wie gut Edith den Herstellungsprozess und die Arbeitsweisen der Maschinen mittlerweile verstanden und welch enorme persönliche Entwicklung sie durchlaufen hatte. Nicht zu vergleichen mit dem aufmüpfigen Trotzkopf, der sie einmal gewesen war. Sie ließ ihr Wissen über die Tuchherstellung sachlich in die Gespräche einfließen, konnte sich schnell auf komplizierte Sachverhalte einstellen und verstand deren Zusammenhänge. Dennoch richteten die anwesenden Herren ihr Augenmerk immer nur auf seine Person und nichts wurde beschlossen oder akzeptiert, bevor Franz nicht bestätigend genickt oder die Aussagen seiner Frau wiederholt hatte.

Er runzelte die Stirn und unterließ das Pfeifen. Eine Situation, erst einige Wochen her, hatte sich in seine Gedanken gedrängt. Sie waren nach einem geschäftlichen Essen heimgekehrt und noch bevor Edith sich ihres Mantels entledigt hatte, hatte sie ihrem Ärger Luft gemacht.

„Ich bin es leid, dass diese aufgeblasenen Kerle sich aufführen, als hätten sie die Weisheit mit Löffeln gefressen", hatte Edith geklagt.

„Wie soll ich mich nur beweisen? Was kann ich tun? Sie sind so verbohrt und von sich eingenommen, dass sie mich niemals ernst nehmen wollen. Wenn ich nur wüsste, wie ich mich ihnen gegenüber behaupten kann. Dass ich mindestens genauso viel über das Geschäft weiß wie sie, scheint sie nur noch mehr zu verärgern."

„Das stimmt. Jetzt geschieht genau das, wovor dein Onkel gewarnt hatte. Mach dir keine Sorgen. Ich werde dich weiterhin unterstützen und bestätigen." Er hatte seine Hand besänftigend um ihre Taille gelegt, aber sie hatte sich nicht beruhigen lassen.

„Jedes Mal, wenn wir zwei losziehen, um Geschäfte abzuwickeln, bleiben wichtige Arbeiten liegen. Wir arbeiten schon so viele Stunden am Tag. Ich sehe nicht länger ein, diesen borniierten Greisen meine wertvolle Zeit hinterherzutragen."

„Was willst du tun?", hatte Franz mit einem Anflug von Besorgnis gefragt.

„Welche Wahl habe ich denn? Natürlich muss ich das Spiel fürs Erste mitspielen. Unsere Zeit ist kostbar, also kann eben nur noch eine Person zu gewissen Verkaufsterminen erscheinen und das muss ein Mann sein."

Sie hatte sich nicht die Mühe gemacht, die Verärgerung über diese Entscheidung zu verbergen. Er wiederum hatte sich trotz aller Loyalität nicht vorstellen wollen und können, an ihrer Stelle als Verkäufer von Tuchwaren durch die Lande zu ziehen. Dieses Metier lag ihm beim besten Willen nicht.

Franz schürzte die Lippen, als er daran zurückdachte. Vorsichtig reinigte er die spiralförmig angebrachten Messer des Scherzylinders. Alles in ihm hatte sich gegen diese Vorstellung gewehrt.

„Ich soll das zukünftig allein regeln? Wie stellst du dir das vor?"

Aber Ediths Ärger war bereits wieder verflogen gewesen und sie hatte ihn verschmitzt angesehen. „Nein, natürlich nicht. Wir müssen wohl oder übel jemanden einstellen. Einen fähigen Handelsvertreter. Jemanden mit Erfahrung, der ehrlich und gut für seine Provision arbeiten will."

Dieser Vorschlag war einleuchtend gewesen und zudem ein kluger Schachzug und so hatte Edith nur wenige Wochen später Gernot Tullmann eingestellt. Früher war er Handelsvertreter für Lederwaren gewesen. Dann war der Krieg gekommen und er im Gefecht von einer Kugel getroffen worden. Der Gasbrand hatte ihn schließlich seinen Unterschenkel gekostet.

„Ich kann von Glück reden, dass es mich gleich zu Beginn erwischte", hatte Tullmann gesagt. „Der Kopf ist noch dran und ich habe längst nicht das schlimmste Elend gesehen. Lange genug habe ich auf der faulen Haut liegen müssen, jetzt kann ich meine Arbeit wieder aufnehmen. Ein spätes Glück, eine zweite Chance. Was will ich mehr? Es wird Zeit, dass ich die Familie wieder ernähre. Ein Mann braucht eine Aufgabe und der Junge kennt seinen Vater nur abwesend oder als Krüppel. Er braucht ein Vorbild, wenn etwas aus ihm werden soll."

Tullmann hörte sich gerne reden. Dabei klemmten seine Krücken immer fest unter den Achseln und so schaffte er es, wild mit den Händen zu gestikulieren. Seine Frau hatte ihm den Beinstoff seiner Anzughosen ordentlich gekürzt und vernäht, so dass er in seiner Gesamterscheinung einen soliden und erfrischenden Eindruck machte. Der Tatendrang und sein Arbeitseifer waren beachtlich. Deshalb war es umso verwunderlicher, dass er bis jetzt immer nur Aufträge in überschaubarer Größenordnung für das Unternehmen *Geldermann* ausgehandelt hatte.

Franz begann wieder zu pfeifen, ein fröhliches Lied, das ihm die Laune verbessern sollte, denn er wusste, dass Edith diesbezüglich die Unruhe plagte. Es war nicht förderlich, wenn sie beide Trübsal bliesen. Tullmann war eifrig, er würde sich schon noch einfinden. Unterschiedliche Aufträge mit geringen Mengen und zudem verschiedenen Qualitäten der Tuchwaren verursachten häufige Wechsel und aufwändige Einstellungen an den Maschinen. Ein Großauftrag von der Bahn oder der Post wäre in jeder Hinsicht ein Erfolg. Tullmanns Referenzen hatten hervorragend ausgesehen und Franz wusste, dass Edith große Hoffnungen in den Erfolg ihrer Strategie setzte.

Er beendete seine Arbeit in der Trockenappretur und begab sich hinunter in die Spinnerei. Dort, in der großen Halle, inspizierte er gerade die letzten Spulen auf dem zweiten Wagen der Spinnmaschine. Die Belegschaft hatte sich für die Pause auf dem Hof versammelt und so konnte Franz jede einzelne der zweihundert Spindeln einer kurzen Prüfung unterziehen. Viel Zeit hatte er nicht mehr, in wenigen Minuten musste die Produktion weiterlaufen. Deshalb war der Selfaktor durch den Vorarbeiter nur in den Leerlauf gestellt worden. Die Antriebsstangen drehten sich ungehindert weiter, der Lärm, der von ihnen ausging, drang ratternd durch die Halle. Sobald die Antriebsscheibe zurückgeschoben wurde, würden die Maschinen ihre gleichmäßigen Bewegungen wieder aufnehmen und die Produktion des Garns weiterlaufen.

Zufrieden trat Franz ein paar Schritte zurück, warf einen letzten prüfenden Blick auf seine Arbeit und wischte sich mit seinem Taschentuch den Schweiß ab. Die Luft in der Fertigungshalle war warm und stickig.

Er ließ den Blick schweifen und ein zusammengefaltetes Blatt Papier, das hinter die Gerätschaften auf den Boden geraten war, erregte seine Aufmerksamkeit.

„Nanu, was haben wir denn da?" Eilig nahm er es auf, steckte es in die Hosentasche, um es später anzusehen, denn er war gerade noch rechtzeitig mit der kurzen Inspektion fertig geworden.

Die Klingel, die das Ende der Pause signalisierte, schellte und die Belegschaft kehrte an die Arbeitsplätze zurück. Pfennig stieß einen gellenden Pfiff aus und schob die Antriebsscheibe eines jeden Spinnwagens zurück auf Position. Nacheinander setzte er so die Spinnwagen wieder in Bewegung. Emsig bewegten sie sich und ließen die kleinen Spulen auf dem Wagen tanzen. Vor und zurück, immer wieder. Die Spinnerinnen arbeiteten hoch konzentriert, behielten jede der Spulen im Auge und bewegten sich im Takt, den die Maschine vorgab. Wenn einer der Fäden riss, hieß es schnell zu sein und die losen Enden im laufenden Betrieb wieder aneinander zu zwirbeln.

An einer der kleineren Maschinen wurde ein Lehrling eingearbeitet. Franz beobachtete den Jungen interessiert. Er war schlank und hochgewachsen, das auffallend helle Haar stand ihm struppig vom Kopf ab. Er war vielleicht vierzehn oder fünfzehn Jahre alt und stellte sich sehr geschickt an. Wenn es keine Zwischenfälle gäbe, konnte man ihn sicher schon nach sechs bis acht Wochen selbstständig einen Spinnwagen bedienen lassen. Er würde einer der Springer werden, die sie so dringend brauchten. Immer wieder gab es Ausfälle, weil die Leute krank wurden und die Arbeitsplätze mussten kurzfristig neu besetzt werden.

Franz verließ die Halle zufrieden und trat hinaus in die Spätsommersonne. Es war nicht weniger heiß auf dem Hof als drinnen, doch hier wehte wenigstens ein Lüftchen, das eine erfrischende Wirkung hatte. Er blinzelte, fischte erneut sein Stofftuch aus der Hosentasche und zog dabei den Zettel, den er schon wieder vergessen hatte, mit hervor. Noch einmal wischte er sich Stirn und Nacken trocken, dann faltete er das Blatt auseinander.

Donnerstag, 10 Uhr bei Klinkhammer, pünktlich!

Er las die in sauberer Handschrift notierten Worte und runzelte die Stirn. Auch das Papier war von guter Qualität. Von den Leuten hier gab es niemanden, dem er das kurze Schriftstück hätte zuordnen können. *Klinkhammer, so hieß doch der Vorarbeiter bei Pönsgen, einer der konkurrierenden Tuchfabriken in Kerchheim. Hubert Dietrich, ehemaliger Vorabeiter von Geldermann, machte Pönsgens Tochter den Hof, nachdem Edith ihn abgewiesen und seiner Meinung nach um die Tuchfabrik Geldermann gebracht hatte. Das konnte kein Zufall sein.* Franz schob den Zettel wieder in die Hosentasche. Die unschöne Erinnerung an die vorausgegangenen Abwerbungen guter Leute breitete sich in seinem Kopf aus.

Franz schritt quer über den Hof zum Kontor, wo er seine Frau treffen und mit ihr darüber sprechen würde. Als er den Raum betrat, schlug ihm eine angespannte Stimmung entgegen. Edith lief unruhig auf und ab. Als sie ihn erblickte, blieb sie zwar stehen und warf ihm ein kurzes Lächeln zu, aber sie war verärgert, das sah er ihr deutlich an. Bettina saß, wie so oft, am Tisch hinter ihrer Schreibmaschine und sah ebenfalls enttäuscht drein.

„Was ist passiert?“ Franz steckte die Hand in die Hosentasche, befühlte das Papier darin, beschloss aber, erst einmal abzuwarten.

„Lobereich hat schon wieder verschoben.“ Edith verschränkte die Arme und schnaufte.

„Reuters Textilien?“

„Genau. Tullmann war vorhin hier und hat Bericht erstattet. Es ist das dritte Mal, dass Lobereich ihm den vereinbarten Termin kurzfristig absagt. Das ist absolut unprofessionell. Ich frage mich, warum er das macht. Will er mich vorführen und mürbe machen? Wir haben ihm schon ein unschlagbares Angebot unterbreitet und soweit mir bekannt ist, hat er bisher bei keinem unserer Konkurrenten unterzeichnet.“

Franz legte den Kopf schief. Es tat ihm leid, dass seiner Frau immer wieder Zurückweisung und Herablassung widerfuhren. Doch er wusste auch, dass sie diese Schlacht allein schlagen musste. Niemandem war geholfen, wenn er für sie in die Bresche sprang. Abgesehen davon war er sich sicher, dass sie ihm haushoch überlegen war.

„Lobereichs Vorgänger kenne ich noch von der Korrespondenz, die ich für Onkel Leopold getippt habe. Wie hieß er noch gleich?“ Edith fuhr sich fahrig durch die Haare. „Ich werde in den Ordnern vom letzten Jahr nachsehen. Wahrscheinlich muss ich doch hinfahren und mich selbst kümmern.“

„Edith, bevor du jetzt in den Akten suchst, muss ich dir noch etwas zeigen." Er hielt sie sanft am Arm zurück und reichte ihr den gefalteten Zettel.

„Das habe ich in der Spinnerei gefunden. Ist wohl jemandem von der Belegschaft aus der Tasche gefallen."

Franz beobachtete, wie sich Ediths Stirn noch mehr in Falten legte.

„Klinkhammer, etwa der von *Pönsgen*?"

„Das ist meine Vermutung."

„Wo genau hast du ihn gefunden?"

„In der Spinnerei, etwas abseits, hinter dem letzten Selfaktor."

„Hast du eine Vermutung, wer ihn dort verloren haben könnte?"

„Ich wünschte, aber nein, und ich kann mir keinen anderen Reim darauf machen, als dass Dietrich dahintersteckt. Er kennt die Leute und weiß, wie er uns schaden kann, wenn sie uns verlassen. Es sind schon zu viele fort." Franz sah ihr fest in die Augen.

„Du hast recht. Genug ist genug. Wir müssen etwas unternehmen." Edith bestätigte ihre Aussage mit einem leichten Kopfnicken und holte dann energisch Luft. „Ich werde Pfennig befragen, vielleicht ist ihm etwas aufgefallen. Wenn es nur eine Kleinigkeit ist, denkt er sich vielleicht nichts dabei, aber wenn wir ihm vom Zettel berichten ..." Sie dachte laut. Franz kannte sie und wusste, dass Edith in diesem Augenblick keine Antwort von ihm erwartete.

Sie hielt seinen Blick noch für einige Sekunden fest, dann warf sie unwirsch den Kopf in den Nacken. Sogar wenn sie wütend war, sah Edith wunderschön aus.

„Egal, wer dahintersteckt. Es gehört sich nicht und ich muss dieses unverhohlene Gehabe beenden. Ich muss noch mehr tun, damit sie mich ernst nehmen.“

Franz nickte zustimmend und sah seine Frau weiter abwartend an. Sie überraschte ihn, indem sie den Aschenbecher und ein Streichholzbriefchen hervorholte. Mit schneller Bewegung strich sie den roten Kopf eines Zündholzes über die Reibefläche. Es zischte und das Hölzchen loderte hell auf. Dann hielt sie die Flamme an die linke untere Ecke des Papiers, bis es Feuer fing, und sah zu, wie das Beweisstück zügig vernichtet wurde. Bevor das Feuer ihre Fingerspitzen erreichen konnte, blies sie das Streichholz aus und legte das restliche Stück Papier im Aschenbecher ab, wo es endgültig verbrannte. Es erinnerten nun nur noch ein verkohlter Rest und der leicht beißende Geruch an den Gegenstand der Unterhaltung.

„Pfennig soll mir am Donnerstag die Listen bringen. Ich will erst sehen, wer fehlt, und dann sind wir vielleicht schlauer. Wenn ich weiß, wen es betrifft, kann ich mir überlegen, wie ich damit umgehe. Wenn wir recht haben und es handelt sich um eine Trickserei von *Pönsgen* …“

Edith machte erneut eine Pause, streckte dann den Rücken durch und erklärte: „Wir brauchen eine loyale Belegschaft. Die Arbeitsbedingungen und unsere Löhne sind gut. Wer zu *Pönsgen* will und glaubt, er wäre dort besser aufgehoben, den werde ich nicht aufhalten. Jeder ist seines eigenen Glückes Schmied. Die meisten hier kennen Dietrich. Wer so dumm ist, ihm nachzulaufen, ist für uns kein Verlust.“

Sie nahm den Aschenbecher und stülpte den Keramikdeckel wieder darüber. Eine Geste, die, wie Franz richtig deutete, das Thema beenden sollte.

„Wenn wir Lobereich nicht überzeugen können und keinen anderen großen Auftrag bekommen, bedeutet es allerdings einen herben Einschnitt. Wir müssen uns etwas überlegen. Vielleicht schreiben wir eine zweite Stelle aus. Noch ein Vertreter in Konkurrenz könnte Tullmann etwas mehr auf Trab bringen." Nun lächelte sie wieder und war in ihrem organisatorischen und zukunftsorientierten Element.

Bettina nickte und wandte sich wieder ihrer Arbeit zu. Und wie eine Überleitung zum neuen Thema begannen über ihren Köpfen die Dielen zu knarzen. Reichenshagen kam in Bewegung. Der Buchhalter verbrachte täglich mehrere Stunden am Stück dort oben in seinem Büro, beinahe reglos, und kümmerte sich um die Finanzen. Am Nachmittag aber stand er auf und verließ sein Kämmerlein für exakt eine Stunde. Dann fuhr mit seinem blitzblank polierten Wagen ins *Café Trauterich*, wo er sich ein Stück Kuchen, einen Kaffee und sein Pfeifchen gönnte. Anschließend kehrte er zurück und brütete weiter über den Büchern. Franz wusste, dass er seine Arbeit sehr ernst nahm und die einsamen Stunden in seinem kleinen, feinen Büro von Herzen genoss.

Nun waren Reichenshagens gleichmäßige Schritte auf der Treppe zu vernehmen, die Tür wurde geöffnet und der wortkarge Buchhalter stand im Büro des Kontors. Der Mann trug trotz der sommerlichen Temperaturen ein Jackett und seinen Hut, deutete zum Gruß ein

Lächeln an, dann verschwand er durch die Tür und brauste in seinem Wagen davon.

„Komm, ich helfe dir noch mit dem Aktenordner", begann Franz und ging an Edith vorbei, hinein in den Flur, der zum Warenlager führte, und an dessen Längsseite die Ordner auf Regalböden lagerten.

„Komm!", ertönte seine Stimme aus dem schmalen Durchgang, als sie ihm nicht sofort folgte.

„Warte, wo willst du hin? Die Ordner, die ich meine, sind nicht dort hinten." Sie lief ihm dennoch hinterher und folgte ihm mit ein paar Schritten Abstand durch das diffuse Licht des Flurs ins Lager.

„Warte einen Moment", flüsterte Franz, als sie endlich zu ihm aufgeschlossen hatte. Behutsam zog er sie zwischen die Regale, in denen die fertigen Stoffballen lagerten. „Ich wollte nur für einen Moment mit dir allein sein."

Er zog sie an sich und sie ließ es geschehen. Er genoss ihre Körperwärme. Ihr Gesicht war im Halbdunkel des Lagerraums kaum zu erkennen. Schon fanden seine Lippen die ihren für einen Kuss. Es war ein intensiver Kuss, den Edith umgehend erwiderte.

„Ich schlage uns eine kleine Ablenkung vor. Wir könnten heute Abend ausgehen. Ein gutes Essen, Musik und angenehme Gespräche werden uns beiden sicherlich guttun."

„Deshalb hast du mich hierhergelockt? Du willst dich zu einem Rendezvous mit mir verabreden? Das hättest du mich doch auch vorn fragen können." Sie sprach nachsichtig, streichelte ihm über die Wange und wollte sich schon wieder aus seiner Umarmung lösen.

„Bleib einen Augenblick." Franz hielt sie sanft zurück.

„Es gibt noch so viel zu erledigen.“

„Stimmt, aber ich hätte uns sehr wahrscheinlich in Verlegenheit gebracht, wenn ich dich vor fremden Augen so leidenschaftlich geküsst hätte.“

Franz legte seine Lippen auf Ediths schlanken Hals, wanderte über ihre Wange zum Mund. Ihre Lippen berührten sich erneut zärtlich und er ließ seine Fingerspitzen von ihrem zarten Nacken aus zwischen den Schulterblättern hinabgleiten. Sie seufzte kaum hörbar genüsslich auf, was ihm gefiel und mehr verhieß. Doch im nächsten Moment schob Edith ihn schon wieder sanft von sich.

„Überredet. Wir gehen aus. Bis dahin haben wir aber noch einiges zu tun und deshalb sollten wir uns schleunigst an die Arbeit machen.“

Sie sprach leise, aber bestimmt, dann streckte sie den Arm zum kleinen Wandschalter aus und knipste das Licht an. Es war nur eine einfache Glühbirne, die den Raum jetzt erhellte, doch Franz kniff geblendet die Augen zusammen.

„Was tust du? Hast du nicht eben noch gesagt, die Akten sind nicht hier?“

„Da ich nun schon einmal hier bin, schneide ich mir gleich ein paar akkurate Stoffmuster. Dann werde ich eine neue Mustermappe für Tullmann zusammenstellen, eine für einen zweiten Handelsvertreter und eine weitere für mich. Morgen platziere ich eine Annonce in der Zeitung und wenn alle Stricke reißen, werde ich Lobereich höchstpersönlich einen Besuch abstatten. Dann werden wir schon sehen, ob wir bald den Stoff für *Reuters Uniformen* produzieren oder nicht.“

Edith lächelte ihn zuversichtlich an. Vergessen waren der Ärger und der Verdruss von vorhin. Das wiederum stimmte Franz glücklich und er wusste, dass sie Wort halten würde. Sie packte die Probleme im Unternehmen an und sie würden gemeinsam ausgehen und einen unterhaltsamen Abend als Paar verbringen.

5. Begegnung im Bellevue

„Franz? Franz, sag mal, mit wem spreche ich denn die ganze Zeit! Du hörst mir ja gar nicht zu!" Ediths leise und doch eindringliche Stimme drang zu ihm durch. Die leichte Empörung darin war nicht zu überhören.

„Verzeih ... wie bitte?" Franz hatte offenbar sehr lange in sein leeres Glas gestarrt, das er zwischen den Fingern hin und her bewegt hatte. Nun stellte er es ab und blickte auf. Es war Samstagabend und sie saßen wieder einmal in dem feinen Restaurant im Zentrum Kerchheims, das sie so gern mochten. Sie hatten es sich zur Gewohnheit gemacht, hier nach einer anstrengenden Arbeitswoche gemeinsame Zeit zu verbringen.

„Wo warst du schon wieder mit deinen Gedanken? Nein, sage es mir lieber nicht. Ich möchte es erraten." Edith stellte die Ellenbogen auf dem Tisch ab, faltete die Hände übereinander und legte das Kinn darauf. Sie lächelte. Von Tadel keine Spur. Dann sah sie ihn mit ihrem eindringlichen und prüfenden Blick an. Je länger es dauerte, desto wärmer wurde ihm.

„Also gut, du hast drei Versuche." Er lächelte zurück.

„Werde ich denn drei brauchen?" Sie intensivierte ihren Blick.

„Wir werden sehen“, wich er aus und konnte sich an den leuchtenden, lebensbejahenden Augen Ediths gar nicht satt sehen.

„Nun, du träumst so lächelnd vor dich hin. Wenn ich bedenke, dass du dich den lieben langen Tag mit der fehlenden Riemenspannung des zweiten Krempelsatzes beschäftigt hast, so nehme ich an, dass dir gerade jetzt eine Lösung für das Problem eingefallen ist.“

„Du bist klug und aufmerksam, aber du liegst falsch.“ Es freute Franz, dass sie ihn nicht sofort durchschaut hatte.

„Dann ist dir vielleicht eine andere kreative Lösung zur Verbesserung der Arbeitsprozesse eingefallen?“, versuchte Edith es weiter, doch er schüttelte den Kopf.

„Nein, meine Liebe. Ich darf dir versichern, dass ich während unseres gemeinsamen Abends keinen einzigen Gedanken an den Krempelsatz oder die Fabrik verschwendet habe.“

„So? Aber was kann es denn nur sein? Tüftelst du eine neue Idee aus, von der ich noch nichts weiß?“

„Nein.“ Franz saß seiner Frau entspannt gegenüber. Es gefiel ihm, zu sehen, wie die Neugier in ihr stetig wuchs.

„Nun, dann bin ich ratlos. Erzähle es mir, bevor ich böse werde. Was beschäftigt dich so sehr, dass du es nicht schaffst, mir zuzuhören?“

„Ich werde es dir sagen, gedulde dich noch einen Moment.“ Franz hob die Hand und winkte den Ober heran, damit er ihnen nachschenken konnte. Der Mann, höchstens ein paar Jahre älter als er selbst, nickte freundlich, kam herbei und füllte die Gläser erneut.

„Haben Sie noch einen Wunsch, ein Dessert vielleicht?“

„Ein Dessert?“, wandte Franz sich nun an Edith, doch die lehnte dankend ab und trommelte ungeduldig mit den Fingern auf den Tisch.

„Nein, vielen Dank“, erklärte er, freundlich an den Kellner gewandt, und richtete sich, sobald sie wieder allein waren, an Edith.

„Ich schwöre, dass ich die Wahrheit sagen werde.“ Er nahm sein Glas und hielt es ihr hin, damit sie gemeinsam anstoßen konnten.

„Darum möchte ich auch bitten“, entgegnete sie und hob ihr Glas ebenfalls. Sie stieß jedoch nicht mit ihm an, sondern hielt es abwartend zurück. Franz beugte sich nach vorn und bedeutete ihr, sie sollte sich ihm ebenfalls nähern. Er machte ein geheimnisvolles Gesicht.

„Ich habe darüber nachgedacht, dass ich der glücklichste Mann der Welt bin. Dass ich dich so sehr liebe und froh bin, dass du meine Frau bist.“

Ein zartes Lächeln umspielte Ediths Lippen und ihre Gesichtszüge wurden weich. Sie stieß ihr Glas behutsam gegen seines, dann flüsterte sie ihre Antwort so leise, dass es im Gemurmel der anderen Gäste unterging, aber Franz verstand trotzdem jedes Wort.

„Nun, du hast geschworen, dass du mir die Wahrheit sagst. Dann muss ich dir wohl glauben. Ich liebe dich auch und bin ebenfalls sehr glücklich mit dir.“

Das Herz quoll ihm beinahe über vor Glück und er hätte alle anderen Menschen um sie herum am liebsten zum Teufel gewünscht. Doch Edith durchkreuzte seine

Gedanken erneut. Sie stellte ihr Glas ab und erhob das Wort.

„Da du mir nicht oder nur unzureichend zugehört hast, werde ich meine Erzählung wohl noch einmal von vorn beginnen müssen. Es ging, wie du dich vielleicht noch vage erinnerst, um Ursula."

„Ursula?" Oh je, wie lange hatte er denn schon nicht mehr zugehört?

„Ursula, ja, meine Schwester. Erinnerst du dich? Sie verbrachte den ersten Sommer hier gemeinsam mit mir."

„Ach, *die* Ursula … ja, ich erinnere mich." Franz schmunzelte und freute sich über seine Neckerei.

Edith fuhr unbeirrt fort. „Ich hatte ihr vor ein paar Wochen einen Brief geschrieben und sie gefragt, wann sie uns einmal besuchen möchten, sie und Heinrich. Immerhin haben sie nun schon zwei Kinder, die sie uns vorstellen sollten. Wir beide sind unabkömmlich in der Fabrik, aber Heinrich könnte sich gewiss ein paar Tage Urlaub nehmen. Ich hatte mir gedacht, Ursula könnte Lust dazu haben. In Hohenfinow scheint mir mehr oder weniger der Hund begraben." Edith trank einen weiteren Schluck Wein und verschränkte die Arme vor der Brust.

„Und?"

„Heute kam ein Brief von ihr, in dem sie schreibt, dass sie uns leider nicht besuchen kann. Heinrich hat im Landratsamt neue Aufgaben übernommen und kann sich vor Arbeit kaum retten, sie selbst habe alle Hände voll mit dem Haushalt zu tun. Obwohl Alfred und Ludwig sehr liebe Kinder seien, könne sie jetzt nicht an eine Reise und einen Aufenthalt bei uns denken. Stell dir vor, der Arzt hat es ihr bereits bestätigt, Ursula bekommt in Bälde schon das dritte Kind. Im kommenden Frühjahr soll es soweit sein."

„Donnerwetter!", stellte Franz verblüfft fest.

„Nicht wahr? Ursi schreibt, dass sie sehr glücklich darüber ist, sich aber noch unwohler als bei den ersten Schwangerschaften fühlt und eine Reise deshalb nicht infrage kommt."

„Das sind doch aber wunderbare Neuigkeiten oder nicht? Was betrübt dich?"

„Du weißt, ich liebe meine Schwester und ich wünsche ihr alles Glück der Erde, sie hat so lange darauf gewartet. Ich fürchte, es ist der Egoismus, der aus mir spricht. Ich vermisse sie. Vor der Heirat waren wir so gut wie nie getrennt gewesen. Das hat uns manchmal den letzten Nerv geraubt, weil wir so unterschiedlich sind. Aber nun vermisse ich sie sehr."

Franz griff über den Tisch und nahm ihre schmale Hand in seine. „Hast du mal darüber nachgedacht, sie zu besuchen? Hohenfinow ist zwar nicht um die Ecke, aber eine Weltreise ist es auch nicht. Wir könnten uns gemeinsam auf den Weg und eine kleine nachgeholte Hochzeitsreise daraus machen. Die ist nun auch schon fast zwei Jahre überfällig."

„Natürlich. Ich habe bereits hin und herüberlegt, aber solange Dietrich versucht, unsere Arbeiter abzuwerben und dem Unternehmen zu schaden, solange die Auftragslage nur vage und die Zukunft ungewiss ist, könnte ich es nicht über mich bringen, die Fabrik allein zu lasen. Überall lauern sie wie die Wölfe und warten nur darauf, dass ich einen Fehler mache."

Franz nickte und dachte sich, dass dies zwar gute Gründe wären, die Fabrik nicht im Stich zu lassen. Er war sich jedoch sicher, dass seine Frau auch in jeder anderen Situation noch nicht bereit gewesen wäre, das Unternehmen zurückzulassen und für eine Weile fortzugehen. Die Zeit, in der sie als Fabrikantin auftrat, war einfach noch viel zu kurz gewesen. Es fehlte ihr noch an Erfahrung und Vertrauen in die eigenen Fähigkeiten. Deshalb wählte er ein paar tröstende Worte.

„Aufgeschoben ist noch lange nicht aufgehoben. Wir können zwar jetzt noch nicht verreisen, aber in den nächsten Monaten kann und wird sich vieles ändern. Du wirst dich schon nicht von Dietrich, *Pönsgen* oder Lobereich kleinkriegen lassen. Dann hätten sie doch gewonnen und all deine bisherigen Anstrengungen wären umsonst gewesen.“

Sie lächelte dankbar und erwiderte sanft den Druck seiner Finger. Ihm gegenüber offenbarte sie in solchen Momenten ihre Sorgen, Sehnsüchte und Zweifel und Franz wusste, welch gewaltiges Vertrauen sie ihm damit entgegenbrachte. Dann wechselte Edith das Thema.

„Apropos Reisen, Tante Luise hat mir vor einiger Zeit erzählt, dass sie in diesem Jahr nun wirklich mit den Frauen vom Handarbeitsclub verreisen möchte. Die Sache wird langsam ernst. Nachdem sie viele Ziele und Reiseprospekte gewälzt hat, wird es wohl doch der Wanderurlaub im Schwarzwald werden. Sie ist sehr aufgeregt.“

„Nun, warum auch nicht. Die Abwechslung wird ihr guttun. Vielleicht begeistern dich ihre Reiseberichte so sehr, dass dich dann doch noch die Reiselust packt. Ich fahre mit dir, wohin du willst."

„Das werden wir. Ich bin mir sicher, dass wir uns im nächsten Jahr einen Urlaub gönnen können. Ich sehe ja selbst, dass es stetig aufwärts geht. Mich plagt nur immer die Ungeduld." Sie hob entschuldigend die Schultern.

„Wir sehen goldenen Zeiten entgegen, das habe ich im Gefühl. Und schau, in der nächsten Woche fängt der neue Handelsvertreter an. Wie heißt er noch?" Er sah sich um und wedelte mit der Hand, als könnte er die fehlende Information damit einholen.

„Wichterich", half sie ihm.

„Ja, genau. Wichterich. Der scheint mir fähig und ich glaube, dass deine Rechnung aufgehen und Tullmann sich wieder mehr ins Zeug legen wird."

„Ja, das muss er auch. Es ist zum Haare raufen. Er reist nur noch mit den Stoffproben durchs Land. Seine Umsätze haben stark nachgelassen und einen Großauftrag hat er immer noch nicht unter Dach und Fach bringen können. Geld verdient Tullmann auf diese Art und Weise nicht und was das für uns bedeutet, liegt auf der Hand."

„Wichterich wird ihm ordentlich Konkurrenz machen und ihn anspornen."

„Das hoffe ich sehr. Der Herbst kommt schneller als mir lieb ist und die Angelegenheit mit *Reuters-Textilien* wird immer sonderbarer." Sie starrte selbstversunken auf das Tischtuch, bis Franz ihre Hand drückte und ihre Gedanken unterbrach.

„Was hältst du denn davon, wenn wir morgen ins Kino gehen? Im *Corso* gibt es einen neuen Film und danach besuchen wir ein Tanzlokal.“

Sie lächelte und entzog ihm ihre Hand, um dann an ihrer langen Halskette aus weißen Perlen zu spielen. „Großartige Idee, einen Abend in der Stadt könnten wir uns gönnen. Wir sollten sowieso viel häufiger ausgehen. Tante Luise hat mich bereits gewarnt, mein Privatleben nicht vollkommen für die Fabrik aufzugeben, aber für heute Abend habe ich einen anderen Vorschlag. Komm, lass uns nach Hause fahren.“ Sie warf ihm einen Blick zu, der es Franz gleichzeitig warm und kalt werden ließ. Er wusste genau, was sie meinte und genoss das aufkommende Begehren, das Ediths Augenaufschlag in ihm geweckt hatte.

Sie leerten ihre Gläser und er zahlte. Als sie sich zur Tür begaben, trat ein etwa vierzigjähriger Mann an sie heran. Er trug einen sehr gut geschneiderten Anzug, wirkte seriös und richtete das Wort höflich an Edith.

„Guten Abend, Frau Bergemann, verzeihen Sie, dass ich Sie so forsch anspreche. Ich bin sonst weniger aufdringlich und ungestüm. Mein Name ist Lorenz Lobereich.“ Er reichte Edith freundlich seine Hand zu Begrüßung.

Lobereich von Reuters Textilien, schoss es ihr durch den Kopf. *Das war Lobereich?* Er war wesentlich jünger, als Edith vermutet hatte. Sie hatte mit einem weißhaarigen, griesgrämigen Herrn um die sechzig gerechnet. Aber der Mann, der ihr gegenüberstand, war attraktiv, sehr freundlich, hatte dichtes dunkles Haar und einen klaren Blick.

„Es freut mich, Sie persönlich kennenzulernen“, erwiderte sie die Begrüßung.

„Wie geht es Ihnen? Ist die Familie wohlauf?“ Die Floskel kam ihr zu schnell über die Lippen. Edith stellte fest, dass sie viel zu wenig über diesen Mann wusste und in einer lockeren Plauderei einige Fettnäpfchen auf sie warten könnten. Doch mit dem ersten Vorstoß hatte sie wohl Glück gehabt und souverän reagiert.

„Danke der Nachfrage, alles bestens mit den Lieben. Ich möchte Sie auch keinesfalls aufhalten. Ich hatte nur gehofft, dass ich Sie, da wir uns nun einmal hier getroffen haben, am Montag zu mir ins Büro einladen könnte.“

„So?“ Edith blickte ihn freundlich, aber vorsichtig an. Keinesfalls sollte er bemerken, dass er sie überrascht hatte. *Was hatte Lobereich vor?* Sie bemerkte, dass Franz einen Schritt zur Seite getreten war.

„Ich möchte gern mit Ihnen über das Angebot sprechen, das Sie mir bereits vor geraumer Zeit zukommen ließen. Schaffen Sie es gegen zehn Uhr?“ Er bestach durch sehr sicheres Auftreten, wirkte dabei aber weder arrogant noch selbstgefällig und behandelte Edith wie die Geschäftsfrau, die sie sein wollte. Dieser Mann hatte eine angenehme Wirkung auf sie. Da Tullmann auch nach einem weiteren Versuch unverrichteter Dinge zurückgekehrt war und ihr die Angelegenheit *Reuters* bereits zu lange Kopfschmerzen bereitete, zögerte sie nicht, die Gelegenheit, die sich ihr in diesem Augenblick bot, beim Schopf zu packen und sich nun selbst darum zu kümmern. Dass Lobereich mit ihr persönlich verhandeln wollte, durfte und konnte sie sich nicht entgehen lassen.

„Selbstverständlich." Höflich nickend reichte sie ihm zum Abschied erneut die Hand.

Franz reichte ihr seinen Arm. Nachdenklich verließ sie das Restaurant.

Während der Rückfahrt nach Hause sprach Edith wenig. Wenn, dann nur über Lobereich. Immer wieder kam sie auf die unerwartete Begegnung zurück.

„Was hat er vor? Tullmann wurde von ihm immer wieder abgewiesen und mit mir will er über das Angebot sprechen? Er macht einen soliden Eindruck. Hoffentlich verbirgt sich nicht die nächste Intrige dahinter oder vielleicht will er die Preise noch weiter drücken."

„Nur die Ruhe. Falls dem so ist, wirst du ihm die Zahlen und Fakten nennen können, die belegen, warum das vorliegende Angebot schon das beste ist, was er bekommen konnte."

Es war das einzige Mal an diesem Abend, dass Franz sich dazu äußerte, sonst überließ er Edith für den Rest der Fahrt ihren Gedanken. Hin und wieder kamen ihnen Fahrzeuge entgegen. Die Zahl der motorisierten Gefährte stieg immer weiter an und unter normalen Umständen hätte Franz mit seiner Frau gerne über den Fortschritt der Technik geplaudert, aber sie war zu sehr mit Lobereich und dem Angebot für den Uniformstoff beschäftigt. Er sah seine Aufgabe darin, sich zurückzunehmen und seiner Frau auf diese Weise den Rücken zu stärken.

Kurz bevor sie ihr Zuhause erreicht hatten, drängten sich sogar unerfreuliche Gedanken in den Vordergrund, die Franz mit aller Kraft von sich zu schieben versuchte. Lorenz Lobereich war ein gutaussehender und charismatischer Mann und sein plötzliches Erscheinen wirkte doch merkwürdig. Hoffentlich hatte er kein Auge auf Edith geworfen oder schlimmer noch, hoffentlich machte er keine gemeinsame Sache mit Dietrich und fädelte eine Gaunerei ein. Erleichtert atmete er aus, als der Wagen auf den Hof rollte. Er musste sich schnell aus diesem Gedankenkarussell befreien, das wusste er nur zu gut.

Franz lag bereits im Bett, als Edith das Schlafzimmer betrat. Er war noch immer etwas nachdenklich. Die warme Luft des Tages stand im Raum, obwohl das Fenster geöffnet war und es abends in Kerchheim immer frisch wurde. Edith trug einen dünnen Hausmantel über ihrem Nachthemd. Sofort legte er seine Zeitschrift beiseite, trat ihr entgegen und bedeckte ihre Lippen mit sanften Küssen. Franz sehnte sich so sehr nach ihr, das Verlangen zog in seinen Lenden und er hoffte inständig, dass sie die Gedanken an Lobereich loswerden und sich so nah wie möglich sein konnten. Doch seine Hoffnungen wurden gedämpft. Edith griff das Thema des Abends noch einmal auf.

„Er hat sich sofort an mich gewandt, nicht erst an dich", bemerkte sie zufrieden und neigte ihren Kopf. Auf diese Weise bot sie ihm eine größere Fläche ihrer zarten und blassen Haut, die Franz sogleich zärtlich mit Küssen bedeckte.

„Beklagst du dich etwa darüber?", raunte er, küsste sie weiter, fuhr mit seiner Zungenspitze über ihr Schlüsselbein, sodass es sie erregend kitzelte.

„Nein, natürlich nicht. Ich finde es nur seltsam. Er bittet mich in sein Büro und will mit mir über das Angebot sprechen, das ihm schon so lange vorliegt. Wie passt das denn zusammen? Tullmann hat er über ein Jahr lang am laufenden Band versetzt. Ich wage mir kaum Hoffnung zu machen, dass wir mit *Reuters* wieder ins Geschäft kommen."

Franz küsste sie weiter zärtlich und öffnete behutsam den Gürtel ihres Morgenmantels. Seine Hände fanden ihren Weg zwischen den Stoff, umschlangen die schmale Taille und er zog Edith dichter an sich. Gern wollte er das Gespräch über die Reuters, Tullmanns und Lobereichs dieser Welt auf später verschieben.

„Irgendetwas ist faul an der Sache. Wenn ich nur wüsste, was es ist …"

Dass ihm dieser Gedanke auch durch den Kopf spukte, behielt Franz für sich. Er ließ seine Finger über ihre Schultern gleiten und sah sie eindringlich an. „Soll ich dich begleiten?"

„Nein, mit dem werde ich schon fertig. Ich werde die neue Stoffmustermappe und die Zweitschrift unseres Angebots mitnehmen. Alles, was ich sonst noch wissen muss, habe ich hier drin." Sie tippte gegen ihre Stirn und schlang dann beide Arme um Franz.

Endlich, dachte er. Für einen Moment hielten sie inne. Ihre Körper bewegten sich eng aneinander, nur durch den dünnen Stoff getrennt. Franz genoss Ediths warmen Atem auf seinen Wangen.

„Es war ein schöner Abend, ich hoffe, er ist noch nicht zu Ende", flüsterte Edith und küsste ihn endlich zärtlich auf den Mund. Sie drückte ihren Unterleib fester an ihn, während der dünne Mantel sachte von ihren Schultern glitt. Sie umschlang seinen Körper erneut und öffnete ihre Lippen, um seiner Zunge Einlass zu gewähren.

Langsam und zurückhaltend schob Franz seine Frau aufs Bett, obwohl das Ziehen in seiner Lende immer drängender wurde. „Es wird noch ein erquicklicher Abend werden", raunte er Edith zu, als sie rücklings vor ihm auf dem Bett lag, und schob das Nachthemd Stück für Stück hinauf. Die nackte Haut ihrer Schenkel bedeckte er mit Küssen, was sie mit geschlossenen Augen genoss. Ihr leises, wohliges Stöhnen verriet es und steigerte seine Erregung. Nun schienen doch noch alle Gedanken des Tages vergessen und er fieberte ihrer bevorstehenden Vereinigung entgegen.

Im Gegensatz zu Heinrich und Ursula hatten sie nicht vor, Kinder zu bekommen. Zumindest Edith war sich dessen sicher und Franz war an dem Punkt, dass es ihn nicht störte, wenn sie es nicht wollte, so sehr liebte er sie. Dem technischen Fortschritt sei Dank, gab es Möglichkeiten, einfache Maßnahmen zur Vorsicht zu ergreifen. Also trat Franz regelmäßig den Weg in die Apotheke an, wo er dem Herrn hinter dem Verkaufstisch vertrauensvoll einen kleinen Zettel hinüberschob.

„Drei *Fromms Act* Präservative bitte", schrieb Franz regelmäßig seine Bestellung darauf und der Apotheker übergab ihm die grün-rot gestreiften Päckchen immer diskret in einer kleinen Papiertüte.

Die lauter werdenden Stimmen, die einen Verlust der Moral befürchteten, beindruckten den Apotheker nicht. Schließlich waren die Soldaten während des Krieges umfangreich mit eben diesen Verhütungsmitteln ausgestattet und der regelmäßige Besuch von Freudenhäusern durch die militärische Führung etabliert worden. Dennoch betrieb er sein Geschäft unauffällig und verschwiegen, um die Sittenpolizei nicht auf den

Plan zu rufen. Eben jene gestreiften Päckchen holte Franz nun aus der obersten Schublade seines kleinen Nachttischchens. Es würde noch ein schöner Abend werden.

6. Besuch bei Reuters

Edith schlief in der Nacht von Sonntag auf Montag unruhig, ihre Träume waren wirr und sie wälzte sich von einer Seite auf die andere. Immer wieder wachte sie auf, mühte sich zurück in den Schlaf und als der Tag schließlich anbrach, gab sie auf. Den erholsamen Schlaf, den sie sich wünschte, würde sie nicht mehr bekommen. Also verließ sie das Bett leise, um ihren Mann nicht zu stören und ihm noch eine bis zwei Stunden Schlaf zu gönnen. Es war kurz vor sieben. Die dicken Vorhänge hielten das Tageslicht aus dem Schlafzimmer fern, im Rest des Hauses fand es aber seinen Weg, breitete sich aus und tauchte die Räume in ein angenehmes, anregendes Licht. Es weckte den Tatendrang in Edith.

Nach der Morgentoilette lief sie aus dem Haus, atmete die frische, feuchte Luft und sah sich auf dem Hof um. Wohnhaus, Fabrikgelände und Lagerhallen waren wie ein Schutzwall um den rechteckigen Hof angelegt. Der Gedanke gefiel ihr. Einen Schutzwall konnte sie gut gebrauchen, aber sie musste sich und auch das Unternehmen öffnen. Für die Fabrik hieß es, in Bälde zu erweitern, vor dem Tor neue Hallen und Raum zu schaffen. Sie steckte die Hände in die Hosentaschen und ging langsam hinüber zum Kontor. Auf dem Hof war es so still, dass ihre Schritte deutlich zu hören waren, ebenso das Drehen des Schlosses und das Knarren der schweren Holztür, als Edith sie öffnete. Die Nacht hatte auf der Klinke eine kalte und feuchte Spur hinterlassen. Edith wischte sich die Hand am Hosenbein trocken und trat ein.

Ehrfürchtig sah sie sich um. Mit der flachen Hand strich sie sich über die Magengegend, wo sich ihre Nervosität, von außen nicht sichtbar, wie ein zappelndes Kaninchen niedergelassen hatte. Onkel Leopold hatte ihr sein Lebenswerk überlassen. Die Tragweite seiner Entscheidung, die sie so sehr herbeigesehnt und erkämpft hatte, wollte ihr jetzt erst so richtig bewusst werden. Keinesfalls sollte sich seine Entscheidung als Fehler herausstellen, keinesfalls wollte sie scheitern. Die Tatsache, dass sie eine Frau war, machte sie nicht untauglich. Sie war mindestens genauso fähig wie die selbstgefälligen Herren der Schöpfung, die sie nicht ernst nehmen wollten.

Trotzdem nagten heute besondere Zweifel an ihr und sie wusste, dass sie Unterstützung brauchte. Entschlossen trat Edith hinüber an den Schrank, der immer verschlossen war, und in dem Onkel Leopold seinen Schnaps für besondere Anlässe jeglicher Art aufbewahrt hatte. Die letzte Flasche, halbvoll, stand noch immer im Schrank, doch die war Edith egal. Sie hatte es auf den Gegenstand abgesehen, der auf dem Regalboden darunter lag, Onkel Leopolds lederne Aktentasche. Sie hatte es damals nicht übers Herz gebracht, das gut gearbeitete Stück auszurangieren, es aber auch nicht selbst verwenden wollen. Es hingen Erinnerungen und große Hoffnung daran. Die Tasche jeden Tag zu benutzen, hätte sich großspurig angefühlt. Heute aber schien ihr der richtige Zeitpunkt gekommen. Sie würde sich nicht verunsichern und auch die Preise nicht drücken lassen. Sie würde souverän auftreten und sich nicht kleinkriegen lassen. Dieses Angebot, das nun schon so lange vorlag und mit Nichtachtung gestraft wurde, war unschlagbar und wenn Lobereich das nicht sah, war er vielleicht nicht der richtige Geschäftspartner. Im Grunde konnte er froh sein, wenn sie ihm nicht ein neues vorlegte, damit er sich über sein Versäumnis ärgern konnte. Sie verstaute eines der neu angefertigten Musterbücher mit den eingeklebten Stoffproben darin und auch die Zweitschriften der Vertragspapiere. Edith hatte alles eigenhändig vorbereitet und war auf jede noch so spezifische Frage gefasst, doch die Nervosität vor dem Termin mit Lobereich konnte sie nicht abschütteln. Eine sonderbare Stimmung hatte sich ihrer bemächtigt. Sie fühlte sich wach und doch schien die Welt um sie herum unwirklich. Es war wie in einem Traum, vertraut und fremd zugleich.

Als sie das Kontor verließ, sah sie über das Land vor dem Tor, wo sie den Neubau schon viele Male gedanklich errichtet hatte. Hier stand der Nebel dicht über den Wiesen. Der muntere Gesang der Vögel erklang und es war nur eine Frage der Zeit, bis die Ruhe in den Mauern ihrer Fabrik vorbei war. Dann kehrte Leben ein, dann wurde gewaschen, gefärbt, gesponnen und gewebt. Dafür war das Werk gemacht – für die kontinuierliche Produktion von hochwertigen Stoffen. *Hoffentlich bleibt es auch im nächsten Jahr so*, dachte Edith. *Der Vertrag mit Reuters würde so vieles vereinfachen.*

Der Blick auf die Uhr bestätigte ihre Annahme. Es war spät und der Heizer würde bald seine Arbeit antreten. Noch einmal ließ sie ihren Blick ruhen, dieses Mal auf dem großen Kohlehaufen. Sie hatte eine große Menge zu einem guten Preis geordert. Nun war der Vorrat ausreichend, um die nächsten Monate mit voller Auslastung zu produzieren. Sie hatte auch schon eine neue Lieferung geordert. Der Hof bot ausreichend Platz dafür, doch wenn die erhofften Aufträge ausblieben, würde der optimistische Brennstoffkauf ein gewaltiges Loch in ihre Planung reißen. Edith straffte die Schultern und umfasste den Griff der Aktentasche. Sie durfte nicht daran denken, zu scheitern, dann bräuchte sie gar nicht erst loszufahren.

„Guten Morgen, Frau Bergemann." Hilda, das Hausmädchen war emsig in der Küche beschäftigt, als Edith ins Wohnhaus zurückkehrte.

„Der Kaffee ist gleich fertig." Das Mädchen hatte den Tisch im Wohnzimmer bereits eingedeckt und eine aromatische Wolke frisch gebrühten Bohnenkaffees erfüllte den Raum. Hilda war fleißig und dank des neuen Wasserkessels, den ihnen Tante Luise kürzlich geschenkt hatte, war das Getränk immer schnell aufgebrüht.

„Dieser Kessel wird mit Elektrizität betrieben. Ihr werdet mir noch dankbar sein, denn er bringt das Wasser schnell zum Kochen, ohne dass der Küchenofen angefacht werden muss." Ein sehr praktisches Geschenk ihrer Tante, die von Anfang an von dem Gerät überzeugt gewesen war und sich nicht geirrt hatte.

Damals, bei ihrem Umzug, hatte Luise darum gebeten, dass Marie, das langjährige Küchenmädchen, sie in ihre neue Bleibe begleitete. Sie wollte sich bei all den Umstellungen, die ein Umzug mit sich brachte, nicht auch noch dahingehend neu einfinden müssen. Dafür war Hilda zu Bergemanns gekommen. Sie war von Anfang an tüchtig gewesen und hatte sich schnell eingelebt. Edith wollte längst nicht mehr auf sie verzichten und es gab nie einen Grund zur Klage.

Sobald sie am Tisch Platz genommen hatte, erschien das Mädchen auch schon mit der Kaffeekanne und schenkte ihr ein.

„Mach dir keine Umstände für meinen Mann. Er schläft noch und ich habe nicht vor, ihn zu wecken. Es ist noch genügend Zeit, bis die Arbeit beginnt."

Gleich darauf ertönte ein Räuspern und Edith sah auf.

„Du hast die Rechnung wohl ohne den Wirt gemacht. Gieß ruhig ein, Hilda. Ich kann einen kräftigen Kaffee gebrauchen." Erstaunt musterte Edith ihren Mann, der gut gelaunt im Türrahmen stand und ihr einen verliebten Blick zuwarf. Dankbare Freude durchströmte sie. Es tat gut, ihn zu sehen und auch wenn sie den Vormittag mit Lobereich allein bewältigen wollte, so war sie doch froh, den Tag gemeinsam mit Franz beginnen zu können. Er trat zu ihr an den Tisch, küsste sie in den Nacken und auf die Wange, wobei seine warmen Hände angenehm sanft auf ihren Schultern ruhten.

„Wie fühlst du dich?" Franz nahm am anderen Ende des Tisches Platz und griff nach seiner Kaffeetasse.

„Gut vorbereitet und doch etwas nervös. Ich werde mich auf keinen Fall von ihm unter Druck setzen lassen. Wenn er das glaubt, hat er die Rechnung ohne Edith Bergemann gemacht. Ich weiß genau, was ich tue und vor allem, was ich nicht tun werde."

„Du zeigst dich in blendender Verfassung." Franz nahm sich ein Brötchen und schnitt es auf. „Er wird sich schnell wünschen, er hätte Tullmann nicht ständig vertröstet."

Edith lachte verhalten auf. „Ich möchte mich keinesfalls auf ein Kräftemessen mit ihm einlassen. Ziel ist doch, dass wir beide einen guten Auftrag an Land ziehen. Ich über die Textilfabrik und er über die Bahn. Es ist eine Kette, die gut funktioniert, wenn die einzelnen Glieder im Einklang miteinander arbeiten. Alle wissen, dass unser Wollvlies hochwertig, weich und ordentlich strapazierfähig ist. Kaum eine der anderen Fabriken in der Nähe kann mit uns mithalten. Das haben wir nicht zuletzt dir zu verdanken. Du hast unsere Maschinen gut dafür präpariert. Ich werde nicht nachgeben und ihm die Stirn bieten." Edith warf ihrem Mann einen zuversichtlichen Blick zu, während das nervöse Kaninchen in ihrem Bauch begann, wilde Haken zu schlagen.

Sie schwiegen eine Weile. Franz bestrich beide Hälften seines Brötchens mit Butter und roter Marmelade. Dann stand er auf und brachte Edith den Teller.

„Zeige dich kämpferisch und setze dich durch, aber iss auch etwas." Er stellte den Teller vor ihr ab, nahm sich ihren und ging, ohne ihre Reaktion abzuwarten, zurück zu seinem Platz.

„Vielleicht glaubt er, ich würde kneifen, hätte Angst vor einem solchen Gespräch. Allerdings wirkte er im Restaurant recht freundlich und keineswegs verschlagen. Ob es ein Test ist? Aber wozu die Spielchen?"

Ein anderer Grund für Lobereichs Wunsch, sie allein sprechen zu wollen, schlich sich in ihre Gedanken, wollte ihr aber nicht über die Lippen. Was, wenn er ihr zu nahekam? War es nicht ein seltsamer Zufall gewesen, dass sie ihm im Restaurant begegnet waren?

Nach dem Frühstück brach Edith auf. Sie fuhr nicht sonderlich schnell, sondern steuerte den Wagen eher bedächtig durch die Morgensonne. Trotz der stattlichen Zahl an Automobilen waren immer noch mehr als genug Pferdefuhrwerke unterwegs. Die Bauern fuhren damit ihre Waren zum Markt oder brachten die Ernte heim. Von der Frische des Morgens war nichts mehr zu spüren. Die Luft war trocken und warm geworden und die Sonne stand hell am wolkenlosen blauen Himmel. Edith zog die Sonnenbrille vor die Augen, als sie sich dem Fabrikgelände von *Reuters Textilien* näherte.

Das Bekleidungsunternehmen, für das Lobereich seit mehr als einem Jahr tätig war, hatte sich darauf spezialisiert, Kleidung in Normgrößen herzustellen und belieferte die Bahn aktuell mit Uniformen. Edith vermutete stark, dass *Reuters* im Zuge des gesteigerten Wirtschaftswachstums auch im nächsten Jahr Uniformen herstellen und ausliefern würde und dass sich die Produktionsmenge mindestens um ein Drittel erhöhen würde.

Der Anspruch musste sein, in gleichbleibender Qualität zu liefern und die konnte Lobereich nur sicherstellen, wenn er seinen Stoff weiterhin über die *Tuchfabrik Geldermann* bezog. Warum sollten sich bewährte Prozesse ändern? Genau dies musste sie ihm klarmachen. Sein Vorgänger Mützenich hatte das sicher gewusst. Nicht umsonst hatte er einen Vertrag mit mehrjähriger Laufzeit abgeschlossen. Edith musste den Nachfolger nur auf zurückhaltende Art davon überzeugen, dass

Mützenich hier immer ausgezeichnete Entscheidungen getroffen hatte. Alle Aufträge waren durch die *Fabrik Geldermann* immer zu höchster Zufriedenheit ausgeführt worden, auch jetzt, mit ihr, einer Frau in der Unternehmensleitung.

Das Tor zu *Reuters* stand offen. Edith passierte es und folgte der neuen Teerstraße. Sie fuhr an der großen Halle mit dem Sheddach vorbei, die *Reuter*s vergangenes Jahr in rasender Geschwindigkeit hatte bauen lassen. Hinter der Halle befand sich das alte Fabrikgebäude und darin war mit Sicherheit auch Lobereichs Büro zu finden.

Edith war erst ein einziges Mal hier gewesen. Sie hatte sich gemeinsam mit Franz an vielen Wochenenden auf Spritztour begeben. Mit einem Picknickkorb im Auto waren sie Wochenende für Wochenende all die Adressen der Unternehmen abgefahren, mit denen die Tuchfabrik Geschäfte unterhielt oder noch unterhalten wollte. Damals schon war Edith das besondere Dach auf dem neuen Gebäude aufgefallen.

„Das Scheddach bietet die einzigartige Möglichkeit, die Dachhöhe an sich recht gering zu halten und dabei viel Tageslicht in die Halle zu lassen, wenn ausreichend Oberlichter aus Glas verbaut werden. Gerade für die industrielle Nutzung ist dies von Vorteil." Franz hatte sich gefreut, mit Edith über solche Themen sprechen zu können und sie war wie immer dankbar gewesen, dass er ihr das Verständnis dafür nicht absprach.

„Wenn wir erst erweitern und anbauen, sollten wir dieses Konzept aufgreifen. Es scheint mir plausibel. Das Tageslicht wird die Arbeit um einiges erleichtern und die Energiekosten senken.“ Damals hatte sie die Möglichkeit das erste Mal aufgeworfen, seither fand sie in regelmäßigen Abständen den Weg in ihre Gedanken. Die Räumlichkeiten der Tuchfabrik waren begrenzt. Es war zwar alles aufeinander abgestimmt, die Maschinen, die Transportwege und die einzelnen Produktionsstufen, doch es war abzusehen, dass sie bei steigender Auftragskapazität bald an ihre Grenzen stoßen würden. Da die Steigerung der Produktion und eine Erhöhung des Umsatzes zu den erklärten Zukunftszielen Ediths gehörten, wollte und musste sie sich mit dem auftretenden Platzproblem auseinandersetzen. Ein Neubau und eine Neustrukturierung standen in den nächsten Jahren definitiv an, wenn sie den Anschluss nicht verpassen wollte. Platz war in ausreichender Menge vorhanden. All die Wiesen und Ackerflächen rund um die Tuchfabrik gehörten ebenfalls zu ihrem Erbe. Sie waren teilweise an die Bauern verpachtet. Hier hatte sie noch Überzeugungsarbeit zu leisten, aber auch dafür würde sich eine Lösung finden, wenn es erst so weit war. Keinesfalls würde sie die Bauern ins Elend stürzen. Im Gegenteil, sie war sich ihrer Verantwortung bewusst. Wenn die Fabrik expandierte, brauchte sie auch eine größere Belegschaft und sie würde jedem von ihnen einen Arbeitsplatz mit regelmäßigem Lohn anbieten.

Edith stellte ihren Wagen hinter der großen Halle auf einem ebenfalls geteerten Platz vor dem Gebäude ab. Dort standen bereits einige Autos. Mit Onkel Leopolds Tasche in der Hand stieg sie aus, schob die Sonnenbrille hoch und sah sich interessiert um. Das gesamte Gelände des Textilverarbeitungsunternehmens war ein reiner Arbeitskomplex. In diesen Gebäuden wohnte niemand. Hier gab es nur Büroräume, Lager- und Produktionshallen. Die Fassade des zweigeschossigen Hauses war frisch gestrichen, der angrenzende Bereich wirkte aufgeräumt. Einen Kohlehaufen sah Edith nirgends. Dafür einen langgezogenen überdachten Bereich, in dem unzählige Fahrräder abgestellt waren. Sie dachte an Franz, der früher immer mit dem Rad in die Fabrik gefahren war. Nun wohnte er gleich nebenan und brauchte es nicht mehr. Wenn er weitere Strecken zurücklegen musste, fuhr er mit dem Automobil, das brachte viel Zeitersparnis ein.

Hinter dem Abstellbereich für die Fahrräder gab es ein weiteres Tor, das in die Fabrikhalle führte. Ein LKW stand dort und wurde beladen.

Edith löste ihren Blick. Als sie die kleine Betontreppe erreicht hatte, wurde die Eingangstür geöffnet. Eine Frau mittleren Alters lächelte sie an.

„Frau Bergemann?"

Sie erwiderte das Lächeln in freundlicher Zurückhaltung, nahm die Sonnenbrille vom Kopf und schob sie in die Hosentasche. Als Edith die Fremde erreicht hatte, gab sie ihr die Hand.

„Guten Morgen. Ja, ich bin Edith Bergemann und habe einen Termin mit Herrn Lobereich."

Die Fremde lächelte abermals freundlich, ließ sie eintreten und schloss die Haustür leise hinter ihr.

„Ich bin Frau Kerbel. Ich bin die Assistentin von Herrn Lobereich. Kommen Sie, er erwartet Sie bereits."

Edith runzelte die Stirn. Laut ihrer Uhr war es erst drei viertel zehn oder wie man im Rheinland zu sagen pflegte, Viertel vor zehn. In Berlin gab man die Zeit zwar ein klein wenig anders an, aber so arg hatte sie sich gewiss nicht verhört. Mittlerweile hatte sie sich schließlich recht gut eingelebt. Sie betrachtete das Zifferblatt ihrer Armbanduhr und hielt sie prüfend ans Ohr. Das gute Stück war doch hoffentlich nicht stehengeblieben? Nicht auszudenken, dass sie zu diesem kuriosen und doch wichtigen Termin zu spät kam. Aber nein, das feine Uhrwerk tickte tadellos.

7. Bittere Erkenntnisse

Frau Kerbel führte Edith die Treppen hinauf in die obere Etage und begleitete sie bis zur Tür am Ende des Flures, an der ein Holzschild mit der Aufschrift *Leitung* angebracht war.

Frau Kerbel hielt einen Moment inne, lächelte Edith nochmals aufmunternd an und klopfte zweimal zurückhaltend an die Tür. Ohne eine Antwort abzuwarten, trat sie ein.

„Frau Bergemann ist eingetroffen", verkündete sie fröhlich, hielt die Tür offen und bedeutete Edith einzutreten.

Das Büro war hell und geräumig, auf dem Boden lag ein dicker blauer Teppich mit orientalischen Ornamenten. Es gab mehrere Fenster, die ihr sofort auffielen und die den Raum eher als ein Atelier als Büro auswiesen.

Lobereich hatte bis eben an einem großen Schreibtisch gesessen. Nun klappte er eilig eine Mappe mit Dokumenten zu und stand auf. Er knöpfte sein Jackett zu, während er um den ausladenden Tisch herumlief und streckte dann freundlich die Hand aus, um Edith zu begrüßen.

„Guten Morgen Frau Bergemann, ich bin erfreut und beeindruckt, dass Sie meiner unkonventionellen Einladung gefolgt sind. Kommen Sie, setzen wir uns." Er zeigte auf zwei lederbezogene Sessel an einem zweiten Tisch.

Edith inspizierte den Raum eilig. Das Büro wurde von zwei Außenwänden begrenzt, in welche jeweils drei große Fenster eingelassen worden waren. Dadurch wurde es praktisch vom Licht durchflutet. Es standen Grünpflanzen vor den Fenstern, Aktenschränke reihten sich an einer Wand aneinander. Das Büro war aufgeräumt, auf dem Besprechungstisch stand ein klobiger Aschenbecher, der nicht nur akkurat gesäubert worden war, sondern in dessen Mitte in grün geschwungener Schrift der Firmenname *Reuters* zu lesen war.

Lobereich wartete, bis sie Platz genommen hatte, dann setzte er sich ebenfalls. Dabei machte er einen gelösten Eindruck und zeigte keine Eile.

Edith nahm sich vor, mitzuspielen und abzuwarten, bis sie seine Taktik und seine Absichten durchschaut hatte. Sie stellte die Aktentasche neben ihren Stuhl und ließ den weichen Ledergriff los. In diesem Moment wurde ihr so deutlich wie nie zuvor, dass sie die langersehnte Verantwortung nun tatsächlich trug und in dieser Situation auf sich gestellt war. Alles Bisherige war Tagesgeschäft gewesen. In diesem Augenblick sah sie ihrer Feuerprobe entgegen.

Die Tür wurde erneut geöffnet. Frau Kerbel brachte ein Tablett mit Kaffee, stellte Kanne, Zuckerdose, Milchkännchen und Tassen auf den Tisch.

„Vielen Dank, Anita. Den Rest mache ich allein“, erklärte Lobereich freundlich und begann sogleich damit, die Tassen auf die Untertassen zu stellen und die Löffel daraufzulegen.

„Sie trinken doch einen Kaffee mit mir?“, wandte er sich an Edith.

„Sehr gern“, erwiderte sie erfreut, blieb jedoch wachsam und erhaschte einen kurzen Blick auf Lobereichs Armbanduhr. Der große Zeiger stand kurz vor der Zwölf. Sie war definitiv nicht zu spät, es war gerade erst kurz vor zehn.

Lobereich hatte keine Eile, was Edith erlaubte, ihn noch etwas genauer und vor allem bei Tageslicht zu betrachten. Das plätschernde Geräusch des Kaffees, der sich in die Tassen ergoss, erklang. Der Deckel der Porzellankanne klirrte leise, als er sie wieder zurück auf den Tisch stellte.

„Nehmen Sie Zucker oder Milch?“

„Nein danke, ich trinke Kaffee am liebsten schwarz“, entgegnete Edith und allmählich wollten Ungeduld und Neugier die Oberhand gewinnen. Es zappelte und hüpfte in ihrem Magen, sodass sie sich kaum vorstellen konnte, was passierte, wenn erst noch der Kaffee dorthin gelangte. *Bleib geduldig und gewappnet*, mahnte sie sich selbst innerlich und trank. Es schmeckte vorzüglich.

„Wenden wir uns dem Geschäftlichen zu“, begann Lobereich unvermittelt und sah Edith einige Sekunden lang an. Sein Blick war fest, nicht unfreundlich und verriet doch keine Gefühlsregung.

„Sehr gern, deswegen bin ich schließlich hier", entgegnete sie und hoffte, ihr Ton vermittelte die gewünschte Ruhe und Rationalität. Sie richtete den Rücken auf und zog die Schultern leicht nach hinten. Die neue Haltung ließ sie gewiss ein bis zwei Zentimeter größer wirken und das konnte nie schaden.

„Frau Bergemann, zwei Dinge sollten Sie über mich wissen: Erstens, ich setze auf Pünktlichkeit, zweitens, ich komme gern schnell zum Kern der Sache."

Letzteres hatte er bereits bei ihrer kürzlichen Begegnung im Restaurant unter Beweis gestellt. Sie war gespannt, was er ihr zu sagen hatte und wie sie selbst in diesem Gespräch bestehen konnte, ohne ihr Ziel, den Auftrag von *Textilien Reuters* zu erhalten, zu gefährden.

„Interessant. Ich bin ganz Ohr. Um welchen Kern handelt es sich?" Ihre Stimme hielt.

Edith war sich mittlerweile wieder sicher, dass Lobereich an jenem Abend zehn Uhr für das heutige Treffen vorgeschlagen hatte. Demzufolge war sie mehr als pünktlich gewesen und das verlieh ihr die notwendige Sicherheit. Sie wollte sich gerade zur Aktentasche hinabbeugen, um die Unterlagen hervorzuholen, als er sie mit einer in wenigen Worten formulierten überraschenden Forderung aus der Fassung brachte.

„Werfen Sie Tullmann raus!"

Er lehnte sich in seinem Stuhl zurück, schlug die Beine übereinander und sah sie aufmerksam abwartend an. Er strahlte dabei ein solides Maß an innerer Ruhe und Selbstsicherheit aus, ohne sich dabei herablassend zu geben. Das schürte Ediths Nervosität und imponierte ihr zugleich. Trotzdem blieb sie bei der Sache. Sie schluckte und zwang den zappelnden Meister Lampe, der ihr den Magen umdrehen wollte, zur Ruhe.

„Ich soll meinen Handelsvertreter entlassen?" Sie warf ihm einen ungläubigen Blick zu.

„Ja. Setzen Sie ihn vor die Tür, geben Sie ihm die Papiere, entledigen Sie sich seiner, jagen Sie ihn zum Teufel. Je eher, desto besser." Ein leises, verärgertes Knurren hatte seine letzten Worte begleitet. Er schien nun doch verstimmt, was ihn trotz seiner unerhörten Forderung nicht bedrohlich wirken ließ, sondern fast schon sympathisch.

„Warum sollte ich das tun?" Edith bemühte sich um Sachlichkeit und Distanz.

„Sie müssen einfach." Das Knurren war verschwunden.

„Wenn Sie die Geschäftsfrau sind, für die ich Sie halte, bleibt Ihnen keine andere Wahl und Sie werden mir für meine Einmischung noch dankbar sein. Davon bin ich felsenfest überzeugt. Außerdem mache ich sonst keine Geschäfte mehr mit Ihnen." Seinen letzten Satz sprach er unerwartet heiter.

„Ha!", entfuhr es Edith und sie sah ihn verblüfft an.

Sollte sie sich für den Kaffee bedanken, ihre Tasche nehmen und sich verabschieden? Dies wäre wohl ein eindrucksvoller Abgang und eine angemessene Antwort auf sein Verhalten. Das musste ihm doch klar sein. Aber für beide wäre ein attraktives Geschäft verloren. Dass dies in seinem Sinne war, konnte sie sich nicht vorstellen. Also, warum spielte er sich so auf? Sie musste sich dergleichen nicht bieten lassen und wenn er sie tatsächlich für eine Geschäftsfrau hielt, dann musste er wissen, wie unangebracht sein Verhalten war. Nein, Edith wollte nicht klein beigeben. Sie lehnte sich ebenfalls zurück und schlug die Beine übereinander.

„Nun, wenn Sie mir hieb- und stichfeste Argumente liefern, um Ihre ungeheuerliche Forderung zu begründen, werde ich zumindest darüber nachdenken", erwiderte sie daher, so ruhig es ihr möglich war. „Ich nehme an, die haben Sie, sonst hätten Sie gar nicht erst davon angefangen."

Lobereich musterte Edith einige Sekunden, dann lächelte er zufrieden. „Ich glaube, ich habe mich nicht in Ihnen getäuscht. Lassen Sie mich ein wenig ausholen. Darf ich Ihnen eine Geschichte erzählen?" Er sah Edith fragend an und wartete, bis sie ihm ein zustimmendes Nicken schenkte.

„Ich arbeite schon lange bei *Reuters*, bin aber erst kürzlich in diese leitende Position aufgestiegen."

Edith nickte höflich. Er erzählte ihr nichts Neues.

„Vor mir saß Friedrich Mützenich in diesem Büro. Ein Mann, den ich sehr verehre und mit dem ich auch privat einen engen, freundschaftlichen Umgang pflege."

Edith folgte den Ausführungen aufmerksam, obwohl sie keine Ahnung hatte, wohin die Geschichte führen sollte und vor allem, was sie mit ihrem Handelsvertreter Tullmann zu tun haben könnte.

„Mützenich und Ihr Onkel verband ebenfalls eine lange Freundschaft. Vor und nach dem Krieg waren sie treue Geschäftspartner. Lange Rede, kurzer Sinn: Mützenich berichtete von Ihnen, Ihrem Wunsch, Fabrikantin zu werden und der standhaften Weigerung, zu heiraten. Das hat mir sehr imponiert und ich trug damals schon den Wunsch in mir, Sie einmal kennenzulernen." Er machte eine Pause und musterte Edith.

„Das ist sehr interessant. Ich frage mich, wie Sie den Bogen zu Tullmann arrangieren werden", kommentierte sie Lobereichs Worte selbstbewusst, obwohl eine unangenehme Beklemmung in ihr hinaufkroch. Es war ihr nicht bewusst gewesen, dass sie in so vielen Kreisen Gesprächsthema gewesen war. Es hatte immer wieder unschöne Bemerkungen und Sticheleien gegeben. Aber Edith hatte gedacht, dies hätte erst nach Onkel Leopolds Tod seinen Anfang genommen. Sie hatte nicht vermutet, dass sie und vermutlich auch Ursula in gewissen Runden schon zuvor Gegenstand der Unterhaltung gewesen waren.

„Gedulden Sie sich." Lobereich ließ sich absichtlich Zeit. Er schlug die Beine nun in die andere Richtung übereinander und ordnete seine Krawatte.

„Für uns Außenstehende und beruflich Erfahrene war es ein seltsames Schauspiel, dass ein unreifes kleines Mädchen aus Berlin in die qualifizierten Fußstapfen ihres erfolgreichen Fabrikantenonkels treten wollte."

Edith sog scharf die Luft ein. „Unreif?" Sie blitzte ihn böse an, aber er ließ sich nicht beirren.

„Es war ein Schauspiel, das damit endete, dass Sie Ihr Ziel erreichten und sich eine gewisse Aufmerksamkeit im Tuch- und Textilgeschäft gesichert haben. Zumindest meine Aufmerksamkeit haben Sie definitiv erlangt." Er machte wieder eine Pause, während Edith allmählich warm wurde.

Was bezweckte Lobereich? Wollte er sie gegen sich aufbringen?

„Wenn es sich bei Ihrer ursprünglichen Weigerung in Sachen Ehe nicht um einen albernen Mädchenstreich gehandelt hat, wenn ich richtig informiert bin, sind Sie erst fünfundzwanzig, brachten Sie in meinen Augen ein großes Opfer, um an Ihr Ziel zu gelangen. Habe ich recht?" Sein Blick ruhte auf Edith, die innerlich hin- und hergerissen war. Diese Situation war grotesk.

„Sechsundzwanzig und nein, ich habe nicht das Gefühl, mich geopfert zu haben." Sie widersprach heftig und ließ ihrer Antwort einige Sekunden Zeit, zu wirken.

Wenn Lobereich überrascht war, so sah man es ihm nicht an. Sie dagegen war es und darüber ärgerte sie sich noch mehr. Ihr Privatleben ging ihn nichts an und sie musste ihm keine Auskunft darüber geben. Dass er zum Teil recht hatte und sie bis kurz vor der Verlobung mit Franz bereit gewesen war, ein großes Opfer zu bringen, musste sie ihm nicht auf die Nase binden.

„Ich kann Ihnen mit Sicherheit sagen, dass ich die Ehe mit meinem Mann weder als Opfer noch als Kuhhandel ansehe. Ich bin zudem weder unreif noch ein kleines Mädchen, sondern eine sechsundzwanzigjährige Unternehmerin. Spannen Sie mich nicht weiter auf die Folter, kommen Sie zum Kern. Das können Sie doch, oder nicht? Was hat es mit Gernot Tullmann auf sich? Warum sollte ich ihm kündigen?" Edith wurde innerlich heiß und kalt zugleich. Sie hoffte inständig darauf, dass Lobereich ihr nur einen kleinen Teil ihrer Aufregung ansah.

Dieser gab sich nun beschwichtigend. „Verzeihen Sie, Frau Bergemann. Es lag nicht in meiner Absicht, die Beweggründe für Ihr Handeln infrage zu stellen. Ich ging zu weit. Es kommt nicht wieder vor."

Edith nickte und zeigte sich einigermaßen besänftigt.

„Seit Sie die Leitung des Betriebes übernommen haben, wurden alle Aufträge für *Reuters* in beindruckender Qualität abgewickelt. Wenn ich mir die Bemerkung erlauben darf … es war ein kluger Schachzug, den Namen des Unternehmens beizubehalten." Er räusperte sich und schlug nun wieder das andere Bein über.

Edith sah ihn ungeduldig an. Was bildete er sich mit diesem Theater ein? Ihre Zeit war knapp bemessen und kostbar.

„Sie sind also zufrieden. Das höre ich gern."

„Nicht ohne Grund habe ich die Anfrage für unseren Uniformstoff wieder an die *Tuchfabrik Geldermann* gestellt. *Reuters* wird in den kommenden Jahren in großem Stil Konfektionsware für die Bahn und das Hotelwesen herstellen und ich brauche einen verlässlichen Partner." Den letzten Teil betonte Lobereich besonders, was Edith dazu aufrief, ihren eigenen und den Ruf ihrer Fabrik zu verteidigen.

„Ich bin eine verlässliche Partnerin und die *Tuchfabrik Geldermann* wird auch weiterhin beste Qualität liefern. Ich möchte nicht unhöflich sein, aber ich bitte Sie, kommen Sie endlich zum Kern."

Am Ende ihrer Geduld und etwas angriffslustig sah Edith ihr Gegenüber an. Sie hatte genug von dessen Spielchen und war allmählich dazu bereit, dieses Theater umgehend abzubrechen. Lobereich hatte Tullmann bereits mehrfach vor den Kopf gestoßen und nun trieb er diesen Unsinn mit ihr weiter. Das würde hier und jetzt ein Ende haben! Sollte er sehen, woraus er seine Uniformen nähte.

„Jetzt ist genau der richtige Moment." Lobereich stand auf und seine dunklen Augen funkelten vergnügt, was Edith nicht weniger verärgerte. Auf seinem großen Schreibtisch lag noch immer die Dokumentenmappe, die er vorhin so eilig zugeklappt hatte. Nun holte er sie und legte sie ohne ein weiteres Wort geöffnet vor ihr auf den Tisch.

Edith erkannte die Papiere. Es handelte sich um Kopien des Angebots, das sie *Reuters* schon vor mehreren Monaten übermittelt hatte. Ebensolche Kopien befanden sich auch in ihrer Aktentasche. Sie blätterte die Unterlagen durch. Dabei wurde ihr schnell klar, dass damit etwas nicht stimmte. Die Reihenfolge und Bezeichnung der aufgeführten Positionen waren ihr geläufig und deckten sich mit ihren eigenen Unterlagen, aber die Preise wichen ab.

Was noch verwunderlicher war, sie waren niedriger als die, die sie selbst kalkuliert und angesetzt hatte. Sie kannte das Angebot in- und auswendig. Wie konnte das sein? Das hier war ein Witz und nicht zu halten. Es würde, wenn überhaupt, nur marginalen Gewinn einbringen.

„Was soll das bedeuten?" Sie sah misstrauisch auf und bedachte Lobereich, der sich wieder auf seinem Stuhl niedergelassen hatte, mit einem scharfen Blick.

„Ist das etwa Ihr Gegenangebot? Das können Sie vergessen!"

Er rührte sich nicht. Edith überflog die Papiere nochmals, dann entdeckte sie es. Von einem Moment zum anderen fuhr ihr der Schreck wie ein Dolch durch die Brust. Das war doch nicht möglich! Wie hatte sie so lange brauchen können, um es zu bemerken? Im Briefkopf stand nicht der Name ihres Unternehmens. Es war ein Angebot ihres Konkurrenten *Pönsgen*!

„Ich fasse es nicht …“, entschlüpfte ihr ein bestürztes Flüstern. Wie versteinert saß sie da und starrte auf die Papiere.

„Das ist der Kern.“ Lobereichs Worte trafen Edith wie ein Schlag auf den Kopf.

Sekundenlanges Schweigen breitete sich aus, bis sie sich wieder gefangen hatte.

„Erklären Sie mir das“, forderte sie ihn tonlos auf.

„Da gibt es nicht viel zu erklären. Die Geschichte ist schnell erzählt. Tullmann vereinbarte einen Termin, erschien mit einigen Minuten Verspätung, die ich ihm habe durchgehen lassen. Ich bin zwar streng, aber kein Unmensch. Schließlich ist er auf seinen Krücken langsamer unterwegs. Er unterbreitete mir das Angebot und vereinbarte einen neuen Termin. Zwei Tage später bittet Dietrich, der ist Ihnen wohl bekannt, um einen Termin und die Möglichkeit, mir ein unschlagbares Angebot zu machen. Bisher hatte ich keine Geschäfte mit *Pönsgen* unterhalten, aber ich wäre ein Idiot, wenn ich mir sein Angebot nicht wenigstens angesehen hätte. Sie können sich meine Überraschung vorstellen?“

„Hubert Dietrich?“ Edith trat der kalte Schweiß auf die Stirn.

„Glücklicherweise bin ich kein Dummkopf. Ich hätte Tullmann gerne zur Rede gestellt, aber ich habe ihn seitdem nicht mehr gesehen. Jeden Termin, den er telefonisch vereinbarte, ließ er platzen. Dafür meldete sich

Dietrich selbst regelmäßig und schickte mir Zigarren, um endlich seinen Vertrag unter Dach und Fach zu bekommen."

Edith interessierte nicht mehr, ob ihr Rücken gerade war oder sie die notwendige Zurückhaltung wahrte. Sie öffnete die Aktentasche, zog ihre eigenen Unterlagen hervor und legte sie daneben. Dann zeigte sie auf die Kaffeekanne. „Sie erlauben?"

Bevor Lobereich antworten konnte, griff sie danach, schenkte sich ein und blieb vor dem Tisch stehen. Akribisch verglich sie die Angebote, las, dachte nach und rechnete. Schließlich setzte sie sich wieder.

„Ich wusste, dass Dietrich ein falscher Fuffziger ist, aber das schlägt doch dem Fass den Boden aus", stellte sie entrüstet fest.

Lobereich musterte sie noch immer interessiert, was Edith nicht entging.

„Mein Angebot ist sicherer. Wenn Dietrich halten will, was er verspricht, leidet über kurz oder lang die Qualität und was das für Sie bedeutet, muss ich wohl nicht erklären." Edith war selbst überrascht von ihrer nüchternen Beurteilung und der Kraft, die sich in ihr entfaltete. Sie stand Lobereich gegenüber, hielt seinem Blick stand und schwieg.

Schließlich fasste er sich in die Innentasche seines Jacketts und zog einen flachen Gegenstand heraus. „Zigarette?" Er stand auf, trat näher und öffnete ein silbernes Etui.

Edith nickte, nahm sich eine heraus und ließ sich Feuer geben. Sie setzten sich wieder an den Tisch und rauchten schweigend, während sich der Qualm allmählich zu einer großen grauen Wolke verband.

„Es ist offensichtlich, dass Tullmann und Dietrich gemeinsame Sache machen. Wie lange, kann ich nur ahnen. Ich glaube nicht, dass Tullmann von Anfang an gegen Sie agiert hat. Ich tippe eher darauf, dass es etwas Persönliches zwischen Ihnen und Dietrich ist. Wenn ich mich recht erinnere, hatte er gute Karten, Geldermanns Nachfolge anzutreten, bis Sie ihm die Tour vermasselt haben.“

„Er hat sie sich selbst vermasselt“, zischte Edith und fischte sich einige Tabakkrümel von der Zunge.

Das Verhältnis zwischen Lobereich und ihr hatte sich in den vergangenen Minuten grundlegend verändert. Die Distanz war wesentlich geringer geworden. Beide schwiegen wieder und rauchten. Erst als sie ihre Zigarette auf dem großen grünen R von *Reuters* ausdrückte, nahm sie das Gespräch wieder auf.

„Sie haben recht. Ich werde Tullmann zur Rede stellen. Ich bitte Sie nur um eines: Schweigen Sie über unser Zusammentreffen, falls Sie ihm begegnen sollten. Es handelt sich hier um meine Angelegenheit. Die werde ich alleine und auf meine Weise regeln, aber ich lasse es Sie gerne wissen, sobald sich alles aufgeklärt hat.“

Edith räusperte sich, nahm die Aktentasche und stand auf. Alles in ihr drängte plötzlich darauf, dieses Gebäude, dieses Büro, diesen Mann zu verlassen. Dieses Treffen war vollkommen anders verlaufen, als sie es sich erhofft hatte. Jetzt und hier konnte sie nicht mehr viel ausrichten, sondern nur noch Schaden begrenzen.

Zudem stieg Verärgerung über Lobereich in ihr auf. Hatte er ihr nur seine Macht und ihre Unerfahrenheit demonstrieren wollen? Hatte es ihm gefallen, sie so auflaufen zu lassen? Er sollte sich nicht einbilden, ihr in die Angelegenheiten pfuschen zu können. Ihre Interna klärte Edith immer noch selbst. Ein letztes Mal sammelte sie sich.

„Mein Angebot lasse ich Ihnen gerne noch einmal hier. Ich sehe keinen Grund, etwas daran zu ändern und garantiere Ihnen einwandfreie Produktion und Lieferung, wenn Sie sich für *Geldermann* entscheiden. Vielen Dank, dass Sie sich die Zeit genommen haben." Sie war nun nur noch wenige Schritte von der Tür entfernt.

„Warten Sie noch einen Augenblick, bitte." Lobereichs Stimme klang nun viel weicher.

Edith zwang sich, stehen zu bleiben und wandte sich zu ihm um.

Erneut stand er langsam auf, ging hinüber zu seinem Schreibtisch und holte eine zweite Mappe. Er hielt sie eine Weile in den Händen, starrte darauf, als wollte er seinen nächsten Schritt nochmals abwägen. Dabei fiel Edith auf, dass er keinen Ring am Finger trug. Das wiederum überraschte sie. Lobereich war für sein Alter sehr attraktiv. Die Frauen mussten ihm doch zu Füßen liegen.

Er überreichte ihr den braunen Papphefter. Ohne zu zögern stellte sie ihre Tasche neben sich auf dem Fußboden ab und öffnete ihn, um auch die darin befindlichen Unterlagen zu prüfen. Was sollte das nun wieder bedeuten? Ihr ursprüngliches Angebot lag in der Mappe.

Sie blätterte es bis zur letzten Seite durch. Dann durchfuhr sie ein zweiter heftiger Schreck, ein positiver, und sie musste hart an sich arbeiten, um nicht aus der Rolle zu fallen.

„Sie haben den Auftrag fürs nächste Jahr längst unterschrieben", stellte sie mit ruhiger Stimme fest und musterte Lobereich nun ihrerseits eindringlich.

Er stand dicht neben ihr. Sie musste etwas zu ihm hinaufsehen, was ihr nicht unangenehm war. Er gab sich nun freundschaftlich und die Neuigkeiten brachten Edith beinahe aus dem Häuschen.

„Habe ich das? In der Tat. Das ist meine Unterschrift." Er tippte zufrieden mit dem Finger auf besagte Stelle im Vertrag.

„Warum?" Sie sah sich um, verstand nicht. „Warum das alles hier? Sie hätten mich anrufen oder den Vertrag mit der Post schicken können. Sie hätten auch das Angebot von *Pönsgen* annehmen können. Wozu das Schauspiel, was hatten Sie im Sinn?"

Lobereich zuckte mit den Schultern. „Ehrlich gesagt weiß ich es nicht genau. Ich wollte gerne persönlich mit Ihnen sprechen und war wohl neugierig, wie Sie mit der Situation umgehen würden. Der Deal mit *Pönsgen* wäre so oder so nicht infrage gekommen."

„Ach, ist das so?" Edith zog die Nase kraus und klappte den Ordner wieder zu. „Die meisten Herren ziehen ein geschäftliches Gespräch unter ihresgleichen vor. Sind Sie denn mit dem Ergebnis zufrieden?"

„Ich denke schon. Sie haben sich gut geschlagen, Frau Bergemann."

„Dann versprechen Sie mir eines: Falls Sie das nächste Mal mit mir sprechen möchten, rufen Sie an oder kommen Sie vorbei. Das ist sicherlich angenehmer, als mir wochenends im Restaurant aufzulauern, nur um mich in Ihr Büro einzuladen." Sie sah ihn nicht an, sondern schob die wertvollen Unterlagen in ihre Tasche.

Als sie wieder aufblickte, fing er ihren Blick auf. Er wirkte nun sanfter auf sie. Zum ersten Mal bemerkte sie seine grauen Augen und die feinen braunen Ränder, die seine Pupillen begrenzten.

„Ich versichere Ihnen, ich habe Ihnen nicht aufgelauert. Es war ein Zufall, dass wir uns dort begegnet sind. Ein glücklicher, wie ich nachträglich anmerken darf, denn er gab den Anstoß für die weitere Entwicklung." Lobereich hielt die Tür zu seinem Büro auf und begleitete Edith die breiten Treppen hinab bis zum Haupteingang des Gebäudes.

„Ich rufe Sie gerne an. Dann können wir die geschäftlichen Details bei einem gemeinsamen Mittagessen besprechen."

„Gibt es etwa Unklarheiten? Haben Sie Fragen?" Sie warf ihm einen eindringlichen Blick zu.

„Bis dahin wird mir schon etwas einfallen und essen müssen wir alle irgendwann. Ihr Besuch hat mich sehr gefreut." Er hielt ihr abermals die Tür auf und reichte ihr die Hand. Sie war größer und sein Händedruck fester als der ihres Mannes.

Sogleich überkam sie ein seltsames Gefühl. Warum verglich sie Lobereich mit Franz und was wollte ihm schon noch einfallen?

„Auf Wiedersehen." Er lächelte und ging zügig hinüber zur Produktionshalle, während Edith in ihren Wagen stieg.

Dort verharrte sie eine Weile und ließ die letzten Momente Revue passieren. Er hatte den Vertrag unterschrieben ... schon lange. Es ging weiter aufwärts. Sie hatte es geschafft. Erst jetzt registrierte sie, wie weich ihr die Knie geworden waren und wie fest die Aufregung sie im Griff gehabt hatte. Die Aktentasche mit den wertvollen Dokumenten legte sie auf die Rückbank. Dann fischte sie die Sonnenbrille aus der Hosentasche und startete den Wagen. Mit gemischten Gefühlen machte Edith sich auf den Weg nach Hause. Den errungenen Sieg getraute sie sich noch nicht zu genießen. Wenn Lobereich mit Tullmann recht hatte, und es sah sehr danach aus, hatte sie ein Problem. Eines, das sie umgehend unter die Lupe nehmen und beheben musste. Doch dafür musste sie sich erst einmal beruhigen. Entscheidungen, die in der Aufregung getroffen wurden, waren selten die besten.

8. Die Falle

„Ich kann ihn nicht einfach hinauswerfen. Die Indizien sprechen zwar gegen ihn, aber beweisen kann ich nichts. Zugeben wird Tullmann sein Vergehen wohl nicht ohne Weiteres."

Edith und Franz saßen im Wohnzimmer und berieten über die Erkenntnisse aus dem Gespräch mit Lobereich. Die Enttäuschung stand Edith ins Gesicht geschrieben. Die Situation hatte sich auch nach ausgiebiger Grübelei und mit etwas Abstand nicht gebessert. Es lag auf der Hand: Ihr Handelsvertreter, der Mann, dem sie so viel Vertrauen entgegengebracht hatte, der schon über ein Jahr für die Fabrik arbeitete, war ihr in den Rücken gefallen. Sie war erschüttert und das Warum spielte im Grunde keine Rolle mehr.

„Es ist doch eindeutig, dass er Geheimnisse verraten und gegen die Interessen des Unternehmens gehandelt hat." Franz rieb sich müde über das Gesicht. Warum zögerte Edith? Er verstand ihre Zurückhaltung nicht.

„Ich weiß, die Argumente sind erdrückend. Es ist Zeit, dem Schauspiel ein Ende zu setzen und die Fabrik vor weiterem Schaden zu bewahren. Wenn all dies so geschehen ist, hat Tullmann nichts Besseres verdient, als zum Teufel gejagt zu werden. Je eher, desto besser." Sie machte eine Pause, bevor sie in flehender Hoffnung weitersprach.

„Aber nehmen wir an, dass Lobereich sich doch geirrt oder schlimmer noch ... wenn er gelogen hat? Ich würde einen unbescholtenen Mann, einen Versehrten, der gerade wieder ins Arbeitsleben zurückgefunden hat, auf die Straße setzen und seine Familie erneut ins Elend stürzen. Ich will keinesfalls unrecht handeln und den wahren Schuldigen davonkommen lassen." Edith trommelte mit den Fingerkuppen unschlüssig auf den Tisch.

„Glaube mir, das wirst du nicht. Tullmann ist so schuldig, wie man nur sein kann. Was hätte Lobereich davon, ihn zu denunzieren? Gar nichts. Im Gegenteil, er schließt mit dir einen zukunftsträchtigen Vertrag und möchte dieses Unterfangen nicht gefährdet sehen. Er hat das Geschäftliche im Sinn und so solltest du auch denken. Die erneuten Verbindungen zu *Reuters* werden deine Fabrik weiter nach vorn katapultieren. Du hast als Unternehmerin Verantwortung für die Menschen, die hier redlich arbeiten. Ins Elend hat sich Tullmann mit seiner hinterhältigen Aktion selbst gestürzt."

„Du hast ja recht. Ich weiß nicht, warum ich mich an diesen Strohhalm klammere, ich habe mich in ihm getäuscht und muss in Zukunft noch vorsichtiger sein. Dass ich Gegenwind bekommen würde, war zu erwarten. Aber es tut weh, einen Gegner in den eigenen Reihen zu haben. Ich muss die Tatsachen rational analysieren und eine verantwortungsvolle Entscheidung treffen."

Franz legte seine Hand auf Ediths, umschloss sanft ihre Finger und hob sie behutsam an seine Lippen. „Das hast du wohl in diesem Augenblick getan."

Sie nickte. „Aber wie soll ich es tun? Er ist noch einige Tage unterwegs und wird erst am Dienstag kommender Woche wieder auftauchen. Soll ich ihm die Kündigung mit der Post nach Hause senden? Schlimmer noch, was ist, wenn er sich ans Arbeitsgericht wendet?"

Franz lachte auf. „Bei dem Dreck, den er am Stecken hat? Das wird er nicht wagen. Nun mach dir nicht zu viele Gedanken. Er kann froh sein, wenn du nicht diejenige bist, die ihn vors Arbeitsgericht zerrt. Auch das ist im Übrigen eine Überlegung, die du nicht von der Hand weisen solltest."

„So ein Verfahren lenkt den sensationslustigen Blick der Öffentlichkeit doch nur auf mich, bringt aber das Unternehmen kein Stück weiter. Tullmann ist sicher nur eine Marionette. Dietrich steckt dahinter und dem würden ausreichend Ausreden einfallen, um sich nicht erwischen zu lassen."

Edith stand auf und trat ans Fenster. Ihr erschöpftes Spiegelbild zeigte sich in der nachtschwarzen Scheibe. Sie versuchte die unangenehmen Erinnerungen abzuschütteln. Hubert Dietrich war ihr aus mehr als einem gutem Grund zuwider.

Franz stand auf und trat an sie heran. Ihre Blicke trafen sich in der Reflektion des Fensters. Sanft legte er seine Hände auf ihre Schultern. „Wir wissen doch, dass ihr nicht im Guten auseinandergegangen seid. Er fühlt sich mit Sicherheit in seiner Ehre gekränkt."

Edith fröstelte. Franz wusste nicht, wie schlimm es gewesen war und sie hatte auch nicht vor, es ihm jemals zu erzählen. „Wenn er den Vertrag mit *Reuters* an Land gezogen hätte, wäre er zumindest beim alten Pönsgen wieder ein gemachter Mann gewesen. Sicherlich hätte das die Heirat mit Sybille vorangetrieben und ihn ein Stück näher ans Ziel gebracht."

Edith legte ihre Hände auf seine und seufzte. „Sybille Pönsgen hat keine Ahnung, auf wen sie sich da einlässt, aber es geht uns nichts an und es liegt mir fern, mich mit ihr auszutauschen. Ich bin immer noch verärgert über das Verhalten des feinen Fabrikantentöchterchens und ihrer Mutter, damals, während des Besuchs bei ihnen mit Palm."

Franz küsste ihren Hals und lächelte zufrieden in sich hinein. Wie froh war er doch, dass Edith sich in letzter Sekunde gegen die arrangierte Ehe mit dem unterkühlten und eigentümlichen Oberstleutnant entschieden hatte. „Es ist so offensichtlich, dass Hubert über Arthur und Ella Pönsgen, genauer gesagt ihre einzige Tochter Sybille, gedenkt, an die Fabrik des Alten zu gelangen. So ähnlich war es bei dir damals auch, aber du hast ihm einen Strich durch die Rechnung gemacht."

Edith ließ seine Hände wieder los, verschränkte die Arme vor der Brust und sah ihr Spiegelbild an. „Genau, so offensichtlich und gerade deshalb so unbegreiflich, dass sie auf allen Augen blind zu sein scheinen. Bei Sybille verstehe ich es zum Teil. Woher soll sie es besser wissen?"

Edith drehte sich zu Franz um und küsste ihn auf den Mund. Sie hatte genug davon, sich über Pönsgens den Kopf zu zerbrechen, die dank ihrer ausgeprägten Borniertheit jegliches Mitgefühl für ihre Situation verspielt hatten.

„Es wäre sicherlich besser gewesen, ihn auf frischer Tat zu ertappen. Dann wäre die Angelegenheit klar und nicht mehr zu leugnen gewesen,“ griff Edith nun wieder Tullmann und seinen Verrat auf.

„Schlägst du etwa vor, ihn zu überführen?“ Franz rieb sich das Kinn und schritt nachdenklich durchs Zimmer.

„Wie sollte das vonstattengehen? Sollen wir ihm eine Falle stellen?“ In Ediths Augen blitzte es abenteuerlustig auf und um ihre Mundwinkel zuckte es verschlagen.

„Warum eigentlich nicht? Seiner Aussage nach wurden sämtliche Termine für ein persönliches Vorsprechen bei *Reuter*s kurzfristig abgesagt. Lobereich hingegen behauptet, Tullmann habe jeden der vereinbarten Termine platzen lassen. Wie wir nun mit hoher Wahrscheinlichkeit wissen, hat er die Termine nicht wahrgenommen und stattdessen die Unterlagen an jemanden bei *Pönsgen* weitergegeben. Anderenfalls wäre das beinahe identische Angebot nicht zustande gekommen. Man müsste Tullmann dazu verleiten, noch einmal einen Verrat zu begehen und ihn dann auf frischer Tat zur Rede stellen.“

„Du glaubst, er hintergeht dich noch einmal?“

„Wenn die Versuchung nur groß genug ist, ja.“

„In Ordnung, das könnte funktionieren.“ Franz rieb sich die Hände. „Er weiß nichts von den aktuellen Entwicklungen, weiß nicht, dass du informiert bist und wird sich deshalb in Sicherheit wiegen.“

„Ja, aber wie genau dieses Unterfangen ablaufen soll, diese Entscheidung treffe ich heute nicht mehr. Ich bin viel zu müde und erschöpft. Lass uns schlafen gehen.“

„Ein sehr weiser Vorschlag“, erwiderte Franz und lächelte zufrieden.

„Genau, weise und in keinem Falle unreif. Kommst du?“ Schon war sie zur Tür gegangen, hatte die Finger auf den Lichtschalter gelegt und warf ihm einen wartenden Blick über die Schulter zu.

Edith dachte in der folgenden Woche intensiv über die verschiedenen Möglichkeiten nach, die sich ihr boten, Tullmann zu überführen. Nachts wälzte sie sich unruhig im Bett hin und her. Tagsüber konnte sie nicht lange am Schreibtisch sitzen, musste sich bewegen und die Gedanken kreisen lassen. Sie durchquerte einige Male sämtliche Produktionsstätten und stellte immer wieder fest, dass der Wunsch, an das Gute in Tullmann zu glauben, ihre Schwachstelle war. Sie durfte dem nicht nachgeben, sondern musste klug und überlegt handeln. Er hatte sich nicht gescheut, gegen sie zu agieren und Dietrich hatte versucht, seinen Nutzen daraus zu ziehen. Beinahe wäre es ihnen gelungen, doch Edith wollte ihnen schon zeigen, dass sie sich nicht mit ihr anlegen sollten.

Den Sonntagnachmittag verbrachte Edith bei Tante Luise, die sich sehr über den Besuch freute, aber wenig Zeit hatte und mit glühenden Wangen durchs Haus eilte.

„Setz dich, Edith. Ich lasse gleich etwas zu trinken bringen und leiste dir Gesellschaft.“

Während das Hausmädchen Marie eine Karaffe und zwei Gläser brachte, übte Edith sich in Geduld und sah sich im neuen Haus ihrer Tante um. Irgendetwas war anders.

„So, da bin ich endlich.“

„Du hast etwas hier drinnen verändert, seit ich dich das letzte Mal besucht habe."

„Ja, das habe ich. Es sind neue Tapeten. Hatte ich das nicht erwähnt?"

„Nein, oder vielleicht hast du es und ich habe es vergessen. Mir schwirrt gerade so vieles durch den Kopf."

„Wem sagst du das, meine Liebe, mir geht es ähnlich. Ich muss meine Reise vorbereiten und bin vollkommen durch den Wind."

„Welche Reise? Du warst doch gerade erst fort. Wohin soll es gehen? Mit wem reist du?"

„Nun mach mich nicht schwach, auch das habe ich dir doch schon ausführlich erzählt, oder etwa nicht? Morgen schon geht es los. Drei Wochen Ruhe und Erholung in Liebenzell. Allerdings fürchte ich, dass ich bei all dem, was mir eine solche Reise schon an Kraft für Vorbereitungen raubt, nicht so erholt zurückkehren werde, wie es geplant ist. Dabei weiß ich doch schon, was auf mich zukommt."

„Morgen schon?"

„Ja, morgen." Luise neigte den Kopf und musterte Edith. „Ich bin mir sicher, dass ich dir davon berichtet habe. Das Datum steht schon seit Wochen fest. Wo bist du nur mit deinen Gedanken? Stell dir vor, wir werden mit einem Reisebus fahren!" Die vorfreudige Erregung auf diesen Ausflug stand Luise deutlich ins Gesicht geschrieben.

„Es sind einige wichtige Entscheidungen in der Fabrik zu treffen, aber nichts, womit ich dich jetzt behelligen möchte. Versprich mir, dass du uns regelmäßig schreiben und von deiner Reise berichten wirst", bat Edith und trank einen Schluck der erfrischenden Limonade.

„Selbstverständlich. Das werde ich und es hat den Vorteil, dass wir zwei das geschriebene Wort nicht so leicht vergessen können. Bei mir ließe sich das mit gutem Willen auf das Alter schieben, aber du hast keine Ausreden." Sie lächelte zufrieden und lehnte sich zurück.

„Du kokettierst mit deinem Alter? So kenne ich dich gar nicht."

Luise schmunzelte und machte eine wegwerfende Bewegung mit der Hand. „Da du, wie ich nun weiß, nicht zu mir gekommen bist, um mich zu verabschieden und mir eine angenehme Reise zu wünschen, bin ich neugierig. Was ist der Grund für deinen Besuch?"

„Ach, ich hatte Sehnsucht. Es ist schließlich doch schon eine Weile her, dass wir uns gesehen haben."

„Sehnsucht?"

„Ja. Ich hatte auf einen Plausch mit dir und etwas Abwechslung gehofft."

„Und du bist sicher, dass du mir nicht davon erzählen möchtest?"

„Ja, das bin ich. Vielleicht später, wenn alles geklärt und erledigt ist. Ich werde dir deine bevorstehende Reise nicht mit meinen Sorgen verderben. Du hast Aufregung genug."

„Na bravo, jetzt mache ich mir erst recht Gedanken." Luise schüttelte tadelnd den Kopf, aber Edith blieb verschlossen.

„Du erfährst es, wenn du wieder zurückgekehrt bist. Versprochen."

Der Dienstag rückte unaufhaltsam näher und es war an der Zeit, die Konsequenzen zu ziehen. Edith hatte sich entschieden, Tullmann mit einem angeblich neuen Angebot in die Textilfabrik zu schicken. Sie hatte die Papiere bereits vorbereitet und wartete nun darauf, dass ihr mutmaßlich untreuer Mitarbeiter im Kontor auftauchte. Da die Pferdepost vor einiger Zeit von einem Omnibus abgelöst worden war und die Verspätungen erfreulicherweise abnahmen, erwartete sie ihn in Bälde. Er hatte nur den kurzen Weg von der Haltestelle bis zur Fabrik zurückzulegen und das durfte ihm bei dem sonnigen Wetter keine Schwierigkeiten bereiten.

Sie wartete im Kontor, an ihrem Schreibpult sitzend, und rauchte. Für den Bruchteil einer Sekunde wollten sich erneut Zweifel in ihr regen, ob der Verdacht gerechtfertigt war und sie den Invaliden für nichts und wieder nichts zu *Reuters* schicken konnte. Aber dann rief sie sich zur Ordnung. Die Angelegenheit war klar und es gab einen guten Plan, ihr ein Ende zu bereiten.

„Bettina?" Die Sekretärin hörte augenblicklich auf zu tippen.

„Ja?"

„Ich habe Lust auf Kuchen. Hier ist etwas Geld. Bitte holen Sie uns eine kleine Auswahl von der Bäckerei, verschiedene Stücke. Sie finden schon etwas Passendes und dürfen das ganze Geld ausgeben."

Sie hatte lange überlegt, wie sie Bettina unauffällig aus dem Kontor bekommen konnte und der Appetit auf Kuchen war Edith glaubwürdig erschienen. Sie hatte sich bereits etwas Geld zur Seite gelegt, das sie der Sekretärin nun reichte. Die Zeit bis zu deren Rückkehr sollte für ein wichtiges Gespräch unter vier Augen mit Tullmann ausreichend sein.

Bettina zog sich ihren Mantel über und setzte ihren Hut auf, dann machte sie sich zügig auf den Weg. Edith drückte ihre Zigarette etwas zu wild im Aschenbecher aus, so dass ein grauer Aschekrümel danebenfiel. Sie starrte auf den nun leeren Stuhl hinter der Schreibmaschine. Dabei dachte sie an Fräulein Dahmen, die Edith während des ersten Sommers im Kontor dazu ermuntert hatte, das Tippen auf der Schreibmaschine zu lernen und die bis zu ihrem Tod treu und ergeben in der Tuchfabrik gewirkt hatte. Es wäre schön gewesen, wenn Edith sie noch einmal hätte wiedersehen können.Nach einer Weile ließen sie laute Stimmen draußen auf dem Hof aufhorchen. Eine davon gehörte unverkennbar zu ihrem Handelsvertreter. Es konnte also losgehen. Einen Moment später klopfte es und die Tür zum Kontor wurde geöffnet.

„Guten Morgen, Frau Bergemann", grüßte Tullmann lautstark. Er betrat auf seine Krücken gestützt und bestes gelaunt den Raum. Die Gehhilfen klemmten wie immer unter seinen Achseln. Eine gewisse Anstrengung durch den Fußweg stand ihm ins Gesicht geschrieben. „Ach, es ist immer wieder eine Freude, Sie zu sehen", flötete er.

Edith lächelte freundlich, stand auf und rückte ihm einen Stuhl zurecht. Diese Theater bereitete ihr Unbehagen.

„Kommen Sie und nehmen Sie Platz, Herr Tullmann. Wie ist es Ihnen seit unserem letzten Treffen ergangen?" Edith ließ ihn nicht aus den Augen, beobachtete jede Bewegung wie ein Luchs.

„Gut, gut. Die regelmäßige Arbeit wirkt sich zu meinem Vorteil aus. Die Stimmung hebt sich doch immer gleich, wenn es hinausgeht auf Reisen. Es ist so schön, unter Menschen zu sein und seinen Geschäften nachzugehen. Man fühlt sich dann doch gleich ordentlich gebraucht, nicht wahr? Auf die Frau und den Sohn färbt das neue Leben auch ab. Sind viel lebendiger geworden in den letzten Monaten. Stellen Sie sich vor, der Bub wird dreizehn und kann dann endlich auch etwas dazuverdienen. Er ist fleißig und kommt ganz nach seinem alten Herrn.“

Edith schluckte, ermahnte sich jedoch innerlich, weder weich zu werden noch die Geduld zu verlieren. Sie wollte ihren Plan verfolgen und Tullmann entlarven, indem sie ihn auf frischer Tat ertappte.

„Und wie läuft es denn mit den Geschäften? Haben Sie uns neue Aufträge mitgebracht?“ Edith setzte sich wieder hinter das Schreibpult und sah ihren Angestellten mit großen, erwartungsvollen Augen an.

„Frau Bergemann, da muss ich leider schlechte Neuigkeiten überbringen. Die Leute knausern oder sind gar nicht erst zu Verhandlungen bereit. Ich habe richtig Kilometer gemacht, aber oft musste ich unverrichteter Dinge umkehren. Die kleinen Läden müssen eben sehr auf das Geld schauen und jeden Groschen beisammenhalten und die großen sind sich wohl zu fein für unsereins.“

„Wie meinen Sie das? Was ist passiert? Warum sollte man sich für die *Tuchfabrik Geldermann* zu fein sein?“ Sie stand auf und verringerte den Abstand zu Tullmann, indem sie sich nun vorn an ihren Schreibtisch lehnte und ihn eindringlich ansah.

„Ich sagte es Ihnen doch, die Kleinen geben nur Kleines und die Großen ... weiß der Teufel, was die gegen einen wie mich haben. Bei *Reuter*s habe ich mir wieder eine Abfuhr geholt. Dieser neue Mensch in der Unternehmensleitung scheint ein durchtriebener Bursche zu sein. Er hat den Termin wieder platzen lassen und das, als ich schon vor Ort war. Können Sie sich das vorstellen? Ich zu Fuß!" Tullmann deutete entrüstet auf das versehrte Bein. „Aber Sie können mir glauben, dass ich keiner bin, der sich kleinkriegen lässt. Wir wissen ja beide, dass ich anteilsmäßig bezahlt werde. Verdienen Sie nichts, bekomme ich keine Provision und wie soll ich dann die Familie ernähren? Also bin ich noch einmal los und habe doch noch ein anständiges Geschäft abgewickelt. Schauen Sie." Tullmann verzog den Mund zu einem breiten, siegessicheren Grinsen und lachte kehlig. Dabei entblößte er seine Zahnlücke im oberen rechten Kiefer, die, wenn er normal sprach, kaum zu bemerken war. Er zog die Aktentasche, die er immer am langen Riemen quer über die Schulter trug, auf seinen Schoß und fischte einen braunen Umschlag heraus.

„Hier, eine Nähstube in Friesheim ordert einen ganzen Ballen Loden. Das ist doch was, oder?"

Die Leichtigkeit, mit der Tullmann sie hier offenbar vorführte, brachte Ediths Blut in Wallung, aber sie bezwang ihre innere Aufregung und ließ sich nichts anmerken.

„Immerhin etwas, vielen Dank. Da können wir ja von Glück reden, dass Sie sich diese Mühe gemacht haben." Sie nahm den Umschlag entgegen, zog das Papier mit dem kläglichen Auftrag hervor, warf einen kurzen Blick darauf und legte es auf ihren Schreibtisch.

Eins musste sie Tullmann lassen: es war eine geschickte Masche, sie mit Kleinstaufträgen hinzuhalten. Es hatte lange Zeit funktioniert und Edith ärgerte sich zunehmend darüber, dass sie ihm gegenüber so vertrauensselig gewesen war. Wer wusste, wie lange dieses Theater ohne Lobereichs Hinweis noch gegangen wäre …

„Wissen Sie, Herr Tullmann, diese kleinen Aufträge sind wichtig, sie schaffen es allerdings nicht, dieses Unternehmen am Laufen zu halten. Wir brauchen zahlungskräftige Großabnehmer und in das Geschäft mit *Reuters* habe ich große Hoffnungen gesetzt. Ich bin darauf angewiesen, ihn als Kunden zu behalten. Nun werden meine schlimmsten Befürchtungen wahr. Der neue Entscheidungsträger, Mützenichs Nachfolger, entpuppt sich als harte Nuss, die es zu knacken gilt. Ich habe deshalb ein neues unschlagbares Angebot erstellt und bitte Sie, gleich heute noch dort vorstellig zu werden." Sie hob den Deckel ihres Schreibtischs an und zog den vorbereiteten Umschlag hervor.

„Heute noch?" Tullmann wich das Grinsen schlagartig aus dem Gesicht. Er schluckte nervös und begann zu stottern. „Ich … ich … also … ich konnte noch keinen neuen Termin vereinbaren. Es ist wohl sehr unwahrscheinlich, dass ich empfangen werde." Seine Finger rutschten nervös über das Leder seiner Tasche.

„Nun, wir haben keine andere Wahl." Edith beugte sich nach vorn und flüsterte. „Ich brauche Sie, Herr Tullmann. Unter uns, wenn Sie das Geschäft mit *Reuters* nicht zustande bringen, sind wir am Ende. Dann können wir bald die Tore schließen."

Tullmann riss die Augen auf. Diese Aussage überraschte ihn definitiv, nur in welcher Hinsicht, vermochte Edith in seinem Gesicht nicht zu lesen.

9. In geheimer Mission

„Frau Bergemann, steht es tatsächlich so schlimm?"
Gernot Tullmann räusperte sich und sah Edith bedauernd an.

Diese legte beschwörend den Finger auf die Lippen, um ihm Stillschweigen darüber zu bedeuten, und nickte betreten.

„Also gut, Frau Bergemann, niemand soll sagen, der Tullmann, der hat sich nicht bemüht." Er ordnete seine Krücken. „Ich werde mich gleich auf den Weg machen. Schon der nächste Bus wird mich ans Ziel bringen. Sie können sich auf mich verlassen. Ich werde mein Möglichstes tun." Er nahm den Umschlag entgegen, betrachtete ihn nochmals neugierig und steckte ihn dann eilig in die Tasche. Gerade wollte er sich erheben, als Bettina eintrat.

Sie hob den Weidenkorb vor sich in die Höhe und lächelte zufrieden. „So, da bin ich wieder, Frau Bergemann." Sie blieb stehen und sah sich suchend nach einer Abstellmöglichkeit um, fand aber keinen geeigneten Platz. Daher stellte sie den Korb einfach vor sich auf den Boden und gab damit den Blick auf die in Bäckereipapier eingeschlagene Ware frei.

„Das passt ausgezeichnet, dass Sie wieder da sind, Bettina." Edith warf einen Blick auf Ihre Armbanduhr. „Gleich klingelt es zur Pause. Herr Tullmann, es ist gleich zehn. Wenn ich das richtig sehe, kommt der nächste Bus erst in etwas mehr als einer Stunde. Es ist also noch genügend Zeit. Bleiben Sie doch bei uns und essen Sie ein Stück Kuchen mit. Sie sind immer so fleißig unterwegs und wir bekommen Sie so selten zu Gesicht. Stärken Sie sich, bevor Sie sich gleich auf den Weg machen." Edith warf ihm einen prüfenden Blick zu. Hoffentlich hatte sie nicht zu dick aufgetragen und Tullmann wurde misstrauisch. Nein, so sah er nicht aus. Die Freude über dieses köstliche Angebot sorgte für große Augen und drückte dem Vertreter die Augenbrauen weit die Stirn hinauf.

„Ja, also ... wenn es Ihnen keine Umstände macht, esse ich gern ein Stück mit."

„Sie sind herzlich eingeladen", schmeichelte Edith und er lachte in freudiger Erwartung.

„Herrlich, grandios. Wer hätte damit rechnen können? Ich bleibe sehr gern und lasse mir diesen Gaumenschmaus nicht entgehen, denn das wird es wohl sein, wenn mich nicht alles täuscht." Dabei ließ er die linke Hand auf seinem Bauch kreisen, hielt Mund und Nase flehmend in die Höhe, als wollte er die Witterung des Gebäcks aufnehmen.

Edith lächelte mechanisch und ging nicht weiter darauf ein. Stattdessen wandte sie sich an Bettina. „Seien Sie doch so gut und fragen Sie im Wohnhaus nach Tellern und Gabeln. Wir wollen doch trotz aller Sehnsüchte und Gelüste die guten Manieren nicht vergessen."

Bettina nickte und eilte davon. Gleich darauf erscholl das laute, schrille Klingeln, das die erste Pause einläutete. Eine Maschine nach der anderen wurde in den Leerlauf geschaltet. Allmählich ließ der Lärm nach. Die Männer und Frauen aus den unterschiedlichen Produktionsbereichen fanden sich auf dem Hof ein. Einige hatten sich Butterbrote mitgebracht, setzten sich auf die Holzbohlen und unterhielten sich während ihrer Mahlzeit miteinander, andere füllten ihren Trinkflaschen oder -becher am Wasserhahn im Hof auf. Einige wenige setzten sich nur in die Sonne und rauchten.

Die Tür zum Kontor wurde erneut geöffnet. Franz und Bettina traten gemeinsam ein.

„Herr Tullmann, wie schön, Sie zu sehen. Ich hoffe, Sie bringen freudige Nachrichten?" Franz streckte die Hand aus, um sie dem Vertreter zu reichen. Der ergriff sie und wiegte dabei den Kopf hin und her.

„Das liegt ja immer im Auge des Betrachters. Für einen neuen Auftrag im Gepäck hat es schon gereicht, aber ich werde mich noch mehr ins Zeug legen. Ihrer Frau Gemahlin sagte ich gerade, dass ich mich gleich heute noch um das große Ding kümmern werde. Sie wissen doch, auf Gernot Tullmann ist Verlass."

„Das große Ding?" Franz sah ihn fragend an und Tullmann warf einen zögerlichen Blick in Richtung Edith, als wollte er sich versichern, darüber sprechen zu dürfen.

„Er meint *Reuters*", raunte Edith Franz zu, so dass der Vertreter es gut hören konnte.

„Ah, ja genau." Nun nickte auch Franz. „Sie sind sich über die Bedeutsamkeit Ihres Auftrags im Klaren?"

Seine Stimme blieb leise, gerade so, als heckten sie gemeinsam einen geheimen Plan aus.

„Selbstverständlich", raunte Tullmann zurück und strich sich hektisch die Haare zurück.

Franz nickte und Bettina, die sich derweil um den Kuchen gekümmert hatte, drehte sich nun mit einem Teller in jeder Hand dem Trio zu.

„Lassen Sie es sich schmecken. Griesmehl-Tarte ist doch immer ein Genuss." Alle nickten zustimmend.

Als die Klingel ein zweites Mal schellte und das Ende der Pause verkündete, schielte Tullmann traurig hinüber auf Bettinas Tisch. Er hätte sicher gern noch ein weiteres Stück gegessen, aber Edith erinnerte ihn an seinen wichtigen Auftrag.

„Viel Erfolg, Herr Tullmann, denken Sie daran, wie wichtig Ihr Erfolg ist und dass wir uns auf Sie verlassen. Ich werde unserem Buchhalter jetzt ein Stück Kuchen bringen und ihm berichten, wie sehr Sie sich für uns abmühen. Das wird ihn sicherlich etwas beruhigen."

Wieder musterte sie ihn, doch dessen Gesichtszüge verrieten nicht den Ansatz einer Illoyalität. Sobald er das Kontor verlassen hatte, warf Franz seiner Frau einen verschwörerischen Blick zu und schlüpfte ebenfalls zur Tür hinaus.

Edith bereitete einen Teller mit zwei Stücken Kuchen für Reichenshagen vor, dann wandte sie sich an Bettina. „Ich weiß, es ist noch früh am Tag, aber für heute dürfen Sie Feierabend machen. Es gibt nichts, das nicht bis morgen warten kann. Nehmen Sie den restlichen Kuchen mit nach Hause und erholen Sie sich."

Verblüfft blickte Bettina auf. Sie hatte sich gerade erst wieder dem angefangenen Schriftstück in der Schreibmaschine gewidmet.

„Keine Sorge, es ist alles in Ordnung. Wir sehen uns morgen früh. Dann erkläre ich Ihnen hoffentlich alles."

„Aber…" Bettina setzte zur Beschwerde an, aber Edith hob abwehrend die Hand in die Luft und die Sekretärin verstummte.

„Vertrauen Sie mir, Bettina, und gehen Sie nach Hause. Es gibt dort gewiss eine Menge Dinge, die Sie erledigen können. Ich bin mir sicher, dass ich Ihnen morgen alles erklären kann." Edith ließ keinen Zweifel daran, dass dies ihr letztes Wort war, nahm den Teller mit den zwei Kuchenstücken und lief die Treppe hinauf zu Reichenshagen, um ihm für den Rest des Tages die Verantwortung für die Fabrik zu übertragen. Sie war sich sicher, dass er auf diesen Vorschlag, wenn sie es so nennen wollte, nicht gut zu sprechen sein würde und hoffte, Reichenshagen mit ihrer süßen Gabe bestechen zu können.

Es funktionierte. Als Edith vor die Tür trat, war Bettina bereits gegangen und Franz wartete im Auto vor dem Eingang zum Warenlager. Sie blickte sich auf dem Betriebsgelände um, ging dann ohne Eile auf den Wagen zu und stieg ein. Beide warfen sich bedeutungsvolle Blicke zu und gleich darauf setzte sich das Fahrzeug langsam in Bewegung.

Es dauerte nicht lange, als sie Tullmann ein Stück voraus am Rand der Landstraße entdeckten. Er hatte bereits eine gute Wegstrecke zurückgelegt. Franz drosselte die Geschwindigkeit deutlich und folgte unauffällig im Schritttempo. Hin und wieder hielt er in ausreichender Entfernung am Straßenrand. Der Vertreter bemerkte nichts. Als er die Haltestation für den Postbus erreicht hatte, stellte Franz den Wagen im Schutz einer Hecke ab.

Edith blickte auf ihre Uhr. „Noch etwa zehn Minuten", stellte sie fest.

Es dauerte eine gefühlte Ewigkeit, bis sich der Minutenzeiger ein Stück nach vorn bewegte. Ungeduldig rutschte Edith auf dem Sitz hin und her. Die Mittagssonne schien für Anfang Oktober sehr kräftig, heizte die Luft unter dem Metalldach des Autos weiter auf und trieb den heimlichen Verfolgern winzige Schweißperlen auf die Stirn.

„Wir hätten Wasser mitnehmen sollen. Wir sind für eine Verfolgung nicht gerade gut ausgerüstet."

„Doch, sind wir." Franz lehnte sich zurück und zog eine Steingutflasche hervor. „Fürs Erste dürfte die reichen."

„Hast du noch mehr im Gepäck?"

„Nein, aber ich hoffe auch nicht, dass wir mehr brauchen werden."

Edith nahm einen Schluck und ließ ihn genüsslich die Kehle hinunterrinnen. „Glücklicherweise liegt Tullmann das Geschwafel und Süßholzraspeln im Blut. Der ist so in sein Gespräch vertieft, dass er nichts und niemanden um sich herum wahrnimmt."

„Hoffen wir, dass es so bleibt." Franz fuhr nervös mit den Händen das Lenkrad auf und ab.

„Keine Sorge. Es wird schon klappen. Wir haben uns solche Mühe gegeben. Die Finte ist zu gut. Wenn er der ist, für den wir ihn halten, wird er es uns schon bald beweisen." Sie blickte wieder auf die Uhr. Die Minuten dehnten sich endlos.

„Da, endlich!", zischte Edith, als der gelbe Bus der Reichspost angefahren kam. Er hielt an, einige Fahrgäste stiegen aus, Tullmann und sein Gesprächspartner, ein Mann mit Hut und schwarzem Anzug, stiegen ein. Der Bus brauste davon und das Ehepaar Bergemann nahm behutsam die Verfolgung auf.

Die *Textilfabrik Reuter*s befand sich außerhalb, genau am anderen Ende der Stadt. In die unmittelbare Nähe würde auch der Linienbus fahren. Er durchquerte die Stadt mehrfach am Tag planmäßig. Während Edith und Franz dem Bus folgten, sprachen sie vor Anspannung kein Wort miteinander. Aber je näher sie ins Zentrum von Kerchheim kamen, desto dichter wurde der Verkehr und desto schwieriger wurde es, nah und unauffällig hinter dem Bus zu bleiben. Immer mehr Menschen waren zu Fuß, mit dem Fahrrad, dem Fuhrwerk oder dem Auto unterwegs. Franz fuhr nun hinter einem Pferdewagen her, der Kisten mit Kartoffeln, Äpfeln und Kohlköpfen geladen hatte. Auf den Kisten saßen zwei Kinder, ein Junge und ein Mädchen, mit schmutzigen Gesichtern und zerzausten hellblonden Haaren. Sie grinsten von der Ladefläche. Die Kleinen waren vielleicht sechs oder sieben Jahre alt und offenbar mit Vater und Mutter auf dem Weg zum Markt.

„Stopp!" Ediths heiserer Ruf durchbrach die Stille im Wagen. Franz lenkte abrupt zum Bordstein und hielt an.

„Sieh doch nur, dort drüben!"
Die Gemüsekutsche entfernte sich. Franz' Blick folgte der Richtung, in die Ediths Finger zeigte.

„Donnerwetter!“ Franz pfiff überrascht.

Tullmann stand auf dem Vorplatz der Kirche. Der Postbus fuhr nun ohne ihn weiter. Der Vertreter richtete seinen Hut und die Tasche, blinzelte in die Sonne, dann hinkte er gemütlich zu einer Bank.

„Auf dem Weg zu *Reuters* ist er nicht. Er fühlt sich sehr sicher und hat uns noch nicht bemerkt. Ich bin gespannt, was er vorhat.“ Franz hielt das Lenkrad fest und ließ Tullmann nicht aus den Augen.

„Ich vermute, dass er auf dem Weg zu seinem Komplizen ist. Er betrügt uns nach Strich und Faden, aber allein hat er das sicherlich nicht ausgetüftelt. Er begibt sich ohne Umschweife zu Pönsgen, allerhand“, stellte Edith fest.

„Hey, mach mal Platz! Die Straße gehört dir nicht allein“, rief jemand und schlug mit der Faust gegen die Fahrertür.

„Schon gut“, erwiderte Franz, hob beschwichtigend die Hand und der Wagen setzte sich wieder in Bewegung.

Von Tullmann unbemerkt fuhren sie sehr nah an ihm vorbei und hielten etwa hundert Meter weiter vorn, auf einer Stellfläche neben dem Marktplatz. Edith hatte sich, während sie ihn passiert hatten, auf dem Sitz so klein wie möglich gemacht. Nun streckte sie den Kopf neugierig aus dem Fenster, um den Verfolgten im Getümmel nicht zu verlieren. Er war wieder aufgestanden und winkte sich nun souverän eine Kutsche heran.

„Da wird doch der Hund in der Pfanne verrückt! Der nimmt sich ein Pferdetaxi! Wie um alles in der Welt kann er sich das leisten?“

„Ich habe da so eine Ahnung …“, sprach Franz mehr zu sich und an Edith gewandt, erklärte er: „Wenn wir nicht völlig danebenliegen, lässt er sich für seine Schweinerei fürstlich bezahlen.“

„Na warte! Der kann sein blaues Wunder erleben!“, zischte Edith, deren Verärgerung sich von Minute zu Minute steigerte. Dass sich ihre schlimmsten Befürchtungen tatsächlich bewahrheiteten, erfüllte sie erneut mit Schmerz und Enttäuschung, nicht mit Genugtuung.

„Vielleicht war es ihm einfach zu stickig im Bus“, suchte sie ein letztes Mal nach einer plausiblen Erklärung. Sie flüsterte ihre Worte nur.

Die Taxikutsche setzte sich in Bewegung. Franz startete den Wagen erneut und folgte ihr langsam in ausreichendem Abstand.

„Wusste ich es doch. Der fährt nicht zu *Reuters*, sondern direkt zur Konkurrenz.“ Franz runzelte die Stirn und folgte der Kutsche, die den Weg zur *Tuchfabrik Pönsgen* einschlug.

„Doch nicht Pönsgen. Wo will er nur hin?“ Beide blickten sich erstaunt an, als das Pferdetaxi nicht die erwartete Abzweigung nahm.

Das Gespann fuhr Richtung Köln. Sie folgten ihm eine ungewöhnlich lange Strecke, die ihn ein Vermögen kosten musste. Eines, das er definitiv nicht besitzen konnte, nicht bei dem geringen Umsatz, den er der Fabrik in den letzten Monaten beschert hatte.

Im Arbeiterviertel Bayenthal hielt die Kutsche an. Dort, an der Station für die neue Straßenbahn, stieg Tullmann aus. Franz entschied gerade noch rechtzeitig, in eine Seitenstraße abzubiegen, um der Enttarnung zu entgehen.

„Das wird ja immer mysteriöser. Was treibt ihn denn hier hin? Hat er vielleicht Familie und besucht nur jemanden?“ Wieder stiegen Zweifel in Edith auf. Was, wenn sie ihm unrecht tat?

In diesem Teil der Stadt standen dicht an dicht viele verschiedene Häuser aus Backstein. Darin befanden sich mehrere Wohnungen. Die Kinder spielten auf den Straßen, ihre Gesichter und Kleidung waren verschmutzt. Zwischen zwei Häusern diente eine Wiese als Wäscheplatz. An den lang gespannten Schnüren hingen Bettlaken und Tücher. Hierhin fuhr Franz das Auto, denn die Wäsche bot einigermaßen Schutz, um sich dahinter zu verbergen und zugleich die Möglichkeit, ungestört die Straßenbahnhaltestelle zu beobachten.

Tullmann zog eine Zigarette hervor und rauchte, während er wartete. Edith war so angespannt, dass sie begann, ihre Lippen immer wieder mit dem Zeigefinger nachzufahren. Konzentriert sahen beide durch die Wäsche, die von einer sanften Sommerbrise hin und her bewegt wurde.

Nach einigen Minuten wurden sie gestört, denn vor Ediths Seitenfenster erschien ein rußverschmiertes, rotznasiges Kindergesicht mit Sommersprossen. Die Scheibe war hinuntergelassen und aus blauen Augen blickte sie ein kleiner Junge an. Er sprach kein Wort, seine weißblonden Haarsträhnen zeigten wild in alle Richtungen. Er blickte sie unverwandt an und schwieg. Gleich darauf schob sich ein Mädchen neben ihn vor das Fenster. Es war einen halben Kopf größer als er, hatte die Haare in lange, dünne Zöpfe geflochten, einer links, einer rechts. Die Zöpfe sahen so zerrupft aus, als seien sie bereits ein paar Tage alt und länger nicht gekämmt worden. Auch das Mädchen sprach nicht. Es hob aber seine schmale Hand in den Wagen und hielt sie in der Erwartung einer Gabe nach oben geöffnet hin.

Edith blickte überrascht in die schmutzige kleine Handfläche. Für einen Moment überlegte sie, ob es nicht zu auffällig wäre, den Kindern ein paar Almosen zu überlassen, sie könnten Aufsehen erregen, doch dann dachte sie sich, dass es dafür wohl schon zu spät war. Die Menschen, die hier wohnten, konnten sich kein Auto leisten. Das fremde Paar war schon längst aufgefallen. Sie schob ihre Hand in die Hosentasche und fischte ein paar Münzen hervor. Der Junge zog lautstark die Nase hoch und wischte sie sich mit dem unteren Ärmel seines Hemdes halbwegs sauber. Edith ließ zwei Fünfpfennigstücke und ein Zehnpfennigstück in die Hand des Mädchens fallen, die sich sofort schloss und den Schatz in sich verbarg.

Im nächsten Moment unterbrach das Klingeln der Straßenbahn das Geschehen. Edith versuchte einen Blick durch die Laken zu erhaschen, aber Tullmann war nicht mehr zu sehen.

Sofort setzte Franz den Wagen in Bewegung und sie nahmen erneut die Verfolgung auf.

„Wenn er nicht mehr an der Haltestelle steht, kann er nur in der Straßenbahn sein."

Sie fuhren hinter der Tram her, auch wenn sie ihn darin nicht auszumachen konnten. Inständig hofften die beiden, dass sie ihn nicht verloren hatten.

Der Straßenverkehr in Köln war wilder als in Kerchheim zu besonderen Stoßzeiten und das Unterfangen wurde schwieriger. Beinahe erleichtert beobachtete Edith, wie Tullmann ein paar Stationen später auf dem Gehsteig auftauchte und seinen Weg zu Fuß fortsetzte.

„Stopp, lass uns anhalten und ihm hinterhergehen. So werden wir ihm am besten auf den Fersen bleiben können", schlug sie voller Tatendrang vor.

Neugier und Aufregung trieben sie voran. Bald würde Klarheit herrschen. Sie waren so weit gekommen und würden sich auf den letzten Metern nicht abschütteln lassen.

„Gute Idee. Aber was machen wir, wenn er doch wieder ein Taxi nimmt?"

Edith überlegte eilig. „Dann steige ich aus und gehe ihm nach. Du versuchst mir zu folgen", entschied sie.

Franz nickte unzufrieden, hielt jedoch an. Eilig verließ sie den Wagen und mischte sich unter die Fußgänger auf dem Gehweg. Tullmann war zwar für seine Verhältnisse zügig unterwegs, aber dank der Krücken stach er besonders aus der Masse heraus und war gut im Auge zu behalten. Wenige Minuten später tauchte auch Franz an Ediths Seite auf und hakte sich ein.

„Ich habe das Auto unter der Brücke abgestellt. Ich vermute, dass er sein Ziel schon bald erreicht hat." Nun liefen sie, um Unauffälligkeit bemüht, als Paar über den breiten Gehweg durch die Stadt. Sie besahen sich scheinbar interessiert die Schaufenster und Auslagen und blieben Tullmann auf der Spur, bis dieser plötzlich nach rechts abbog und die Treppe in den Keller eines Hauses nahm.

„Ein Jazzclub", stellte Franz kurze Zeit später fest, als er und Edith ebenfalls vor der Treppe standen.

„Etwas ungewöhnlich für die Tageszeit, aber warum nicht. Ihm nach, jetzt wird es ernst!" Edith eilte neugierig die Stufen hinab und zog Franz hinter sich her.

Dichter, würziger Zigarettenrauch schlug ihnen entgegen, als sie das Etablissement betraten. Die Beleuchtung war karg und Edith musste einen Moment warten, bis sich ihre Augen an das matte Licht gewöhnt hatten. Sie blieb deshalb eine Weile an der Tür stehen, wollte nicht gleich gesehen werden, bevor sie sich nicht selbst ein Bild von der Lage gemacht hatte. Franz stand dicht neben hier. Sie hörte seine vor Aufregung beschleunigte Atmung.

Im Club selbst war nichts los, keine Musik und nur eine Handvoll Gäste. Sie sah sich suchend nach Tullmann um und griff Franz an den Arm, als sie ihn entdeckt hatte. „Schau, dort drüben ist er. Sieh mal einer an, wer dort bei ihm ist …"

„Es sollte uns nicht großartig verwundern: Dietrich", erwiderte Franz verächtlich.

„Was denkt er sich nur? Eben noch bei uns Schönwetter machen und anschließend rennt er geradewegs zur Konkurrenz, um alles auszuplaudern. Dem werde ich helfen", rief Edith empört.

„Nein. Lass uns noch einen Moment warten. Wir haben ihn bis hierhin verfolgt, jetzt sollten wir darauf warten, ihn auf frischer Tat zu ertappen und ihn zur Rede stellen. Das ist es doch, was du wolltest", bremste Franz sie.

„Oh ja, der kann sein blaues Wunder erleben!"

„Dann komm, lass uns hier warten“, flüsterte er und zog Edith zum nächstgelegenen Tisch, an dem sie in geduckter Haltung Platz nahmen und ihre Gesichter hinter der Getränkekarte verbargen.

„Was darf es sein?“ Der Kellner hatte nicht lange auf sich warten lassen und wollte die Bestellung aufnehmen. Er gab sich keine Mühe, leise zu sprechen.

„Einen Moment, wir suchen noch“, erklärte Franz und Edith sah über den Rand der Karte am Arm des Kellners vorbei, wie Tullmann tatsächlich den braunen Umschlag aus der Tasche zog und an Dietrich übergab. Jetzt gab es keine Ausreden mehr. Er hatte sie verraten. Sie richtete sich auf, klappte die Karte zu und bestellte flüsternd.

„Wir nehmen erst einmal nur Kaffee.“ Sie legte zwei Fünfzigpfennigstücke auf den Tisch und wartete ungeduldig, dass der Kellner wieder verschwand und die Sicht auf das Geschehen freigab. Sie durften keinesfalls verpassen, was am anderen Tisch vor sich ging.

10. Verrat

Hubert Dietrich saß an seinem angestammten Platz. Über dem Tisch hing ein einfacher flachkegeliger Lampenschirm. Sein Gesicht war zur Hälfte in mattes gelbes Licht getaucht. Er hielt eine aufgeschlagene Zeitung ins karge Licht, las und trank Kaffee. So hatte ihn Tullmann in den letzten Wochen an jedem Dienstagvormittag hier angetroffen und ihm von den Vorgängen in der *Tuchfabrik Geldermann* berichtet. Dafür hatte Dietrich regelmäßig eine Tasse Kaffee und ein paar ordentliche Märker springen lassen. Den großen Batzen sollte es aber erst geben, wenn Tullmann erfolgreich gewesen war, sollte heißen, wenn die Fabrik ihre Tore schließen musste. Darüber hinaus hatte Dietrich ihm eine gutbezahlte Stelle bei *Pönsgen* in Aussicht gestellt, was den Vertreter dazu veranlasste, sich anständig für seinen Auftraggeber ins Zeug zu legen und jeden Ansatz von Skrupel im Keim erstickte.

Tullmann hinkte zielstrebig durch den Raum, setzte sich auf einen freien Stuhl und neigte sich über den Tisch. „Grüße Sie, Herr Dietrich."

„Tullmann, wurde aber auch Zeit." Hubert faltete die Zeitung mit besonderer Sorgfalt zusammen, legte sie beiseite und warf seinem Gegenüber einen messerscharfen Blick zu.

„Heute habe ich fantastische Neuigkeiten für Sie“, zischte er und grinste wieder so breit, dass er seine Zahnlücke entblößte.

„Dann schießen Sie mal los und spannen Sie mich nicht länger auf die Folter.“

Tullmann leckte sich nervös über die Lippen. Dieser Dietrich war eine Autoritätsperson und konnte einem ordentlich Unbehagen verursachen, selbst wenn man gar nichts ausgefressen hatte. Nun, da er für ihn arbeitete und gute Nachrichten brachte, war ihm dieser Mensch sicherlich wohlgesonnen. In der Haut eines seiner Gegner wollte Tullmann jedoch niemals stecken.

„Ich komme geradewegs von Frau Bergemann. Sie hat mir ein neues Angebot für *Reuters* mitgegeben.“

Dietrich starrte sein Gegenüber eindringlich an. Dieser Blick schien ihn beinahe wie ein Dolch zu durchbohren und verursachte ihm ein unangenehmes, kaltes Kribbeln im Nacken. Er beeilte sich deshalb weiterzusprechen.

„Sie sagte, dass dieses Angebot noch niedriger ist, als das vorherige und das Lobereich dieses letzte Angebot auf keinen Fall ablehnen kann und darf. Ich sollte es ihm sofort bringen, ohne Termin, und es ihm unterbreiten, aber ich bin gleich zu Ihnen gekommen. Ich wusste ja, dass Sie auf mich warten.“ Tullmann warf Dietrich ein schmeichelndes Grinsen zu, dann zog der den Umschlag aus seiner Umhängetasche.

„Schauen Sie ...“ Er legte sein Beweisstück auf den Tisch.

„Haben Sie es schon gelesen?“, wollte Dietrich wissen und legte seine große Hand darauf.

„Nein, ich bin auf direktem Weg hergekommen. Aber es muss unschlagbar niedrig sein."

„Wie kommen Sie darauf?"

„Frau Bergemann hat mir vorhin gestanden, dass es nicht gut um das Unternehmen bestellt ist. Sie hat sich noch brav für das Kleinvieh bedankt, das ich ihr mitgebracht habe, aber ohne einen Auftrag wie den von *Reuters* muss sie bald dichtmachen." Tullmann gab seine neuesten Informationen stolz zum Besten.

Nun kam auch Bewegung in Dietrich. Er lehnte sich gefällig zurück und verschränkte die Arme. Ein zufriedenes Lächeln umspielte zunächst nur seine Lippen, dann breitete es sich über sein Gesicht aus. „Sieh einer an. Das ging ja noch schneller als ich dachte." Er nahm den Umschlag an sich, zog die Unterlagen heraus und versuchte das Geschriebene zu entziffern. Dietrich nickte und gab wohlgefällige Brummlaute von sich, während er die Seiten durchging.

„Sieht nach sauberer Arbeit aus, Tullmann. Geben Sie das Angebot Freitag ab. Bis dahin kläre ich alles Weitere."

Dieses Lob war für Tullmann wie ein Ritterschlag, hob ihn eine Stufe höher. „Darf ich fragen, wie es genau weitergeht?", getraute er sich in Anbetracht des ihm entgegengebrachten Wohlwollens zu fragen.

„Nein", knurrte Dietrich und das Lächeln verschwand aus seinem Gesicht.

Er zuckte schuldbewusst zusammen, erkannte das Warnzeichen und wartete ergeben. Es war an der Zeit, dass Dietrich ihm den Lohn für seine Arbeit zahlte. Wie viel, das hing immer davon ab, für wie wertvoll er die

Informationen erachtete. War er zudem schlecht gelaunt, fiel die Bezahlung deutlich schlechter aus. Tullmann saß mit zusammengesackten Schultern auf dem Stuhl und schwieg unterwürfig.

Endlich legte sein Auftraggeber die Papiere auf den Tisch, zog eine Zigarette hinter dem Ohr hervor und zündete sie an. Mit jedem Augenblick, den Tullmann länger wartete, wuchs die Angst in ihm, er könnte leer ausgehen, Dietrich könnte ihn nach alldem, was er für ihn getan hatte, jetzt, da das Ziel zum Greifen nahe war, betrügen. So war es schon immer gewesen. Der Feind liebt den Verrat, den Verräter jedoch nicht. Nervös begann er unter dem Tisch mit seinem Fuß zu wippen.

Endlich zog Dietrich eine Rolle Banknoten aus dem Jackett und öffnete sie ungeniert, so dass Tullmann die vielen Scheine sehen konnte. Er zupfte einen Zwanziger heraus und warf ihn lässig auf den Tisch. Von Erleichterung ergriffen, langte Tullmann danach, bevor Dietrich es sich noch anders überlegen konnte.

Als er wieder aufsah, froren ihm die Gesichtszüge ein. Seine Bewegungen verlangsamten sich, bis auch sein Körper starr wurde. Neben dem Tisch war Edith Bergemann aufgetaucht. Sie zündete sich eine Zigarette an und musterte ihn lässig.

„Was für eine Überraschung, Herr Tullmann. Dass ich Sie ausgerechnet hier treffen würde, hätte ich nicht geahnt. Ich hatte gehofft, sie säßen bei *Reuters* und würden sich mit Leib und Seele um die Belange meines Unternehmens bemühen. Ich meine, ich hätte Sie heute Morgen mit einem klaren Auftrag dorthin geschickt.“

Die Worte blieben Tullmann vor Schreck im Halse stecken. Sein Mund war schlagartig trocken geworden, er konnte sich nicht einmal räuspern. Edith blitzte ihn böse an und wandte sich dann an ihren Konkurrenten und alten Widersacher. Tullmann blieb nichts anderes übrig, als zuzusehen, was sich vor seinen Augen abspielte.

„Guten Tag, Hubert, auch wir haben uns lange nicht gesehen. Wie geht es dir?" Sie zog an ihrer Zigarette und stützte den Arm lässig angewinkelt in die Taille.

„Hallo, Edith", Dietrich drehte ihr behäbig den Oberkörper zu. Es zeigte sich keinesfalls beunruhigt.

„Du warst doch wohl nicht mit unserem lieben Herrn Tullmann hier verabredet und hast Betriebsgeheimnisse ergaunert?" Ihre Stimme klang eiskalt.

Am liebsten hätte sich Tullmann auf und davon gemacht, aber er war auf seine Krücken angewiesen und nicht der Schnellste. Es wäre umständlich geworden und so saß er reglos da und ließ den Dingen ihren Lauf.

„Es geht dich selbstverständlich nicht das Geringste an. Bevor aber deine blühende Kleinmädchenfantasie mit dir durchgeht, lass mich dir sagen, dass ich seit Ewigkeiten an jedem Dienstag hier meinen Kaffee trinke und die Zeitung lese. Mit diesem Herrn Tullmann, den ich im Grunde nicht kenne, hat das Ganze rein gar nichts zu tun."

Gernot Tullmann wurde speiübel. Es hätte ihm klar sein müssen, dass Dietrich im Ernstfall alles abstreiten würde.

„Und was ist das hier?" Sie tippte auf den Tisch. „Wie kommen meine Betriebspapiere und Unterlagen, die

Sie, Tullmann, für mich an Herrn Lobereich persönlich überbringen sollten, hierhin zur Konkurrenz?"

Sie ließ ihn nicht aus den Augen. Tullmann schluckte, öffnete den Mund, war aber immer noch außerstande, zu antworten. Er hatte Edith Bergemann noch nie so gebieterisch erlebt.

„Leugnen ist nutzlos. Ich habe dich, Hubert, und Sie, Herr Tullmann, gerade der Wirtschaftsspionage überführt." Edith sah mit funkelnden Augen von einem zum anderen.

Tullmann wurde unter dem Blick seiner Chefin immer kleiner, Hubert dagegen gab sich amüsiert und zog an seiner Zigarette. Frau Bergemann hatte recht, alles war offensichtlich, doch es schien ihm nichts auszumachen. Hubert Dietrich war hart gesotten. Womöglich kamen sie aus der Nummer doch noch raus. Nach dem, was er für Dietrich riskiert hatte, wäre es das Mindeste, was dieser für ihn tun konnte. *Es wäre ein Segen*, dachte Tullmann.

„Wirtschaftsspionage? Sehr unterhaltsam." Dietrich begann leise zu lachen, nur kurz, dann wurden seine Augen schmal und er lehnte sich vor. Obwohl er flüsterte, war die Verachtung in seiner Stimme nicht zu überhören.

„Ich sage dir jetzt mal was: Du hast keine Ahnung von Wirtschaft und von Wirtschaftsspionage erst recht nicht. Es ist in deinem Fall vollkommen unnötig, zu spionieren. Du bist eine Dilettantin, nicht ausgebildet, und machst einen Fehler nach dem anderen. Mit deiner Dummheit wirst du diese Fabrik selbst in den Sand setzen. Mein Dazutun braucht es da nicht." Dietrichs Blick verfinsterte sich, aber Edith wich nicht zurück.

Fasziniert sah Tullmann zwischen den beiden hin und her. Sie starrten sich sekundenlang an, bis Dietrich sich löste und herablassend schnaufte.

„Lass mich bloß in Ruhe mit deinen Problemen. Wenn dein Angestellter mich geradezu belästigt und mir ungefragt Informationen zukommen lässt, dann ist das nichts, was man mir vorwerfen kann. Es wäre vielleicht Glück für mich, je nachdem, ob die Informationen brauchbar wären oder nicht, aber das ist in deinem Fall ja sehr unwahrscheinlich. Wirtschaftsspionage ist das hier definitiv nicht. Diese Angelegenheit klärst du mit Tullmann schön ohne mich. Sonst klären wir beide, was es heißt, jemanden zu verleumden.“

„Aber …“, versuchte Tullmann etwas zu seiner Verteidigung vorzubringen, wurde aber sofort unterbrochen. Frau Bergemann zog den Geldschein aus seinen Fingern, bevor er wusste, wie ihm geschah.

„Und was ist das da? Du hast ihn gerade mehr als großzügig für seinen Verrat bezahlt.“ Sie hielt den Schein zum Beweis hoch und ließ ihn dann angewidert zurück auf den Tisch fallen.

„Ach, gut, dass du mich daran erinnerst.“ Hubert nahm den Schein wieder an sich und schob ihn zurück in seine Tasche.

„Herr Tullmann sollte für mich eine Wette platzieren. Es geht dich zwar nichts an, aber am Wochenende läuft einer der Gäule von Pönsgen. Das Tier ist gut in Form. Mit einer Wette auf ihn stehen die Chancen ausgezeichnet, dass es mir ein hübsches Sümmchen einbringen wird.“ Dann wandte er sich direkt an Tullmann, dem sofort heiß und kalt wurde. „Aber Sie, Herr Tullmann, scheinen mir nach dieser Szene nicht mehr vertrauenswürdig. Ich werde mich wohl selbst darum kümmern." Tullmann blickte auf den dunkelbraunen Jackettstoff, hinter dem gerade sein sauer verdientes Geld verschwunden war. Ihm wurde schlecht.

„Ach, plötzlich ist er nicht mehr vertrauenswürdig? Dass ich nicht lache." Edith drückte ihre Zigarette aus. Sie hatte sie noch nicht einmal bis zur Hälfte geraucht.

„Glaube es oder glaube es nicht", knurrte Dietrich.

„Natürlich glaube ich es nicht. Hubert, ich warne dich. Wenn du weiterhin gegen mich intrigierst, wirst du es bereuen."

„Lächerlich. Ich denke, wir sind hier fertig. Wenn es euch nichts ausmacht, widme ich mich nun den interessanten Nachrichten." Hubert faltete die Zeitung auseinander und hielt sie sich großflächig vors Gesicht.

„Frau Bergemann", brachte Tullmann nun endlich stammelnd hervor. „Frau Bergemann ... es war nicht meine Absicht ... ich wollte nicht ...."

Sie hob die Hand und winkte ab. „Sparen Sie sich Ihre Worte. Sie wussten genau, was Sie taten. Ihnen ist doch klar, dass ich Sie feuern muss? Sie können sich morgen Ihre Papiere abholen." Edith Bergemanns Worte waren kalt, ihr Blick voller Verachtung, doch dann wandelte er sich plötzlich. Tullmann konnte Enttäuschung und Mitleid in ihren Augen lesen.

„Tja, das war es dann wohl. Ich hatte es nicht glauben wollen, doch Sie haben mir keine Wahl gelassen. Sie hätten es noch weit bei uns bringen können."

Sie nahm die Unterlagen vom Tisch und ging davon, ohne sich noch einmal umzusehen. Tullmann sah ihr betroffen nach, entdeckte nun auch Franz, der am Ausgang auf seine Frau wartete, und sank wie erschlagen in seinen Stuhl zurück. Er hatte Edith Bergemann unterschätzt. Tullmann wandte sich nun wieder Dietrich zu und visierte die Stelle an dessen Jackett an, hinter der sich sein heutiger Verdienst befand. Immerhin würde er damit eine Weile auskommen. Sobald er den Schein wieder in Händen hatte, würde er sich vom Acker machen. Dietrich hatte ihr, ohne mit der Wimper zu zucken, eine Lüge nach der anderen aufgetischt. Von ihm konnte er noch einiges lernen.

Er wartete eine Weile ab, dann richtete er das Wort erneut an Dietrich, der immer noch hinter seiner Zeitung steckte. Der Qualm seiner Zigarette stieg dahinter auf.

„Herr Dietrich?“

Ohne zu antworten, knickte Hubert einen Teil der Zeitung um und sah Tullmann herablassend an.

„Das Geld ...“

„Welches Geld?“

„Na, die zwanzig Mark ... für die Informationen.“ Tullmanns Stimme war brüchig.

„Wollen Sie mich verarschen?“ Dietrich schnauzte, ohne die Zigarette aus dem Mund zu nehmen.

„Nein, natürlich nicht. Ich dachte nur, weil wir doch eine Abmachung hatten ...“

„Ich weiß nicht, wovon Sie sprechen. Und ich sage Ihnen eines, Tullmann. Wenn Sie's Maul aufmachen, steht Ihr Wort gegen meins. Sie verstehen hoffentlich, worauf ich hinauswill.“

Gernot Tullmann wurde speiübel und der kalte Schweiß brach ihm aus. Nervös knetete er die Krempe seines Hutes, denn er fürchtete sich vor der Antwort auf seine nächste Frage. Angesichts seiner Lage blieb ihm aber keine andere Wahl.

„Die Arbeit in Ihrer Fabrik, wann kann ich anfangen?" Er schwitzte, zitterte. Das Risiko war er eingegangen, weil ihm der gutbezahlte Job bei *Pönsgen* in Aussicht gestellt worden war.

„Tullmann, machen Sie sich nicht lächerlich. Wie kann ich Sie denn, nach dem, was Sie sich gerade geleistet haben, einstellen? Sie sind ein Verräter. Einmal Verräter, immer Verräter." Hubert Dietrich breitete die Zeitung wieder vor seinem Gesicht aus.

Tullmann verstand die Welt nicht mehr. Er hatte keine Arbeit mehr, wusste nicht, wie es weitergehen sollte, und alles nur, weil er der Verlockung des Geldes nachgegeben hatte und sich von Hubert Dietrich für seine Zwecke schamlos hatte ausnutzen lassen.

„Sie …", keuchte er, wusste aber nicht weiter.

„Nun hauen Sie schon ab, Mann! Na los, wird's bald? Verschwinden Sie!"

Tullmann blieb nichts weiter übrig, als sich auf seine Krücken zu stützen und fassungslos davon zu hinken. Als er draußen auf dem belebten Trottoir stand, das Tageslicht ihn blendete, dachte er nur, dass dies wohl der schwärzeste Tag seines Lebens war.

11. Auszeit

„Wie fühlst du dich?" Franz nickte dem Köbes zu, der die nächsten vollen Gläser auf dem Tisch abstellte. Sie waren nach dem Zusammentreffen mit Tullmann und Dietrich im nahegelegenen Brauhaus eingekehrt. Dort saßen sie nun bereits eine Weile etwas abseits in einer Nische und Franz bemühte sich, ein Gespräch in Gang zu setzen.

„Wütend, enttäuscht." Edith leerte ihr Glas und fügte dann in kaum hörbarem Flüsterton hinzu: „Machtlos."

Sie stützte die Ellenbogen auf dem Tisch ab, vergrub das Gesicht in ihren Händen und verlor sich abermals in Schweigen. Franz drängte nicht. Geduldig blieb er an ihrer Seite. Er kannte seine Frau mittlerweile gut genug, um zu wissen, dass es nichts brachte, weiter zu bohren. Sie nahm sich immer die Zeit, die sie brauchte, dann entschied sie, was zu tun war.

Also trank er einen Schluck Kölsch und wartete. Sein Blick glitt durch das Dämmerlicht. Es war Mittagszeit und das Brauhaus gut besucht, die Kundschaft zeigte sich gemischt. Arbeiter und Kaufleute kamen und gingen. Das Brauhaus servierte *Halver Hahn* und Bier vom Fass. Der Geruch von Bier, Käse, sauren Gurken und Rauch schwängerte die Luft. Der milde Essigduft kitzelte Franz' Gaumen und ließ ihm das Wasser im

Munde zusammenlaufen. Sollte er auch zwei Portionen für Edith und sich bestellen? Er betrachtete seine Frau, wie sie fassungslos vor sich hin schwieg und entschied, noch zu warten.

Als sie die Arme wieder auf den Tisch sinken ließ, war Franz' Aufmerksamkeit wieder uneingeschränkt bei ihr. Edith hob den Kopf und warf ihm einen müden Blick zu. Unter den Augen zeichneten sich dunkle Ringe ab, sie war ungewohnt blass.

„Ich hatte wohl bis zum letzten Augenblick ein Fünkchen Hoffnung in mir getragen, dass Lobereich sich irren möge. Der Augenblick der Wahrheit hat mich schmerzlich getroffen."

„Das verstehe ich. Tullmann hat ein überzeugendes Schauspiel abgeliefert. Aber nun ist Schluss mit dem Theater. Du hast ihm anständig die Meinung gegeigt."

„Ach…", stieß sie klagend die Luft aus, „… ich fühlte mich so gedemütigt und Dietrich nicht gewachsen. Ich fürchtete jeden Augenblick, die Kraft zu verlieren und nicht die richtigen Worte zu finden."

„Ich kann dir versichern, dass es dir niemand angesehen hat. Du warst stark, resolut, furchteinflößend, sehr überzeugend." Er betrachtete ihren Handrücken und streichelte die weiche Haut zärtlich. Dann umschlossen seine Finger Ediths schmale Hand.

Sie seufzte.

Als Franz wieder aufblickte, glitzerten Tränen in ihren Augen. Er konnte es trotz der schummrigen Beleuchtung deutlich erkennen.

„Wie sieht es aus? Hast du Hunger? Soll ich etwas zu essen bestellen?"

„Das fragst du mich doch nur, weil dir selbst der Magen knurrt." Sie lächelte zaghaft und Franz führte die Hand, die er noch immer festhielt, an seine Lippen. Er lächelte ebenfalls und küsste Ediths Finger zärtlich.

„Du kennst mich zu gut. Du hast recht." Er leerte sein Glas und es dauerte nicht lange, bis der Köbes zum dritten Mal an den Tisch trat und für Nachschub sorgte.

„Zweimal *Halver Hahn*", bestellte Franz und rieb sich vorfreudig das Kinn.

„Du, Franz …", begann Edith, die die Tränen eilig fortgewischt und sich zumindest äußerlich wieder beruhigt hatte, „… ich mag noch nicht wieder zurückfahren. Ich möchte auch nicht weiter über die Ereignisse des heutigen Tages nachdenken, wenigstens für ein paar Stunden nicht. Lass uns doch bis zum Abend in Köln bleiben. Wir waren schon ewig nicht mehr im Kino. Wie wäre es, wenn wir spontan ins *Corso* gingen?"

„Du meinst, wir machen blau?" Er warf ihr einen schelmischen Blick zu.

Sie nickte, richtete sich auf und blickte etwas gelöster drein. Die Aussicht auf das Essen, Zerstreuung und die Zeit zu zweit ließen die Zuversicht wieder die Oberhand gewinnen. Als sie das Brauhaus verließen, lehnte sie einen Moment versonnen ihren Kopf gegen Franz' Schulter.

„Danke, dass du zu mir hältst."

„Edith, ich habe dir mein Wort gegeben und werde es nicht brechen."

Es war eine gute Entscheidung gewesen. Die Ablenkung tat beiden sichtlich gut. Sie hatten über den Film, Gott und die Welt geplaudert, immer wieder zärtlich innegehalten, sich mit liebevollen Blicken und verstohlenen Küssen bedacht. Erst nach elf Uhr am Abend kehrte das Paar wieder heim.

In den Mauern der Fabrik war es still. Die Dunkelheit lag schwer über den Dächern, der lange Schornstein verlor sich im Himmel, als sie durch das geöffnete Tor auf den Hof fuhren. Friedlich war es und Edith sah sich, der Ereignisse des Vormittags nun wieder vollkommen bewusst, wehmütig und müde um. Sie erschrak, als ihr Blick hinauf in den ersten Stock wanderte. Dort, im Zimmer über dem Kontor, brannte noch ein schwaches Licht.

„Um Himmels Willen, Reichenshagen ist noch da! Wir haben ihn vergessen!" Edith schlug sich die Hand vor den Mund, wusste nicht, ob sie über diese Nachlässigkeit entsetzt oder amüsiert sein sollte.

„Gute sechs Überstunden, nicht schlecht", stellte Franz fest und musste ebenfalls schmunzeln. Es sah ihnen beiden keineswegs ähnlich, ihre Verantwortung ohne Weiteres über Bord zu werfen. Dass sie es doch getan hatten, war besonderen Umständen geschuldet.

„Du meine Güte, der Ärmste hat die ganze Zeit über hier auf uns gewartet und wir haben uns vergnügt." Edith kicherte leise.

„Mach dir keine Sorgen. Er wird schon keinen Schaden davontragen. Solange er seine Bücher und Zahlen hat, ist er doch zufrieden."

„Unverschämt ist es trotzdem von uns. Wir müssen es wiedergutmachen." Edith kämpfte gegen das Lachen an, das in ihr brodelte, und sich den Weg hinaus bahnte. Sie gab sich Mühe, die Atmung zu kontrollieren und leise zu sprechen, damit Reichenshagen sie nicht hören konnte.

„Unverschämt ist es nur, wenn wir ihm sagen, dass wir im Brauhaus und im Kino waren." Auch Franz stand nun ein breites Grinsen im Gesicht.

Sie stiegen aus und plötzlich, als sie nebeneinander vor der Tür zum Kontor standen, fühlte sich Edith in die Zeit vor der Tuchfabrik zurückversetzt. In eine, in der sie häufiger über die Stränge geschlagen hatte. In eine, in der sie viel weniger gewusst hatte, was sie wollte. Dafür aber sehr genau, was sie nicht wollte. Von einem Leben als Fabrikantin hatte sie damals noch nicht einmal geträumt. Nur dass sie einmal Großes erreichen wollte, hatte von Anfang an festgestanden.

Es war eine Zeit gewesen, da ihre Sorgen anderer Natur und nicht mit den heutigen zu vergleichen gewesen waren. Konsequenzen für ihr Handeln hatte es seitens ihrer Eltern selten gegeben und wenn doch, hatte Edith diese immer erfolgreich abschütteln können.

Nun, in diesen Minuten, überwältigte sie die Begeisterung darüber, wieder einmal etwas getan zu haben, was sie an die frühere Sorglosigkeit erinnerte. Sie war Reichenshagen gegenüber unverantwortlich und rücksichtslos gewesen, diese Schuld gestand sie sich vollständig ein. Es war unreif gewesen und doch fühlte sie sich für einen Moment wie von einer Last befreit. Edith hatte über die Stränge geschlagen. Nun genoss sie das aufregende Kribbeln eines Backfischs unter der Haut und in der Magengegend. Aber sie war längst keiner mehr, sondern eine Frau, noch dazu eine, die ihre Interessen vertrat und es fühlte sich atemberaubend an.

Im nächsten Moment wandte sie sich Franz zu. Ihre Arme umschlangen seinen Nacken und ihre Lippen fanden die seinen. Edith wollte sich in dem innigen Kuss, den er sofort erwiderte, verlieren und genoss es, dass er sie fest an sich zog. Seine Berührungen und die Wärme seines Körpers erregten Edith und sie musste sich zur Unterbrechung zwingen, schließlich saß Reichenshagen noch immer oben in seinem kleinen Büro.

„Ich bin so wahnsinnig glücklich mit dir", flüsterte Edith, als sie sich von Franz löste. Ihre Wangen glühten. Sie legte seine kühlen Hände zuerst auf ihr Gesicht, anschließend küsste sie verträumt deren Innenflächen. „Warte hier. Ich hole etwas für unseren tapferen Buchhalter. Ich bin gleich wieder zurück."

Ohne eine Antwort abzuwarten, löste Edith sich und lief davon. Ihr Weg führte sie ins Wohnhaus und auf direktem Weg in die Küche. Dort angekommen öffnete sie die Vorratskammer, drehte am Lichtschalter und sah sich suchend darin um. Der Buchhalter war zwar wortkarg und streng, aber er hatte schon für Onkel Leopold gearbeitet und nun seit Jahren treu und ergeben auch für sie. Dass sein Fleiß und seine Loyalität ein großer Gewinn waren, war ihr gerade noch einmal besonders klargeworden. Es war nicht in Ordnung gewesen, ihn so lange warten zu lassen. Sie wollte ihm etwas Gutes tun und ihr schlechtes Gewissen beruhigen. *Worüber würde sich Reichenshagen wohl freuen?*

Im nächsten Moment hatte Edith auch schon ihre Entscheidung gefällt. Sie griff nach einer Flasche Moselwein. Mit flinken Bewegungen wischte sie etwas Mehlstaub von der Flasche, löschte das Licht und schloss leise die Tür. Gut gelaunt lief sie zurück.

Franz wartete noch immer geduldig vor der Tür zum Kontor. Gemeinsam stiegen sie vorsichtig die Stufen hinauf. Obwohl sie sich Mühe gaben, knarzte die Treppe verräterisch. Edith blickte sich um und hielt mahnend den Finger an die Lippen.

„Geh du nur", entschied Franz und hob abwehrend die Hände. „Ich warte hier unten." Er trat leise den Rückzug an und ließ Edith die restlichen Stufen allein hinaufgehen.

Behutsam klopfte sie und öffnete die Tür. Reichenshagen saß über seine Bücher gebeugt und schrieb, als wäre nichts Außergewöhnliches geschehen. Die Schreibtischlampe war das einzige Licht im Raum.

„Guten Abend Herr Reichenshagen, wir sind wieder zurück", begrüßte Edith ihn höflich und hielt die Flasche hinter ihren Rücken.

„Guten Abend. Haben Sie alles erledigen können?" Er hatte trotz später Stunde nichts von seiner distanzierten Freundlichkeit verloren. Er wirkte keinesfalls verärgert oder verwundert.

„Ja, das haben wir." Sie lächelte ebenfalls freundlich.

„Sind Sie zufrieden?" Er nahm die Brille ab und rieb sich die Nasenwurzel.

Sofort wurde Edith wieder ernst. Er hatte seine Frage ohne Argwohn gestellt. Sie zögerte, beschloss dann aber, ihm so offen zu antworten, wie es ihr im Moment möglich war.

„Nun, das kommt auf die Betrachtungsweise an. Auf jeden Fall wissen wir nun, woran wir sind und werden ein paar organisatorische Maßnahmen umsetzen müssen."

„Aha, woran denken Sie?“

„Personelle Konsequenzen.“

„So?“ Nun zeigte sich Reichenshagen doch neugierig. Er setzte die Brille wieder auf, klappte sein Buch zu und schob es zur Seite.

„Machen Sie sich keine Sorgen. Das erzähle ich Ihnen, wenn Sie wieder hier sind. Jetzt fahren Sie nämlich erst einmal nach Hause und schlafen sich tüchtig aus. Den hier nehmen sie mit.“ Edith holte die Flasche hinter ihrem Rücken hervor und stellte sie auf den Schreibtisch des Buchhalters.

„Frau Bergemann, ich weiß gar nicht, was ich sagen soll … Wie komme ich denn zu der Ehre?“

„Sie haben sich heute wieder einmal als große Stütze des Unternehmens und Person des Vertrauens erwiesen. Ich danke Ihnen sehr, dass Sie so lange geblieben sind, und bin froh, dass ich mich auf Sie verlassen kann, Reichenshagen. Lassen Sie mich Ihnen versichern, dass das auch umgekehrt der Fall wäre, sollten Sie einmal in eine Notlage geraten.“

„Vielen Dank. Ist schon in Ordnung“, murmelte der Buchhalter, dem die Situation plötzlich sehr unangenehm schien.

Reichenshagen schloss die Unterlagen ein und nahm die Flasche an sich.

Gemeinsam stiegen sie die Treppe hinunter. Edith begleitete ihn noch zur Tür.

„Gute Nacht. Schlafen Sie morgen aus“, verabschiedete sie den Buchhalter, worauf dieser nochmals nickte und sich bedankte.

„In Ordnung, Frau Bergemann. Besten Dank für den guten Tropfen.“

Edith schloss die Tür hinter ihm und wartete am Fenster darauf, dass er ins Auto stieg und davonfuhr. Dann löschte sie das Licht im Kontor und drehte sich um. In der Dunkelheit konnte sie Franz' Silhouette ausmachen.

„Endlich sind wir zwei allein. Was hältst du davon, wenn wir noch ein bisschen hierbleiben?" Langsam schritt sie auf ihn zu. Kribbelnde Erregung erfasste sie. Sie schob sich nah an ihren Mann heran und fuhr mit den Händen über den Stoff auf seinem Rücken.

„Das ist eine ausgezeichnete Idee", raunte er ihr ins Ohr und nahm sie zärtlich in die Arme.

12. Der Herr Assessor

Heinrich von Klein saß an seinem Schreibtisch in der kleinen Amtsstube. Seit seiner Heirat und dem damit verbundenen Umzug arbeitete er im Oberbarnimschen Landratsamt, leistete akkurate Arbeit, fehlte keinen Tag und hatte sich sowohl beruflich als auch privat außerordentlich gut in die gesellschaftlichen Kreise eingefügt. Letzteres war sicherlich auch den vielen guten Beziehungen seines Vaters zu verdanken. Diese waren aber bald nicht mehr nötig gewesen. Er hatte sich den weiteren aufstrebenden Verlauf seiner Karriere durch Fleiß, Zuverlässigkeit und Ordnung erarbeitet. Heinrich durfte mit Fug und Recht stolz auf sich sein. Finanziell war er bestens aufgestellt und auch was die eigene kleine Familie betraf, gab es keinen Anlass zur Klage. Er war bereits stolzer Vater zweier Söhne. Alfred und Ludwig entwickelten sich prächtig. Seine Frau Ursi erwartete innerhalb kurzer Zeit das dritte Kind. Die Schwangerschaft war bereits fortgeschritten. Bis auf das andauernde Unwohlsein, das sie auch schon früher begleitet hatte, ging es ihr gut. Sie klagte nicht und legte auch keine Launen an den Tag. Das Gegenteil war der

Fall. Ursula unterstützte ihren Gatten und sein Vorankommen, wo es ihr möglich war. Heinrich war glücklich, sie an seiner Seite zu wissen.

Aus ihm war trotz der vielen Vorbehalte seiner Eltern und Brüder ein erfolgreicher Beamter geworden. Das Anwesen in Hohenfinow, für das in der Vergangenheit kaum jemand aus der Familie besonderes Interesse gezeigt hatte, war für Heinrich und seine kleine Familie ein Zuhause geworden. Es lag recht ländlich und es hatten größere Instandhaltungsmaßnahmen durchgeführt werden müssen, bevor es angenehm zu bewohnen gewesen war. Doch Heinrich war es damals gleich gewesen. Für ihn und seine Ursula wäre jeder Platz auf Erden der richtige gewesen. Voller Tatendrang hatte er sich in das neue Leben gestürzt und die Kinder hatten diesem Glück noch die Krone aufgesetzt.

Doch seit einiger Zeit geriet seine Laune immer wieder aus dem Gleichgewicht. Die sichere Stelle im Amt, die immer gleichen Tage, die mangelnde Abwechslung, öffneten die Tür für eine gewisse Art von Niedergeschlagenheit, die ihm bis dahin unbekannt gewesen war. Die Nachrichten aus Berlin über die neuesten Unterfangen seiner Brüder und Anekdoten über die ausgeklügelten Streiche seines Vaters als Ministerialrat hatten ihn früher nicht interessiert. Nun nagten sie Monat um Monat an ihm. Außerdem wuchs seine Angst davor, wichtige politische Ereignisse nur wie ein Zaungast beobachten zu dürfen, obwohl er viel lieber aktiv eingegriffen hätte. Die Aufnahme Deutschlands in den Völkerbund beispielsweise erlebte er nur aus Zeitungsartikeln, wohingegen Vater und Brüder es geschafft hatten, jeder für sich mittelbar oder unmittelbar, involviert zu sein. So unterschied sich das Leben eines Beamten auf dem Lande eben von demjenigen, der in der Hauptstadt residierte.

Vor seiner Heirat mit Ursula hätte er sich damit abgefunden, dass nichts aus ihm werden würde, doch nun hatte ihn der Ehrgeiz gepackt. Heinrich sehnte sich nach Abwechslung und beruflichem Vorwärtskommen. Er wollte endlich mehr vom Leben.

Seit einigen Monaten verfolgte er bereits interessiert die Berichte über die NSDAP und ihre Ordnertruppe. Überall in Deutschland wurden in wachsender Zahl Kundgebungen und Versammlungen dieser Partei abgehalten. Eine neue politische Tatkraft ging von ihr aus. Die Anhänger waren kompromisslos und stellten ihre Forderungen mit Nachdruck. Die Männer zeigten sich durchsetzungsfähig und fokussiert. Das gefiel Heinrich. Vor längerer Zeit schon hatte es im Landratsamt hitzige Diskussionen über Demonstrationsmärsche und Ausschreitungen in einigen Orten der Mark gegeben. Heinrich ahnte, dass Großes im Gange war. Es gab Bewegung im Land. Doch alles, was geschah, geschah ohne ihn.

„Ach, was plagt es mich schon wieder so?", raunte er betrübt. Er erhob sich von seinem Stuhl, umrundete den Schreibtisch und blieb vor dem Fenster stehen. Eine Weile blickte er hinaus, die Hände hinter dem Rücken und starrte die großen Linden vor dem Gebäude an. Der Herbst machte seinem Namen an diesem Nachmittag alle Ehre. Es dunkelte bereits, die Luft war feucht und das nasse bunt-braune Laub bedeckte die große Wiese vor dem Haus. Heinrich wusste, dass er sich allmählich auf den Heimweg machen musste, wollte es auch, fand aber nicht die notwendige Kraft, sich endlich in Bewegung zu setzen.

Für den Abend hatten er und Ursi wieder zu einer Gesellschaft eingeladen. Diese Abende waren immer wichtig, die Gäste kamen gern und schon manch wichtige Vereinbarung für die Geschicke des Landes war unter seinem Dach eingefädelt und beschlossen worden.

Heinrich atmete schwer. Es gab keinen Grund, auch nur eine Minute länger im Landratsamt zu bleiben, keine Akten, die nicht warten konnten. Er sollte nach Hause fahren und seiner Verantwortung als guter Gastgeber nachkommen. Verschiedene Amts- und Würdenträger aus den angrenzenden Kreisen und auch aus Berlin hatten ihr Kommen angesagt. Der Landrat samt Frau und dessen Stellvertreter waren ebenfalls geladen, allerdings nicht mit dem Ziel, neue Pläne zu schmieden und in die Tat umzusetzen. Die beiden Herren gaben sich gemütlich, waren sehr zufrieden mit ihrem ländlichen Dasein und bildeten sich ordentlich etwas darauf ein.

Doktor Ziegler, Ursulas Vater, war in den letzten Jahren ein besonders vornehmer und eitler Mann geworden, dennoch ließ es sich mit ihm für einen Abend gut auskommen. Henriette dagegen zelebrierte ihre gesellschaftliche Stellung und den neuen Reichtum, zusätzlich zum bisherigen alten, mit ausuferndem Einsatz. Die Menschen, mit denen sie sich gern umgab, liebten Oberflächlichkeit und schöne Fassaden ebenso wie sie. Gleich und Gleich gesellte sich immer gern, zog sich beinahe magisch an. Oftmals riss Henriette mit ihrer durchdringenden Stimme das Gespräch innerhalb weniger Minuten an sich und Heinrich suchte, wenn möglich, das Weite.

Doch für diesen Abend wollte er seine Schwiegermama gern aushalten. Sie war auch ein Garant für gelungene Feierlichkeiten und würde dafür sorgen, dass der Abend in seinem Haus noch für lange Zeit positiv in aller Munde blieb. Wenn der Assessor Feinhusen Wort hielt und sich blicken ließ, sollte er nicht enttäuscht werden. Heinrich rechnete sich gute Chancen aus, über ihn neue Verbindungen zu knüpfen und die brauchte er, wenn er vorankommen wollte, wenn er etwas mehr Schwung und Erfolg in sein Leben bringen wollte. Nein, er wollte nicht gleich zum Landrat aufsteigen. Danach stand ihm weniger der Sinn. Abgesehen davon, dass dieser seinen Stuhl nicht so leicht hergeben würde, reichte Heinrich die Lokalpolitik nicht.

Welche Ziele er verfolgte, wusste er selbst noch nicht, aber er durfte nicht zu viel Zeit hinter seinem Schreibtisch verbringen, wenn der nicht die Endstation seiner Karriere bedeuten sollte. Die bisherige Beamtenlaufbahn sorgte zwar für finanzielle Sicherheit, aber sie war auch unfassbar ermüdend und entzog ihm nach und nach die Lebensfreude. Seit Monaten war er mit Aufgaben rund um Neuordnung der Landkreise beschäftigt. Diese Arbeit musste erledigt werden, das war ihm bewusst. Doch es gelüstete ihn nach etwas aufregenderer und wenig Akten bezogener, vielmehr kommunikativer Beschäftigung.

Er stieß abermals bedrückt die Luft aus und raufte sich den Schopf. Heinrich wusste, dass er die heutige

Gesellschaft nutzen musste und doch war ihm nicht danach, sich mit aufgesetztem Frohsinn unter die Gäste zu mischen. Er starrte hinaus auf den Blätterteppich.

Es wird dir keine andere Wahl bleiben, als selbst aktiv zu werden, hörte er Ursulas Worte.

„Ja doch!", sprach er energisch zu sich selbst.

Sie war ihm eine so große Unterstützung und wenn er nicht bald nach Hause kam, fiel ihr die Rolle der alleinigen Gastgeberin zu. Er durfte ihr diese Aufgabe unmöglich überlassen, nicht in ihrem Zustand.

Er legte die Arme wieder auf den Rücken, wandte sich vom Fenster ab und schritt einige Male unschlüssig in der Amtsstube auf und ab. Außer seinen Schritten war nichts zu hören. Das Gebäude war so gut wie leer und kühlte bereits aus. Er musste endlich die Heimfahrt antreten.

Vor dem langen Wandregal mit den verschiedenen Aktenordnern und Büchern blieb er stehen. Zögernd zog Heinrich einige in Leder gebundene Kladden heraus und griff in die frei gewordene Lücke zwischen den Büchern. Hier hatte er seit einigen Wochen eine geheime Ration Doppelkorn versteckt. Wenn er fürchtete, grundlos schwermütig zu werden, genehmigte er sich hin und wieder ein Schlückchen. So auch jetzt. Der Schnaps rann ihm die Kehle hinab und er fühlte, dass es ihm warm in der Brust wurde. Es war eine angenehme Wärme.

Noch ein paar Minuten stand er gedankenverloren so da. Dann ging ein Ruck durch ihn. Er verstaute die Flasche wieder, ordnete seinen Schreibtisch und schloss die Akten ein. Eilig begab er sich auf den Weg nach Hause.

Das Anwesen zeichnete sich schon aus der Ferne prächtig erleuchtet vor dem Abendhimmel ab. Heinrich parkte den Wagen und fühlte sich mittlerweile innerlich gewappnet. Entschlossen erklomm er die wenigen Eingangsstufen und betrat das Haus.

„Gut, dass du endlich da bist“, begrüßte ihn Ursula, die gerade aus dem Festsaal gelaufen kam. Sie war blass wie immer, unter ihren Augen zeichneten sich dunkle Schatten ab und ihr Bauch wölbte sich kräftig nach vorn. Wenn niemand hinsah, hielt sie die Hand von unten dagegen, als könnte sie ihn dadurch stützen.

„Es tut mir leid, es war wieder schrecklich viel zu tun“, entschuldigte Heinrich sich und küsste sie auf die Wange. Aus dem großen Saal drang Gelächter, deutlich herauszuhören die schrille Stimme Henriettes.

„Nun, mach dir keine Gedanken. Niemand ist dir böse. Wie du bemerkst, amüsieren sich die Gäste. Meine Mutter ist wieder einmal voll in ihrem Element. Offenbar reichen ein paar Gläser Wein und einige anzügliche Reiseanekdoten, um die Herrschaften göttlich zu unterhalten.“

Ursula richtete ihm sogleich den Hemdkragen und die Krawatte.

„Wer hätte gedacht, dass ich einmal dankbar für ihre Anwesenheit sein würde“, redete sie leise weiter. „Ich war gerade auf dem Weg in die Küche. Ich habe vorgegeben, nach dem Essen schauen zu müssen. Tatsächlich bin ich gegangen, weil ich mich dann unbemerkt für ein paar Minuten setzen kann.“ Sie strich sich über den Bauch.

Umgehend wurde Heinrich von Schuldgefühlen geplagt. Er hätte früher heimkommen müssen und seine

Frau nicht warten lassen dürfen. Er legte seine Stirn gegen ihre. „Du bist wunderbar. Welch ein Glück, dass ich dir begegnet bin."

Für einen Moment standen sie still voreinander, dann verzog Ursula vor Schmerz das Gesicht und stöhnte kurz auf. Sie löste sich wieder von Heinrich und hielt ihren Bauch.

„Geh gleich hinüber und begrüße unsere Gäste. Der Regierungsassessor Feinhusen ist auch gekommen." Sie hatte noch leiser gesprochen und trotz ihres körperlichen Unbehagens vielsagend die Augenbrauen gehoben.

Sogleich änderte sich Heinrichs Körperhaltung. Feinhusen kam ihm gerade recht. „Ausgezeichnet. Ruh' dich etwas aus."

Er nickte Ursi zu, dann ging er strammen Schrittes mit stolzgeschwellter Brust hinüber in sein Arbeitszimmer. Dort verstaute er seine Aktentasche, legte frisches Rasierwasser auf und kämmte sich das Haar. Bevor er das Zimmer wieder verließ, prüfte er, ob sich das teure Feuerzeug, das ihm Ursula zu Weihnachten geschenkt hatte, in seiner Brusttasche befand und füllte das Zigarettenetui nach. Sobald er den Saal betrat, hielt er nach Feinhusen Ausschau, um ihn in ein Gespräch zu verwickeln. Doch er war nicht der Erste, den dieses Anliegen umtrieb.

Heinrich musste sich bis nach dem Abendessen gedulden, um mit ihm ins Gespräch zu kommen. Er fand ihn allein im kleinen Salon. Der Regierungsassessor stand mit verschränkten Armen vor dem geöffneten Fenster, starrte in die Dunkelheit und ließ sich die mittlerweile eisige Abendluft ins Gesicht wehen.

„Feinhusen, da sind Sie ja. Schön, dass Sie es einrichten konnten. Aber was sind Sie denn hier so für sich? Gefällt Ihnen die Gesellschaft nicht?" Heinrich sprach mit kräftiger Stimme und zeigte sich besorgt. Er schloss die Tür und trat an seinen Gast heran.

Feinhusen und er waren von ähnlich schlanker Statur, aber der Regierungsassessor zählte fast zehn Lebensjahre mehr. Es zeichneten sich bereits einige Fältchen in dessen Gesicht ab, die man aber nur bei genauerem Hinsehen bemerkte. Seine Haltung war stramm und aufrecht, seine Oberlippe zierte ein dünnes Zwirbelbärtchen, was ihm eine gewisse Unnahbarkeit verlieh. Aus seiner pomadisierten Frisur hatte sich eine gewellte Strähne gelockert, die ihm nun vor der Stirn hing. Er löste zögernd seinen Blick von der Dunkelheit und wandte sich gut gelaunt an Heinrich.

„Na hören Sie mal, mein lieber Freund. Eine Landpartie hat doch immer was für sich, nicht wahr? Die Gesellschaften in Ihrem Hause im Besonderen. Abgesehen davon kann ich mich für die unheimliche Stille der Nacht begeistern. In Berlin ist ja doch immer was los, aber hier ..." Er machte eine gedankenverlorene Pause und starrte hinaus.

„Nun ja, hier ist es in der Tat viel ruhiger als in der Stadt, aber still ist es keinesfalls, wenn ich das sagen darf. In Wald, Moor und Wiesen fleucht und kreucht es munter bei Tag und Nacht. Aber ich ahne, worauf Sie hinauswollen ... wenn man es nicht darauf anlegt, braucht man eine Woche lang mit keiner Menschenseele zu reden." Heinrich zog das Etui aus der Tasche und hielt es Feinhusen hin. „Zigarette?"

Der Regierungsassessor nickte zufrieden. Heinrich sorgte für Feuer. Sie rauchten eine Weile schweigend nebeneinander stehend.

„Wenn Sie kein Mann der vielen Worte sind, dann doch wenigstens einer der Taten, wenn ich mir Ihre Frau so anschaue." Feinhusen blitzte Heinrich an, was ihn für einen Moment verblüffte. Doch der setzte sofort ein gewinnendes Lächeln auf. „Ganz recht, da bin ich wohl etwas übers Ziel hinausgeschossen. Na ja, sehen Sie es mir nach. Ich habe vor und nach dem Wildschweinbraten ein paar gute Tropfen genossen." Er rieb sich wohlig über den Bauch und Heinrich unterließ es, sich verärgert zu zeigen. Immerhin setzte er große Hoffnungen in die Bekanntschaft mit dem Regierungsassessor und da wollte er ihm gegenüber nicht kleinlich erscheinen.

„Ein guter Wein macht redselig und ich schäme ich auch nicht der lockeren Zunge. Es ist doch nur der profane Neid, der aus mir spricht. Sie führen ein so beschauliches Dasein hier auf dem Land. Ich gestehe, ich sehne mich oft an einen Ort wie diesen und deshalb hat mich Ihre Einladung hierher außerordentlich erfreut."

„Beschaulich kann man das Leben hier durchaus nennen." Heinrich zog an seiner Zigarette. „Mich beschleicht jedoch die Vermutung, dass Ihre und meine Wahrnehmung von Beschaulichkeit divergieren."

„So?" Feinhusen zeigte sich interessiert.

Doch die Tür öffnete sich und Heinrich fürchtete um ungebetene Gesellschaft. Hatte er doch vorgehabt, Feinhusen zu bitten, in Berlin ein gutes Wort für ihn einzulegen. Es wäre überaus ärgerlich, wenn diese wichtige Unterhaltung bereits im Keim erstickt würde.

Erleichtert stieß er die Luft aus, als er sah, wer durch die Tür trat. Es war Ursula.

„Wusste ich es doch, dass ich dich hier finde.“ Sie lächelte Heinrich an und wandte sich dann entschuldigend an ihren Gast. „Herr Regierungsassessor Feinhusen, ich störe Ihr Gespräch mit meinem Gatten nur ungern, doch er wird im Festsaal erwartet. Die Gäste vermissen ihn schon und ich vermag meine Mutter nicht länger in die Pflicht zu nehmen. Ich selbst bin heute sowieso keine große Bereicherung.“

„Werte Frau von Klein, wie können Sie so etwas sagen? Sie sind zu jeder Zeit und an jedem Ort eine Bereicherung. Aber selbstverständlich verstehe ich Ihr Anliegen und möchte keinesfalls, dass meinetwegen ein schlechtes Licht auf den Hausherren fällt.“

„Ach, Sie sind so verständnisvoll, lieber Herr Feinhusen.“ Sie hakte sich vorsichtig bei ihm ein.

Sofort wurde Heinrich der Kragen seines Hemdes etwas zu eng. Was trieb seine Frau da?

„Ich hörte, wie Sie während des Essens von Ihrer Vorliebe für das Landleben und die Jagd schwärmten.“ Sie führte ihn einige Schritte zur Tür. „Würden Sie uns die Ehre erweisen, Ihren Besuch bei uns bis morgen zu verlängern? Ich lasse Ihnen eines der Gästezimmer vorbereiten, eines, das zum Wald hinaus liegt. So haben Sie später noch Gelegenheit, das Gespräch mit meinem Mann, in welches ich so unglücklich hineingeplatzt bin, fortzusetzen. Wer weiß, vielleicht bietet sich morgen auch noch die Möglichkeit, auf die Pirsch zu gehen.“

Heinrich sog überrascht die Luft ein. Wie klug seine Frau doch war. Nicht dass er es nicht schon zuvor gewusst hatte, aber es fühlte sich doch wunderbar an.

„Eine hervorragende Idee, ich stimme meiner Gattin absolut zu. Was sagen Sie, Feinhusen?"

Der Regierungsassessor gab sich ein wenig zögerlich, wiegte den Kopf und schob die Strähne mit einer eleganten Handbewegung wieder zurück. Doch Heinrich hatte längst bemerkt, dass dies nur Methode war. Er hatte sich längst entschieden. Schließlich nickte der Assessor sehr zufrieden.

„Von Klein, Sie haben das große Los gezogen. Diese Frau und dieses Haus ... Donnerwetter, kann ich nur sagen. Ich ziehe meinen Hut."

„Sie werden verstehen, dass ich Ihnen keinesfalls widersprechen kann."

Ursula senkte den Blick und lächelte und Heinrich nahm es wohlwollend zur Kenntnis.

Gemeinsam begaben sie sich wieder zurück zu den übrigen Gästen, wo sich sowohl Feinhusen als auch Heinrich in angeregte Gespräche vertieften.

Ursula hatte es sich derweil auf einem der Sofas bequem gemacht. Die Gattin des Landrats, eine dralle Frau in den Vierzigern mit leuchtend roten Wangen, leistete ihr für den Rest des Abends Gesellschaft. Wann immer Heinrich den Blick seiner Frau auffing, lächelte sie und nickte zuversichtlich. Sie begab sich erst wieder an seine Seite, als es Zeit wurde, die Gäste zu verabschieden.

Es war kurz vor Mitternacht, als es im Hause ruhig wurde und Heinrich in den Saal zurückkehrte. Feinhusen hatte es sich in einem Sessel gemütlich gemacht, neben ihm, auf dem Beistelltischchen, standen zwei Gläser und eine Flasche Cognac. Sobald er Heinrich erblickte, erhob er das Glas und richtete das Wort an ihn.

„Was haben Sie doch für ein Glück. Ich wiederhole mich gern, Sie sind zu beneiden, mein lieber von Klein. Schauen Sie, Ihre Gattin hat für einen Schlummertrunk gesorgt. Was immer Sie auch auf dem Herzen haben, Sie finden mich bestens gelaunt. Nutzen Sie Ihre Chance. Es wird nur wenig geben, was ich Ihnen zu dieser Stunde abschlagen kann."

Heinrich rieb sich zufrieden die Hände und nahm auf einem der anderen Sessel Platz. Jetzt oder nie. Er würde ihn darum bitten, ihn nach Berlin zu holen.

13. Geschäftliche Entwicklungen

In den vergangenen Wochen hatte sich Edith sehr darum bemüht, die Erinnerung an Tullmanns und Dietrichs Machenschaften zu verdrängen. Sie konzentrierte sich auf das Tagesgeschäft und erfreute sich daran, dass Franz und sie in allen beruflichen und privaten Bereichen miteinander harmonierten. Jeder Gedanke an ihre Widersacher raubte ihr unnötig den Elan für die wesentlichen Aufgaben, also unterließ sie es, wenn möglich, sich darüber den Kopf zu zerbrechen.

Das erste Novemberwochenende stand vor der Tür und somit das zweite Jahresgedächtnis Onkel Leopolds. Es warf traurige Schatten voraus. Vor allem Luise, die bisher in ihrem Witwendasein zurechtzukommen schien, legte nun eine besondere Empfindsamkeit und Niedergeschlagenheit an den Tag. Sie kam seltener zu Besuch, machte sich rar. Edith bemerkte es und fuhr häufiger hinüber, um ein paar Stunden bei ihr zu verbringen. Sie unterhielten sich und spielten Karten, meistens Ekartee.

„Es ist schön, dass du mich besuchst und dich bemühst, mir die Zeit zu vertreiben. Ich weiß sehr zu schätzen, dass du deine rare Zeit für mich opferst."

„Nun mach aber mal halblang. Ich opfere doch nichts. Ich genieße beste Spielzeit mit meiner Lieblingstante. Allerdings könntest du dir schon ein bisschen mehr Mühe geben. Es ist die dritte Runde, die ich gewinne. Herz, sieh an. Auch dieser Stich geht an mich." Edith nahm die letzten Spielkarten auf und sah ihre Tante prüfend an.

„Du lässt mich doch nicht absichtlich gewinnen, damit ich nicht die Lust verliere?"

„Das könnte dir so passen. Nein, ich fordere erneute Revanche und dieses Mal wirst du verlieren." Luise wischte mit der flachen Hand über den Spielbereich.

„Bitte, du darfst austeilen."

„Gut, eine Runde noch und dann gehen wir zum Friedhof. Ich möchte sehen, ob der neue Grabschmuck schon dort ist und ob der Gärtner sich an alle Anweisungen gehalten hat."

„Er hat das Grab sicherlich schön arrangiert. Die Annoncen sind auch sehr schön geworden. Ich war überrascht, dass du auch eine im Namen der Fabrik aufgegeben hast. Kreuz."

„Wieder mein Stich. Ja, es fühlte sich seltsam an, es nicht zu tun und deshalb habe ich mich kurzfristig dazu entschlossen, als ich die privaten bei der Zeitung in Auftrag gegeben habe. Das kurze Gedenken mit der Belegschaft habe ich für morgen geplant. Karo."

„Verflixt. Du hast einfach immer die besseren Karten. Ich kann wieder nur bedienen." Luise warf verdrießlich eine rote Acht auf den Tisch.

„Wie wird es ablaufen? Soll ich dabei sein?"

„Das überlasse ich dir. Wieder Karo. Ich werde eine kurze Rede halten, wir werden eine Schweigeminute einlegen und im Anschluss lasse ich für jeden einen Becher Kaffee ausschenken. Dann geht es auch schon wieder an die Arbeit. Es ist nicht viel, aber er hätte sich gewiss darüber gefreut."

„Ich freue mich sehr darüber. Es ist gut und wichtig, dass wir ihn nicht vergessen. Stich. Schau an, findet das Spielglück doch noch zu mir?"

„Keine Sorge, das Spiel ist noch nicht zu Ende." Edith hielt ihre restlichen Karten hoch und sah ihre Tante über den Rand hinweg an.

„Du bluffst. Pik."

„Vielleicht. Du weißt doch, dass ich die Fabrik erweitern will." Edith warf eine Karte ab.

„Ja. Pik."

„Was hältst du davon, wenn wir für den Neubau eine Gedenktafel für Onkel Leopold planen lassen?" Sie warf die nächste Karte ab.

„Nochmal Pik. Das wäre sicherlich eine schöne Geste."

„Du spielst nur noch runter?" Edith konnte wieder nicht bedienen und musste abwerfen.

„Letzter Zug, wieder Pik." Luise grinste triumphierend und Edith warf ihre letzte Karte hin.

„Na schön, du hast gewonnen, wenigstens einmal. Es wurde aber auch langsam Zeit."

„Ja und jetzt ist es Zeit, sich auf den Weg zu machen. Komm."

Gemeinsam unternahmen sie den Spaziergang zum Friedhof, tauschten ihre Gedanken über verschiedene Ausführungen der Gedenktafel aus und gerieten schließlich in eine gelöste Plauderei.

„Du, sag mal, wie läuft es denn mit dem neuen Vertreter, den du eingestellt hast?“

„Ich weiß es noch nicht, er fängt erst heute an.“ Edith warf einen eiligen Blick auf ihre Uhr. „Gut, dass du danach gefragt hast. Ich habe nämlich heute Nachmittag einen Termin mit ihm. Wir werden die Formalitäten klären und ich werde ihm seine ersten Aufgaben übertragen.“

„Du hast also ein gutes Gefühl?“

„Ja, das habe ich und dennoch werde ich ihn im Auge behalten. Ein zweites Mal lasse ich mich definitiv nicht vorführen. Ich werde dir ausführlich berichten, wenn ich dich beim nächsten Kartenspiel besiege.“

„Dann sehen wir uns also morgen?“

„Sehr gern. Bis morgen.“ Edith küsste Luise zum Abschied auf die Wange und fuhr zurück in die Fabrik. Sie kam keine Minute zu früh.

In den neuen Handelsvertreter, einen jungen engagierten Menschen, setzte Edith große Hoffnungen. Georg Merzenich kam aus gutem Hause, war höflich und, was für sie den Ausschlag gegeben hatte, er hatte kein Problem damit, für eine Frau zu arbeiten. Sie hatten gut miteinander verhandelt und die Provision, die er gefordert hatte, war angemessen gewesen. Trotzdem mahnte sich Edith zur Obacht. Sie musste die Angelegenheit sachlich bewerten, sich nicht vorschnell von ihren Gefühlen leiten lassen, den Neuen trotzdem mit gewisser Vorsicht beobachten und überprüfen. Nun warnte sie ihn gerade eindringlich vor Hubert Dietrich.

„Ich erwarte, dass Sie mir umgehend berichten, falls er oder einer seiner Handlanger den Kontakt zu Ihnen aufnimmt.“ Sie wählte einen scharfen Ton.

„Selbstverständlich", erwiderte Merzenich.

„Falls Ihnen etwas Ungewöhnliches zugetragen wird, erwarte ich, dass Sie mich informieren."

„Auf jeden Fall, Frau Bergemann."

„Sie müssen hier regelmäßig vorsprechen und mir Bericht erstatten."

„Das ist kein Problem." Er lächelte und zeigte sich nicht im Geringsten abgeschreckt oder verwundert. Auch dass sie ihn ungeniert über seine persönliche Situation und Pläne ausgefragt hatte, schien ihn nicht zu verärgern.

Er hatte erst im Sommer geheiratet und lebte mit seiner Frau in einer kleinen Dachwohnung in Kerchheim. So wie Edith ihn verstanden hatte, deckte sich die Wahl seiner Braut nicht mit dem Wunsch der Familie und die beiden mussten sparsam sein.

„Wissen Sie, ich bin ein ehrgeiziger Mensch und ich habe meinen eigenen Kopf. Vor allem treffe ich meine Entscheidungen gern selbst."

Hier hatte Edith ihm beipflichtend zugenickt.

„Ich denke, dass ich meine eigene Familie mit Fleiß und klugen Entscheidungen gut versorgen kann. Wenn es geht, bleibe ich gern für länger in Kerchheim und verdiene uns den Unterhalt für ein gutes Leben. Ein eigenes Häuschen, eine glückliche Ehefrau und ein Garten für die Kinder, damit bin ich schon zufrieden."

Seine soliden Zukunftswünsche schmälerten den angenehmen Eindruck nicht, den er auf Edith machte – im Gegenteil.

„Dann kommen Sie mal mit. Ich führe Sie herum und dann dürfen Sie sich an die Arbeit machen."

Zufrieden kehrte Edith später wieder an ihren Schreibtisch zurück.

„Hoffen wir das Beste, nicht wahr?" Sie rieb sich die Hände und begann, ihre Papiere zu sortieren. Dafür hatte sie an diesem Tag noch keine Minute aufgebracht. Im nächsten Moment klingelte das Telefon und Bettina nahm das Gespräch entgegen.

„Tuchfabrik Geldermann in Kerchheim, guten Tag." Sie lauschte einige Sekunden in den Hörer, blickte auf und sah zu Edith hinüber.

„Einen Moment bitte." Sie hielt den unteren Teil des Telefonhörers zu und flüsterte: „Herr Lobereich von der *Textilfabrik Reuters* ist dran. Sind Sie zu sprechen?"

Sofort wurde Edith angenehm warm. An ihn hatte sie einige Male gedacht. Sie hatte ihm vom Ausgang der Affäre Tullmann berichten sollen und er sie anrufen wollen, um weitere geschäftliche Details zu besprechen. Weder hatte sie ihn noch er sie angerufen. Bis jetzt. Nachdem bereits so lange Zeit vergangen war, hatte Edith es beinahe vergessen. Es war auch nicht nötig gewesen, denn alles war in den Vertragsunterlagen bereits genau festgelegt gewesen. Sie nickte, stand auf und ging hinüber zu der kleinen Wandkonsole, die extra für das neue Telefon angebaut worden war.

„Ja, hier ist Edith Bergemann. Herr Lobereich?"

„Guten Tag, es freut mich, Ihre Stimme zu hören." Sie überging diese Bemerkung geflissentlich, obwohl sie sich darüber freute.

„Was kann ich für Sie tun? Haben Sie Fragen zur Auftragsabwicklung?"

„Nein, keine Sorge. Ich gehe davon aus, dass Sie alles zu meiner Zufriedenheit erledigen und den nächsten Liefertermin einhalten.“

„Selbstverständlich. Lassen Sie mich einen Blick in meinen Kalender werfen.“ Edith wusste, dass die Lieferung für den dreizehnten November vorgesehen war. Sie wusste selbst nicht, warum sie dies Lobereich gegenüber nicht zugeben wollte. Um den Anschein zu wahren, ließ sie einige Sekunden verstreichen.

„Ja, da steht es. *Textilien Reuters*, am dreizehnten Elften vormittags“, erklärte Edith, ohne in ihren Kalender gesehen zu haben und grinste Bettina dabei an.

„Das ist Freitag, der 13. Sind Sie gar nicht abergläubisch?“

„Abergläubisch? Ich? Wie kommen Sie darauf? Natürlich nicht. Sie etwa?“

„Ich bin mir nicht sicher. Ich schlage vor, wir fordern das Glück heraus und ich lade Sie für Freitagabend zum Essen ein, rein geschäftlich natürlich. Dann werden wir wissen, ob die Lieferung wohlbehalten angekommen ist und Sie berichten mir endlich, wie Sie die Angelegenheit Dietrich und Tullmann gelöst haben. Ich gestehe, die Neugier auf Details plagt mich und ich hatte gehofft, Sie ergreifen die Chance, mir zu berichten.“

„Freitagabend?“ Edith zögerte. Es war mittlerweile zur angenehmen Gewohnheit geworden, dass Franz und sie an den Wochenenden gemeinsam ausgingen. Der Freitagabend gehörte dazu. So konnten sie Zeit miteinander verbringen, ohne dass es sich um die Fabrik drehte. Tante Luise hatte es mehrfach angeregt, nachdem Edith sich gegen eine Urlaubsreise ausgesprochen hatte. Dazu hatte Luise sie ursprünglich überreden wollen, nachdem sie glücklich und voller neuer Eindrücke aus dem Schwarzwald zurückgekehrt war. Doch eine mehrtägige oder gar mehrwöchige Abwesenheit kam für Edith nicht infrage. Sie hatte nach knapp zwei Jahren als Unternehmerin noch nicht das Bedürfnis, die Fabrik für längere Zeit sich selbst zu überlassen. Auch wenn im Moment das größte Unglück abgewendet war, so fürchtete sie, dass Dietrich oder auch die anderen Konkurrenten nicht ruhen würden. Ihre Abwesenheit wäre eine deutliche Einladung, gegen ihre Person und die Fabrik vorzugehen. Freitags besuchten sie seit Neuestem mit Vorliebe einen Musikclub, in dem moderner amerikanischer Jazz gespielt wurde.

Edith zögerte immer noch und war sich nicht sicher, ob sie den Abend mit Franz aufgeben wollte. Andererseits konnte sie sich mit ihm auch noch im Anschluss im Musikclub treffen. Wie lange konnte das Abendessen mit Lobereich schon dauern?

„Hallo? Frau Bergemann? Sind Sie noch am Apparat?“

„Ja, ja ich bin noch dran. Ich habe nachgedacht, verzeihen Sie. Ich musste meine Termine neu ordnen.“

„Das heißt, Sie gehen mit mir essen?“ Lobereich klang erfreut.

„Nun, ich denke schon.“

„Dann hole ich Sie um sechs Uhr am Abend ab.“

„Nein!“ Edith erschrak selbst über ihre brüske Abwehr. Sie wollte keinesfalls von ihm abgeholt werden.

„Nicht?“

„Nein. Es handelt sich doch um ein geschäftliches Essen und nicht um ein Rendezvous. Ich glaube, dass es der Sache dienlich ist, wenn wir uns in einem Lokal verabreden.“

„Ihr Wunsch ist mir Befehl. Sie gehen gern ins *Belle-vue*, nicht wahr?“

„Ja.“ Edith fuhr ein angenehmer Schauer über den Rücken. Sie freute sich, dass er sie richtig einschätzte.

„Dann reserviere ich uns einen Tisch dort. Achtzehn Uhr?“

„In Ordnung.“ Sie nickte.

„Gut. Freitag, der dreizehnte um achtzehn Uhr. Auf Wiedersehen.“

„Ja, auf Wiedersehen.“ Sie sprach ihre Verabschiedung leise, freute sich aber schon sehr auf das anstehende Wiedersehen, als sie den Hörer auflegte. Herr Lobereich war zwar ein ausgesprochen seltsamer Kauz, aber auch sehr interessant und regte ihre Neugier an. Sie begab sich wieder an ihren Tisch, trug den Termin in ihren Kalender ein und widmete sich dann wieder ihren Überlegungen.

Merzenich hatte sich für die kommende Woche viel vorgenommen. Das war gut und doch stellte es Edith vor die nächste Herausforderung. Wenn er erfolgreich war, würden sie mehr produzieren. Der Neubau durfte dann nicht länger nur ein Luftschloss sein, sondern musste ordentlich geplant und in Angriff genommen werden. Das würde der nächste große Schritt für ihr Unternehmen werden und der stimmte sie gelinde gesagt nervös. Sie zündete eine Zigarre an, die Sorte, die Onkel Leopold immer geraucht hatte, und legte sie in den Aschenbecher auf dem Schreibpult. Es gefiel ihr, wenn sich der intensive Qualm im Raum ausbreitete, sie den würzigen Geruch einatmete. Dann erlag sie manchmal der Illusion, er wäre noch da.

„Das wird eine schöne Rede." Franz war leise eingetreten.

Sie hatte es gar nicht wahrgenommen. Er trat näher heran und legte ihren Entwurf zurück auf den Tisch. Sie hatte ihn darum gebeten, ihn zu lesen, sobald er Zeit dazu fand.

„Danke." Edith hob kurz den Kopf und lächelte wehmütig.

„Ich vermisse ihn auch. Er hat mich immer etwas mitleidig angesehen, als ob er nicht genau wüsste, was er mit mir anfangen könnte." Franz blieb vor dem Schreibtisch stehen.

Sie nickte. „Ich weiß, was du meinst. Aber in seinen letzten Tagen war dieses Bedauern aus seinem Blick verschwunden. Er bewunderte dich und war stolz."

„Was macht dich dessen so sicher?" Franz stützte die Arme auf ihrem Pult ab und näherte sich Ediths Gesicht.

„Er wusste, dass du mich glücklich machen willst und für mich da bist, wenn ich dich brauche." Sie lächelte erneut, dieses Mal jedoch ohne Wehmut, sondern voller Hingabe.

„Das stimmt. Ich versuche es jeden Tag aufs Neue." Franz grinste, beugte sich weiter nach vorn und küsste seine Frau. Dann fiel sein Blick auf den Kalender, der noch immer geöffnet auf dem Tisch lag. Freitag, der dreizehnte November, war eingekreist und ein Eintrag für die Lieferung an *Reuters* war mit einem Ausrufezeichen versehen.

Er tippte darauf. „Alles im Lot?"

„Ja. Die Lieferung geht Freitag um zehn vom Hof.“

„Und was heißt das hier?“ Er drehte den Kalender, um die Schrift zu entziffern.

„*Bellevue*? Ich dachte, wir gehen tanzen.“

„Ja, das dachte ich auch, aber Lobereich hat gerade angerufen. Er will sich geschäftlich mit mir zum Essen treffen, wenn die Lieferung zu seiner Zufriedenheit eingetroffen ist, und noch ein paar organisatorische Dinge mit mir besprechen.“

„Was denn für Dinge?“

„Ich weiß auch nicht genau. Hoffentlich keine neuen Hiobsbotschaften. Es wäre fatal, wenn er schon wieder mehr wüsste als wir.“

„Dann versetzt du mich?“

„Das hatte ich nicht vor. Wir können im Anschluss ausgehen.“

Franz überlegte eine Weile und schüttelte dann entschieden den Kopf. „Nein, geh du nur und erledige die Geschäfte. Ich werde hier auf dich warten.“

„Im Kontor?“ Sie sah ihn verblüfft an.

„Im Schlafzimmer.“ Er flüsterte. „Wir legen eine Platte auf, tanzen und niemand wird uns stören. Wir sind vollkommen allein.“

Franz sah sie herausfordernd an und Edith lächelte zufrieden. Er machte sein Versprechen an jedem Tag wahr.

14. Freitag, der Dreizehnte

Auf den Dächern der Häuser glitzerten feine Eiskristalle in der Sonne, der Wind wehte kalt, doch Edith beaufsichtigte die Verladung selbst. Das Speditionsunternehmen arbeitete schon lange mit *Geldermann* zusammen, auch den Fahrer kannte sie persönlich. Als sie ihn das erste Mal gesehen hatte, war er noch mit einem Pferdegespann gefahren. Nun hatte der Fortschritt auch die Spedition eingeholt – nicht die schlechteste Entwicklung. Sie konnte davon ausgehen, dass der Fahrer die Lieferung schnell erledigt haben würde.

Seine dünnen weißen Locken lugten im Nacken unter der Mütze hervor. Der Alte trug einen kräftigen weißen Vollbart, war von gemütlichem Wesen und rauchte mit Vorliebe sein Pfeifchen. Auch jetzt. Gemeinsam umrundeten sie den Lastwagen und Edith warf nochmals einen prüfenden Blick auf Ladung und Papiere. Obwohl sie einen schweren Mantel trug, fror sie. Die Hosenbeine aus dickem Wollstoff hatte sie in die neuen Winterstiefel mit hohem Schaft gesteckt und auf dem Kopf trug sie einen Filzhut mit tiefer Krempe. Die frostige Luft legte sich dennoch auf ihre Nase und

Wangen. Auch ihre Finger waren bereits gerötet und sie musste ein Zittern unterdrücken.

„Alles zu Ihrer Zufriedenheit, Frau Bergemann?" Der Spediteur sprach, ohne die Pfeife aus dem Mund zu nehmen und wartete. Wie immer hatte er die Hände in die Hosentasche gesteckt.

„Ja, ausgezeichnet." Sie nickte kurz und hielt ihm das Klemmbrett mit den Papieren hin, damit er die Übernahme gegenzeichnete.

Der Alte griff etwas umständlich nach dem Stift, den sie ihm hinhielt, denn an der rechten Hand fehlten ihm zwei Finger. Er unterschrieb, nickte zum Abschied und blies eine kleine Rauchwolke in die Luft.

Edith hielt das Klemmbrett eng umschlungen vor ihre Brust, trat vom Laster zurück und beobachtete, wie der Mann die Fahrerkabine bestieg. Der Motor heulte auf, dann setzte sich der Transportwagen mit der großen Teillieferung für *Reuters Textilien* in Bewegung. Sie bemerkte die besondere Aufregung, die sie beim Gedanken an Lobereich und eine zufriedenstellende Lieferung befallen hatte. Er hatte ihr einen großen Gefallen erwiesen und Vertrauen entgegengebracht. Sie wollte ihm keinesfalls Grund zu Beanstandungen geben. Sobald der Lastwagen vom Hof gefahren war, atmete sie erleichtert aus. Höchste Zeit, sich aufzuwärmen.

Sie brachte die Unterlagen ins Kontor, wo Bettina gerade neue Kohle auflegte, dann begab sie sich hinüber ins Wohnhaus. Dort frühstückte sie, wann immer es ging, gemeinsam mit Franz. So hatten es Leopold und Luise schon gehalten und mit dieser Tradition wollte auch Edith nicht brechen.

Auch hier war ordentlich eingeheizt worden. Sie hing zufrieden ihren Mantel an die Garderobe, zog ihre Strickstola über und rieb sich die Hände. Franz stand am Fenster und sah hinaus. Wie immer trug er einen braunen Anzug. Mittlerweile saßen seine Anzüge aber besser. Das lag zum einen daran, dass sie regelmäßig zum Essen ausgingen, zum anderen durfte die Kleidung in der letzten Zeit hochwertiger ausfallen. Franz hielt die Zeitung zusammengerollt in der Hand und Edith bemerkte, dass er verstimmt war.

„Was ist los? Ärger mit einer Maschine?" Sie setzte sich an den Tisch. Hilda hatte eingedeckt und bereits die Kaffeekanne, Weißbrot, Marmelade und Frühstückseier auf dem Tisch bereitgestellt.

Er schüttelte den Kopf, legte die Zeitung ordentlich zurück in den Zeitungsständer, trat zum Tisch und setzte sich ebenfalls. „Nein, die Maschinen laufen hervorragend. Darauf haben wir wenigstens Einfluss."

„Also steht mal wieder etwas in der Zeitung, das dir nicht gefällt?"

„Nicht mehr als sonst. Ich frage mich manchmal, ob es sich überhaupt noch lohnt, Zeitungen zu lesen."

Das Hausmädchen goss Kaffee ein. Sofort nahm Edith die Tasse, nippte daran und ließ Franz sprechen. Seit sie ihn kannte, war er politisch interessiert gewesen, in den letzten Monaten schien sein Interesse jedoch gewachsen zu sein. Sie tauschte sich gern mit ihm aus, denn dadurch erweiterte sich auch ihr Horizont. Außerdem brachte er immer wieder frische Argumente, die Edith dann auch mit den Frauen des Handarbeitskreises diskutierte. Sie war nicht mehr so häufig dort wie früher, aber hin und wieder wollte sie sich dort blicken lassen. Das war sie den Damen und auch Tante Luise einfach schuldig.

„Seit Monaten wird Adenauer in den Himmel gelobt. Ich kann die Berichte über seine Jahrtausendausstellung nicht mehr hören." Aha, dachte Edith. Es ging mal wieder um den Kölner Oberbürgermeister. Über ihn konnte Franz den lieben langen Tag lamentieren. Sie vermutete, dass es einen simplen Grund dafür gab. Wahrscheinlich konnte ihr Mann den Politiker einfach nur nicht leiden.

„Letztlich ist es doch nur Klüngelei. Er lässt seine Beziehungen spielen und bekommt, was er will. Hier ein Gefallen, dort ein Gefallen, alles nur, um seine Position zu festigen und sich die Rückendeckung der Unternehmerschaft zu sichern."

Edith presste die Lippen zusammen. Franz und sie hatten oft genug darüber gesprochen. Mit der Unternehmerschaft waren hier ausschließlich Männer gemeint.

„Er ist und bleibt eben ein engstirniger, erzkonservativer Katholik, der weder Veränderungen noch Kritik noch andere Ansichten toleriert. Hauptsache ist nur, dass der feine Herr seine Schäfchen im Trockenen hat und sicher auf seinem Stuhl sitzt."

Edith seufzte. In den letzten Wochen war Franz zu einem großen Kritiker Adenauers geworden. Sie konnte seine Argumente zum Teil nachvollziehen, unterließ es aber, sich inbrünstig über Dinge aufzuregen, die sie nicht ändern konnte. Dafür beklagte Franz sich mindestens für zwei, wenn der Oberbürgermeister sich wieder einmal mit Ehrgeiz für seine persönlichen Pläsierchen einsetzte, so wie vor einiger Zeit, als er ein Museum dazu genötigt hatte, den Kauf eines Gemäldes zu widerrufen, das ihm nicht gefallen hatte.

„Dabei fällt mir ein, was mir Tante Luise neulich erzählte", erwiderte sie nun sanft. „Otto Dix ist nach Berlin gegangen. Er hat wohl die Möglichkeit, seine Werke dort in einer renommierten Galerie auszustellen."

Dix war der Künstler des betroffenen Gemäldes gewesen. Sie wusste, dass Franz sich sehr über diese Ungerechtigkeit geärgert und mit ihm gelitten hatte. Ihre Worte und die Aussicht, dass der Künstler möglicherweise nicht den Hungertod sterben würde, wirkten. Franz' Gesichtszüge entspannten sich etwas. Er schüttelte den Kopf und trank nun auch endlich seinen Kaffee.

„Nun, bis Berlin wird der Oberbürgermeister seine Fänge wohl nicht ausstrecken. Es wäre doch schade, wenn er dem armen Menschen auch dort Steine in den Weg legte."

„Wünschen wir ihm Glück ... also Dix. Ich werde Ursula schreiben, dass sie uns auf dem Laufenden halten soll. Sie ist doch viel näher am Geschehen."

„Stimmt." Franz bestrich eine Scheibe Brot mit Marmelade. „Ursula hat geschrieben und du hast mir noch nicht erzählt, welche Neuigkeiten es gibt."

Edith winkte ab. „Das liegt daran, dass es nicht so viel Neues gibt. Sie ist durch die erneute Schwangerschaft wieder dauerhaft krank und wartet sehnsüchtig auf den Frühling, dann steht die Geburt bevor. Heinrich arbeitet fleißig weiter an seiner Karriere. Neulich war er in Berlin. Er ist wohl recht angetan von einem Regierungsassessor, der einige Türen für ihn geöffnet hat. Ursula schreibt außerdem, dass Heinrich mit dem Eintritt in Hitlers Partei liebäugelt."

Franz runzelte die Stirn. „Heinrich jetzt also auch. Die gewinnen immer mehr Anhänger. Sollten die Nationalsozialisten ihren Einfluss vergrößern können, wird es Veränderungen geben, gegen die auch ein eigenwilliger Herr Adenauer nicht viel ausrichten wird."

„Wie jetzt, bist du nun für oder gegen ihn?"

„Du willst mich wohl auf den Arm nehmen", brummte Franz und ließ die Frage unbeantwortet.

Edith wusste, dass der Kölner Oberbürgermeister für Franz wie ein rotes Tuch geworden war. Wenn ihn sonst nichts aus der Ruhe brachte, dann schaffte es dieser Politiker.

Sie selbst hatte ihre Meinung dazu, regte sich aber viel weniger auf. Wenn sie sich mit politischen oder wirtschaftlichen Themen beschäftigte, dann meist mit den fehlenden Möglichkeiten zur beruflichen Ausbildung von Frauen. Dietrichs Aussage damals hatte sie hart getroffen und schlich sich immer wieder in ihre Gedanken. Edith wusste, dass er in Bezug auf ihre mangelnde Ausbildung und berufliche Unerfahrenheit recht hatte. Teilweise zumindest. Vieles hatte sie mittlerweile gelernt. Aber die Strukturen, in denen sie lebten, sahen nichts anderes vor. Ursula füllte das Idealbild der Frau aus. Sie war wohlsituiert verheiratet, bekam ein Kind nach dem anderen, führte ihrem Mann den Haushalt und war ihrem Heinrich eine angenehme Gesellschafterin. Zu ihrem Glück liebte sie ihn auch noch. Aber was geschah mit all den anderen Frauen?

Was geschah mit den vielen jungen Ediths dieser Welt? Sie selbst hatte bereits viel erreicht, aber sie hatte Glück und wohlwollende Mitmenschen an ihrer Seite gehabt. Für viele andere Mädchen war und blieb die Chance auf einen Zugang zur höheren schulischen und beruflichen Ausbildung gering. Sie wusste, dass ein Ruck der Veränderung durch die Gesellschaft gehen musste. Doch sie hatte keine Idee, wie sich dieser herbeiführen lassen konnte. Weder die Konservativen noch die Nationalsozialisten und auch nicht die Kommunisten, die sich stark an Moskau orientierten, schienen Ediths Wünsche zu teilen. In einen parteilosen Reichspräsidenten setzte sie erst gar keine große Hoffnung. Was interessierten einen alten Generalfeldmarschall schon die Belange der modernen Frauen?

Am frühen Abend machte sich Edith auf den Weg ins *Bellevue*. Sie wollte keine große Sache daraus machen. Dennoch hatte sie ihre Kleidungsstücke mit Bedacht gewählt. Selbstverständlich wollte sie Eindruck auf Lobereich machen und dabei nicht vom Geschäftlichen ablenken. Er sollte sie ernst nehmen und auch ein klein wenig bewundern. So trug sie dann eine beigefarbene Bluse, dazu eine graue Hose und eine Weste, die sie sich nach dem Vorbild der Herrenmode passend dazu hatte schneidern lassen. Weinroter Filzhut, Mantel mit Fellkragen, die schwarzen Winterstiefel und ein paar Lederhandschuhe vervollständigten ihre Garderobe.

Es war bereits dunkel und sie fuhr langsamer als sonst. Je näher sie ihrem Ziel kam, desto stärker wurde die Unruhe in ihr. Es war eine Mischung aus freudiger Erregung und Nervosität, ihn wiederzusehen, die sich in Edith ausbreitete. Zunächst überraschte sie diese

Empfindung, doch je länger sie darüber nachdachte, desto klarer wurde sie sich über die Ursache. Der logische Grund konnte nur sein, das Lobereich außer Franz und Onkel Leopold der einzige Mann war, der sie und ihre Arbeit ernst nahm. Er gehörte zu den wenigen, die sie unterstützten. Lorenz Lobereich suchte von sich aus ohne Vorbehalte den geschäftlichen Kontakt zu ihr. Es war nur zu deutlich, warum sie nervös wurde. Er stach besonders aus der Menge hervor, setzte Vertrauen in sie und das wollte Edith keinesfalls enttäuschen. Was, wenn sich hinter seiner charmanten Art sogar mehr als Respekt für ihre Arbeit verbarg? Womöglich war der Mann ihr freundschaftlich wohlgesonnen. Eine seltene Situation. Kein Wunder, dass sie vor einem Wiedersehen mit ihm nervös wurde.

Zum Restaurant gehörte unter anderem ein großer, teils elektrisch beleuchteter Hof, der als Stellfläche für die Fahrzeuge der Gäste diente. Durch die vielen Besuche mit Franz kannte sie sich bestens aus, stellte ihren Wagen auf der vorgesehenen Fläche ab und ging die letzten Meter zur Eingangstür zu Fuß. Ein frischer Wind tobte durch die Straße, wirbelte altes Laub auf und brachte die Ausleger an den Geschäften geräuschvoll in Bewegung.

Ein paar Schritte vom Eingang entfernt, links neben der beleuchteten doppelflügeligen Eingangstür aus Glas, die von einem Portier in rot-schwarzer Uniform für ankommende oder ausgehende Gäste geöffnet wurde, stand eine Person. Es war ein Mann, größer als sie. Er trug einen schwarzen Mantel, schwarzen Fedora und einen edlen Spazierstock. Er sah sie an, lächelte und Edith wurde augenblicklich warm in der Brust. Es war Lorenz Lobereich, der sie vor dem Etablissement bereits erwartete. Warum überraschte es sie und warum hatte sie angenommen, dass sie sich erst am Tisch begegnen würden? Weil es kein Rendezvous war, sondern ein geschäftliches Treffen? Gutes Benehmen war auch bei einem Geschäftsessen nicht fehl am Platz.

„Guten Abend, Frau Bergemann. Es ist mir eine Freude, dass Sie mir die Ehre erweisen." Er lüftete seinen Hut und lächelte Edith zuvorkommend an.

Sie nickte. „Guten Abend. Ich freue mich auch sehr, Sie zu sehen." Dies entsprach der Wahrheit und sie sah keinen Grund, sich ihm gegenüber zu verstellen.

Lobereich sah in seinem Aufzug sehr gut aus, wie sie wohlwollend feststellte. Edith ergriff seinen Arm, als er ihn ihr höflich darbot, und ließ sich die drei Treppenstufen hinauf zur Eingangstür geleiten. Dabei umfing sie eine kleine Wolke seines Rasierwassers. Es war ein dezenter Duft, den sie nicht kannte, der ihr aber ausnehmend gut gefiel.

Der Portier öffnete die Tür und ließ die beiden eintreten. Drinnen war es angenehm warm. Das Restaurant war wie immer gut besucht. Sie hörte Gemurmel, Gesprächsfetzen und das Klirren von Besteck auf den Tellern. Ohne Reservierung oder gute Verbindungen war es kaum noch möglich, einen Tisch im *Bellevue* zu bekommen. Edith und Franz gehörten zwar zu den gern gesehen Gästen, aber auch sie mussten vorab reservieren.

Lobereich nahm ihr kavaliersgleich Mantel und Hut ab und reichte beides an den Garderobier weiter. Es entging Edith nicht, dass er ihre Kleidung musterte, jedoch weder überrascht noch verärgert darauf reagierte.

Der Kellner begrüßte die Neuankömmlinge höflich und führte sie an den für sie reservierten Tisch. Auf dem Weg dorthin sah sich Edith neugierig um, ob jemand anwesend war, den sie kannte, doch sie blickte an diesem Abend nur in fremde Gesichter. Es erleichterte sie etwas, aber sie wusste nicht warum. Schließlich tat sie nichts Falsches und hatte keinen Grund für ein schlechtes Gewissen. Ihr Tisch befand sich etwas abseits hinter einer ausladenden Palme. Es standen sieben oder acht dieser Pflanzen zwischen den Tischen und sorgten für eine gewisse Privatsphäre.

„Darf ich Ihnen bereits etwas zu trinken bringen?" Der Kellner überreichte ihnen die in Leder gebundenen Speisekarten.

„Sehr gern, Frau Bergemann, ist es Ihnen recht, wenn ich uns zur Feier des Tages einen Champagner bestelle?"

Edith nickte angenehm überrascht. Lobereich war in hervorragender Stimmung. Sie hatte demnach professionelle Arbeit geleistet und er war zufrieden. Selbstverständlich. Hatte sie etwa an sich gezweifelt?

„Also gut. Bringen Sie uns zwei Gläser Champagner."

„Sehr wohl." Der Kellner ging davon.

Edith ergriff das Wort. „Darf ich aus Ihrer guten Laune schließen, dass Ihre Befürchtungen in Bezug auf den heutigen Dreizehnten unbegründet waren und die Stofflieferung in bester Qualität und pünktlich eingetroffen ist?"

„Das dürfen Sie und ich gebe zu, dass ich ein wenig übertrieben habe. Ich hatte kaum Bedenken und abergläubisch bin ich auch nicht.“

Edith sah ihn prüfend an. „Kaum?“

Der Kellner brachte den Champagner und stellte die Gläser ab.

Sobald sie wieder allein waren, legte Lobereich die Karte beiseite und hob sein Glas. „Im Grunde genommen gar keine. Es ist mir eine Freude, mit Ihnen Geschäfte zu machen. Ob Dreizehnter oder nicht. Ich glaube, es macht keinen Unterschied.“

Nun hob auch Edith ihr Glas. „Das hätte ich Ihnen auch so sagen können“, entgegnete sie und lächelte ihn an.

„Erlauben Sie mir unter diesen angenehmen Umständen, Ihnen das Du anzubieten? Bitte nennen Sie mich Lorenz.“

„Edith“, erwiderte sie.

Als sie miteinander anstießen, hielt Lorenz ihren Blick fest. Ein seltsames neues Gefühl ergriff Edith, doch nur für einen Moment, nicht länger als ein Wimpernschlag. Er gefiel ihr und sie genoss seine Gegenwart.

Sie wählten die Speisen aus, Lorenz bestellte, dann wandte er sich wieder an Edith. „Also, Edith, ich bin gespannt. Wir haben uns lange nicht gesehen. Erzähle mir, wie es mit Tullmann und Dietrich ausgegangen ist.“

Sie zuckte mit den Achseln und stellte das Glas ab. „Da gibt es nicht viel zu erzählen. Es war, wie Sie ...“ Sie räusperte sich ob der noch ungewohnten persönlichen Ansprache und setzte erneut an.

„Es war, wie du vermutet hattest. Beide waren in allen Punkten schuldig. Ich habe sie auf frischer Tat ertappt und zur Rede gestellt. Nur hat Dietrich es fertiggebracht, die Verantwortung gänzlich auf Tullmann abzuwälzen und seine Hände in Unschuld zu waschen. Seiner Erklärung nach war der aus eigenem Antrieb zu ihm gekommen und hatte ihm die Informationen zum Kauf angeboten. Ich habe es Tullmann angesehen. Der war so von den Socken, dass er keinen Ton zu seiner Verteidigung herausgebracht hat. Es blieb mir nichts anderes übrig, als ihn hinauszuwerfen.“

„Sicher. Eine andere Wahl hattest du nicht. Und was ist mit Dietrich? Hast du ihn angezeigt?“

„Nein.“ Edith spielte mit dem Stiel ihres Champagnerglases und wich seinem Blick aus.

„Warum nicht?“

Sie zögerte damit, ihm die Beweggründe für ihr Handeln mitzuteilen, entschied aber nach sorgfältiger Abwägung, dass es nur fair war. Er war es schließlich gewesen, der sie über ihren betrügerischen Angestellten aufgeklärt und ihr somit einen großen Gefallen getan hatte.

„Dietrichs Meinung nach habe ich einen entscheidenden Nachteil in dieser Sache und ich glaube ihm. Ich habe meinen Beruf im Gegensatz zu ihm nicht gelernt und kaum Erfahrung. Alles, was ich weiß, habe ich mir mühsam selbst erarbeitet und angelesen. Ohne die Hilfe meines Onkels und meines Mannes wäre es mir nicht gelungen, in diese Position zu gelangen. Ich habe Sorge, dass mir diese fehlende offizielle Ausbildung als fachlicher Mangel ausgelegt werden könnte und die

Ursache für diesen betrügerischen Vorfall meiner Unfähigkeit angelastet wird. Dann gibt es nur einen Skandal und juristisch verläuft die Geschichte im Sande. Damit ist mir nicht geholfen."

„Unfähigkeit. Das nimmst du zurück. Ich kann das Gegenteil bezeugen."

„Ja, du. Du bist auch einer der Wenigen, die mich ernst nehmen. Es ist in der Tat erfrischend, einen geschäftlichen Termin wahrzunehmen, ohne dass mein Mann dabei sein muss, um meine Worte mit einem Nicken zu bestätigen."

„Oh ...", entfuhr es Lorenz und er trank von seinem Champagner. „Wäre er denn gern mitgekommen?"

„Franz gibt nicht viel auf solche Anlässe. Er begleitet mich um meinetwillen und ich weiß seine Mühen sehr zu schätzen."

„Wenn das so ist, freue ich mich heute umso mehr darüber, dass ich deine ungeteilte Aufmerksamkeit habe", stellte Lorenz fest. Bei diesen Worten wurde Edith sonderbar warm.

Das Essen wurde serviert. Sie ließen das Thema ruhen, sprachen stattdessen über verschiedene andere Dinge, auch über Politik, und landeten schließlich wieder bei der Tuchproduktion und der Textilindustrie. Diese ausufernde Fachsimpelei einmal mit einem anderen Menschen als mit Franz zu erleben, erfüllte Edith mit wachsender Begeisterung.

„Weißt du ...", begann Lorenz und ließ eine kleine Pause verstreichen. „In zwei Wochen fahre ich zu einer Messe nach Aachen. Ich frage mich, ob du nicht ebenfalls Interesse daran hast. Sicherlich wird es dir gefallen und du wirst eine Menge lernen können. Dein

Mann ist Ingenieur, auch ihn wird die rasante Weiterentwicklung in der Textilherstellung interessieren. Ich erkläre mich gern bereit, euch herumzuführen."

Edith zögerte.

„Keine Sorge, du musst dich nicht jetzt entscheiden. Besprich das mit deinem Mann, ich werde Frau Kerbel damit beauftragen, dir die notwendigen Informationen zukommen zu lassen."

Edith nickte stumm und lächelte. Der Gedanke an eine Geschäftsreise mit Lorenz Lobereich gefiel ihr. Auch wenn er die Einladung für beide ausgesprochen hatte, war ihr die Vorstellung, die Fachmesse ohne Franz zu besuchen, nicht zuwider. Das Gegenteil war der Fall. Sie gab ihr das ersehnte Gefühl der Selbstständigkeit und freien Entscheidung im Berufsleben. So ein Messebesuch würde ohne Zweifel ihr Wissen erweitern und das wiederum dabei helfen, noch bessere Entscheidungen treffen zu können.

„Darf ich den Herrschaften noch etwas bringen? Champagner, ein Dessert oder einen Kaffee?", wandte sich der Kellner nach dem Hauptgang an Lorenz.

„Ich gebe die Frage weiter. Was darf es sein?"

„Kaffee, bitte", entgegnete Edith, ohne lange zu überlegen.

„Für mich auch."

Als der Kellner gegangen war, wandte er sich wieder an Edith. „Es war ein ausgesprochen interessanter und amüsanter Abend. Es ist doch schön, wenn sich die Geschäfte mit dem Angenehmen verbinden lassen."

Sie nickte. Seine Worte taten ihr gut. Sie hatte den Abend ebenfalls sehr genossen und kaum an Franz gedacht, der sie zu Hause erwartete. Erschrocken blickte sie auf ihre Armbanduhr. Es war fast zehn, wo war die Zeit nur abgeblieben? Sie sah sich im Restaurant um. Es waren kaum noch Gäste da. Nun wurde sie unruhig.

„Ist alles in Ordnung?" Lorenz musterte sie besorgt. Die plötzliche Veränderung in ihr war ihm nicht entgangen.

„Ja, ich hatte nur nicht erwartet, dass ich so lange fortbleiben würde", erklärte sie sich.

„Ich gebe zu, ich auch nicht. Die Zeit mit dir ist wie im Flug vergangen. Wir müssen den Kaffee nicht mehr trinken, wenn du nicht möchtest. Verschieben wir ihn. Ich nehme ihn gern als Anlass für ein weiteres Treffen. Möglicherweise bietet sich bereits in Aachen die Gelegenheit."

„Das ist sehr zuvorkommend, aber ich möchte nicht unhöflich sein. Wir haben den Kaffee schließlich bestellt."

„Ach, Unsinn. Unhöflich ist es, die Zeit einer Dame über Gebühr zu strapazieren."

Der Kellner kam und brachte die Getränke.

„Wir haben es leider plötzlich sehr eilig. Wir trinken den Kaffee beim nächsten Mal. Geben Sie mir doch bitte die Rechnung", bat Lorenz.

„Sofort", bestätigte der Kellner und Lorenz zahlte in Windeseile. Kurz darauf half er Edith in ihren Mantel und sie traten in den kalten Abend hinaus.

„Recht ungemütlich hier draußen. Du erlaubst, dass ich dich zu deinem Wagen begleite?"

Edith widersprach nicht. Die Art und Weise, wie er mit ihr umging, gefiel ihr. Er zeigte sich verantwortungsvoll und höflich, trat dabei aber gerade so selbstbewusst auf, dass sie sich nicht von ihm belehrt oder bevormundet fühlte.

„Da sind wir schon“, erklärte sie und zeigte auf ihr Auto.

„Wie praktisch, meins steht direkt hier drüben.“ Er zeigte auf einen Wagen, der nur wenige Meter entfernt stand.

„Ich danke dir sehr für diesen besonderen Abend. Wir haben viel über unsere Arbeit gesprochen, aber es fühlte sich nicht wie ein Geschäftsessen an“, stellte Edith fest.

„Das stimmt. Eher wie ein Essen unter Freunden, nicht wahr?“

„Ja, das stimmt.“ Wieder breitete sich Wärme in ihr aus, dieses Mal stieg sie ihr sogar in die Wangen. Gut, dass es bereits dunkel war und er es nicht sehen konnte.

„Auf Wiedersehen, Lorenz. Es hat mich sehr gefreut“, verabschiedete sie sich und stieg in ihren Wagen.

Doch bevor sie losfahren konnte, trat er an die Fahrertür und klopfte. Sie kurbelte die Scheibe hinunter und sah ihn fragend an.

Er lächelte.

„Hast du etwas vergessen?“

„Ja.“ Lobereich zog einen Umschlag aus seiner Manteltasche.

„Den hier hätte ich beinahe wieder mitgenommen.“ Er reichte ihn durchs Fenster.

„Was ist das?“

„Geschäftliches. Mach ihn morgen auf. Für heute ist
es schon zu spät. Gute Heimfahrt." Er zwinkerte und
klopfte zum Abschied mit der Hand auf das Autodach.

15. Überfall

Edith war sehr aufgewühlt, als sie die Rückfahrt antrat. Als sie ihr Ziel endlich erreichte, war das Tor zur Hofeinfahrt noch geöffnet und so musste sie nicht erst noch aussteigen. Sie ließ den Wagen langsam bis vor die Eingangstür des Wohnhauses rollen. Das matte Licht dort leuchtete über dem Eingang, im Rest des Hauses war es bereits dunkel.

Leise schloss sie die Wagentür und ging hinein. Sie schaltete das Licht ein, hängte Mantel und Hut an die Garderobe und betrat das Wohnzimmer. Franz war nicht da, was sie enttäuschte. Sie hatte gehofft, ihn wenigstens noch hier unten anzutreffen, wenn auch im Sessel über einem Buch oder einer Zeitung eingenickt. Er hatte wohl nicht genug Geduld aufbringen können, um wie versprochen auf sie zu warten, und war bereits ins Bett gegangen. Auf dem Tisch standen eine geöffnete Flasche Wein und zwei Gläser. Eines benutzt, das andere nicht. Edith warf einen Blick auf die große Standuhr. Beinahe halb zwölf. Sie hatte selbst nicht erwartet, dass sie so lange fortbleiben würde und es tat ihr leid, für sich und für Franz.

Sie trat an den Tisch, zog sich das unbenutzte Glas heran und goss sich ebenfalls etwas Wein ein. Sie nahm genüsslich einen Schluck und dachte an die Gespräche mit Lorenz zurück. Sofort breitete sich ein zufriedenes Lächeln auf ihrem Gesicht aus. Sie war sich sicher, in ihm einen wahren Freund gefunden zu haben. Lorenz Lobereich respektierte sie und nahm sie ernst. Das war eine wertvolle Erkenntnis und verlieh ihr Kraft.

Edith leerte das Glas, machte sich bettfertig und schlich zu Franz ins Schlafzimmer. Die Tür knarrte leise, als sie sie aufschob. Franz' gleichmäßige kräftige Atemzüge waren zu hören. Ihr Kommen bemerkte er nicht, auch nicht, dass sie sich zu ihm unter das dicke Federbett legte und an ihn schmiegte.

„Hey, Franz, ich bin wieder da", flüsterte sie, doch sie erntete nur ein unwirsches Knurren.

Eine Weile lag sie so neben ihm, doch schlafen konnte sie nicht. Sie hatte sich Zuwendung erhofft und hätte sich gern mit Franz über den Abend ausgetauscht. Edith schnaufte verstimmt und drehte sich einige Male unruhig hin und her. Franz schlief, von alldem ungestört, weiter.

Schließlich ging sie einer ihrer liebsten Beschäftigungen nach, für die sie tagsüber kaum Zeit fand: Sie baute in Gedanken die Fabrik aus. Dabei wusste sie bereits, wo das neue Gebäude errichtet werden sollte, wie groß die Halle mit den Oberlichtern werden sollte und wo die Produktionsmaschinen stehen sollten, die vollständig mit Elektrizität betrieben würden. Sie wollte die Weberei umziehen lassen und weitere doppelte Webstühle anschaffen, damit sie die Produktion effektiv steigern konnte. Mit *Reuters* als verlässlichem Partner rückte sie diesem Traum immer näher, aber einen Kredit würde sie wohl trotzdem aufnehmen müssen. Davor graute ihr am meisten. Nicht vor der Belastung, vielmehr davor, dass die Bank ihr dieses Anliegen verweigern könnte. Edith stöhnte. So schön ihre Vorstellung war, alles war mit einem enormen Risiko verbunden. Wenn allein die Baumaßnahmen sich aus irgendwelchen Gründen verzögerten, konnte das fatale Folgen für ihre Pläne haben und ihr am Ende den Bankrott bescheren.

Wieder wandte sie sich ihrem Mann zu, streichelte über seine Schulter, küsste seinen Hals, doch er quittierte ihre Bemühungen nur mit einem verschlafenen Grunzen. Sie seufzte betrübt. Zu gern hätte sie ihren Optimismus, ihre Träume in diesem Augenblick mit ihm geteilt. Sie war noch nicht müde genug, um einschlafen zu können und in ihrem Kopf jagte ein Gedanke den nächsten.

Lorenz hatte Edith auch vorgeschlagen, an der Börse zu investieren, aber sie hatte erschrocken abgelehnt.

Es muss ja nicht immer gleich das eigene Unternehmen an die Börse. Aktienhandel kann ein einträgliches Geschäft sein, wenn man sich ordentlich darum kümmert und ein bisschen Glück hat, klangen seine Worte ihr noch im Ohr. Sie hatte jedoch schon genug um die Ohren und wollte ihr Glück auch nicht unnötig herausfordern.

Er war dennoch beharrlich geblieben. Zwar hatte er eingeräumt, dass in diesem Geschäft auch Verluste einzukalkulieren seien, aber mit dem richtigen Berater sei es äußerst lukrativ.

Edith hatte skeptisch geschwiegen, woraufhin Lorenz ihr angeboten hatte, sie diesbezüglich zu unterstützen. Edith hatte jedoch rigoros den Kopf geschüttelt und sich dagegen ausgesprochen.

Auch jetzt, da sie das Gespräch Revue passieren ließ und alles nochmals durchdachte, kam sie zu dem Schluss, dass sie dieses Risiko scheute. Sie hatte nicht vor, ihr Geld auf unseriöse Weise zu verlieren.

Neben ihr begann Franz zu schnarchen. Auch das noch! Sie legte sich das Kissen über den Kopf, aber das half natürlich nichts und so stand Edith schließlich wieder auf, zog sich den Schlafrock über und begab sich erneut hinunter ins Wohnzimmer.

Dort war es bereits kühler geworden, aber die Kacheln des Ofens waren noch warm. Sie schaltete die kleine Tischlampe in der Ecke ein, nahm sich den Schürhaken und stocherte in der heißen Asche.

„Ausgezeichnet", freute sie sich. Es war noch etwas Glut vorhanden und sie legte gleich ein paar schmale Holzscheite darauf. Dann ließ sie die Ofentür offen, sorgte auf diese Weise für ausreichend Luftzufuhr und goss sich erneut vom Wein ein. Eine Weile stand sie im matten Lichtschein, genoss den fruchtigen Geschmack und lauschte dem zarten Knistern des Feuers, das sich nach und nach durch die Holzscheite fraß. Der dünne Schlafrock reichte nicht aus, um sie warm zu halten. Sie lehnte sich mal mit der einen, mal mit der anderen Seite gegen den Kachelofen. Wieder dachte sie an Lorenz, daran, wie er noch einmal gegen die Scheibe geklopft und ihr einen Brief gegeben hatte.

Der Brief!

Geschäftliches. Mach ihn morgen auf. Für heute ist es schon zu spät, wiederholte sie seine Worte in Gedanken.

Edith sah auf die Uhr. Kurz nach eins, wenn sie die Zeiger im Dämmerlicht richtig erkannte. Genaugenommen hatte er ihr den Brief also gestern gegeben. Sie löste sich vom Ofen, stellte das Glas auf den Tisch und ging zur Garderobe, wo sie in der Dunkelheit den Umschlag aus ihrer Manteltasche fischte. Zurück im Wohnzimmer hielt sie ihn eine Weile unschlüssig in der Hand. Hin- und hergerissen zwischen Neugier und Vorfreude stand Edith eine Weile vor dem Ofen. Sie wusste bereits, dass dieser Mann für Überraschungen gut war. Welche Nachrichten hatte er dieses Mal für sie?

Sie las die Zeilen auf dem Umschlag. *Textilfabrik Reuters* stand auf der Rückseite und als Adressatin war *Edith Bergemann, Inhaberin und Geschäftsführerin der Tuchfabrik Geldermann* zu lesen. Ihr Herzschlag beschleunigte sich. Es tat so unheimlich gut, den eigenen Namen in diesem Zusammenhang zu lesen.

Das Feuer brannte nun laut knisternd und warf sein flackerndes Licht auf das Ofenblech. Edith beugte sich hinab und legte ein paar größere Scheite auf. Nun sollte es schnell wieder wärmer werden. Sie goss sich erneut Wein ein und setzte sich in den Sessel neben der kleinen Lampe. Nichts bis auf das Knacken der Holzscheite, das Ticken der Standuhr und das Rascheln des Papieres war zu hören, als Edith den Umschlag öffnete. Im Haus blieb es still. Behutsam entfaltete sie das Schriftstück und überflog es. Ungläubig starrte sie darauf und wurde im nächsten Moment von Fassungslosigkeit und Glück überwältigt. Sie sprang auf, wischte sich mit dem Handrücken die Freudentränen aus dem

Gesicht, hielt sich mit der anderen das Papier vors Gesicht und las noch einmal.

„Wie ist es nur möglich ...“, flüsterte sie.

Lorenz hatte die Auftragszahlen der *Textilfabrik Reuters* verdreifacht und dies verbindlich für die nächsten drei Jahre angefragt. Edith war so fassungslos, dass sie kaum in der Lage war, abzuschätzen, wie hoch der Umsatz in den nächsten Jahren ausfallen konnte. Sie wusste nur eines: So schmeckte Erfolg und wenn sie diesen Auftrag annahm, musste die Erweiterung der Tuchfabrik unverzüglich in Angriff genommen werden. Und beides würde sie definitiv tun.

Diese fantastischen Neuigkeiten konnten nicht bis zum Morgen warten. Sie musste Franz wecken und dieses Glück mit ihm teilen. Vollkommen außer sich eilte sie durch die Tür in den dunklen Flur und stieß mit dem Hausmädchen zusammen. Beide gaben einen erschreckten Laut von sich.

„Hilda, um Gottes Willen, was tust du denn hier?“, entfuhr es Edith. Sie schaltete das Licht im Flur ein.

„Ich habe Geräusche gehört“, flüsterte sie.

„Ja, das war nur ich. Ich kann nicht schlafen.“ Edith machte eine wegwerfende Handbewegung.

„Nein, das meine ich nicht. Die Geräusche kommen vom Hof. Da ist jemand“, sprach Hilda leise und verängstigt weiter.

Edith hielt den Atem an und lauschte eine Weile gespannt, doch es war nichts zu hören. Dann fiel ihr eine mögliche Erklärung ein. „Verflixt. Ich habe das Hoftor nicht geschlossen, als ich heimgekommen bin. Der Wind weht schon den ganzen Abend über heftig. Es wird wohl gegen die Fassade schlagen. Wie ärgerlich“, raunte sie und lauschte erneut. Alles blieb still, doch in Hildas Augen spiegelte sich Furcht.

„Keine Sorge, du musst nicht hinaus. Das erledige ich selbst."

„Und wenn doch jemand dort draußen ist?"

„Wie kommst du nur darauf?" Edith schüttelte den Kopf, dann hatte sie eine Idee.

„Geh hinauf und wecke meinen Mann. Falls wir ungebetene Gäste haben, wird er uns eine Hilfe sein."

Hilda starrte Edith verständnislos an.

„Nun mach schon, ich habe Neuigkeiten für ihn und würde ihn sowieso gleich aus dem Schlaf reißen." Sie strahlte schon wieder vor Glück, hatte die Papiere noch immer in der Hand und lief hinüber zur Garderobe. Schnell warf sie sich ihren Mantel über und verstaute die Dokumente in dessen Tasche. Mit der anderen Hand zog sie die kleine Schublade auf. Darin lagen Pistole und Munition. Alles hatte einmal Leopold gehört und noch immer seinen Platz dort. Edith starrte auf den Revolver und zögerte. *Sollte sie etwa eine Waffe mit hinausnehmen? Aber nein, das wäre doch zu übertrieben.* Sie hatte nur vergessen, das Tor zu schließen und nun ließ sie sich von der Angst des Hausmädchens anstecken.

Entschlossen schob Edith die Schublade wieder zu, öffnete leise die Haustür und trat hinaus in die nächtliche Novemberkälte. Der Wind wehte scharf und die Luft drang ihr kalt in die Lunge. Ihre Beine froren, dennoch blieb sie einige Sekunden still stehen. Sie sah sich um und lauschte. Außer dem gleichmäßigen Rauschen des Baches und dem munteren Ruf eines Käuzchens war nichts zu hören. Sie zog den Kopf tief zwischen die

Schultern und hielt den Kragen ihres Mantels fest unter dem Kinn zusammen. Sie war in der Eile auch nur in die Holzpantoffeln geschlüpft. Die Kälte umfing ihre Knöchel und Waden nun unerbittlich. Sie begann zu zittern.

Schon hatte sie den halben Hof überquert, nur noch wenige Schritte bis zum Tor. Das stand genauso offen wie bei ihrer Rückkehr. Der Wind wehte, aber das Tor schlug entgegen Ediths Vermutung nirgendwo an. Im Gegenteil, es war gut befestigt. Trotzdem wollte sie es schließen. Also zog sie den Stangenriegel nach oben, fluchte über das kalte Metall und setzte einen der Torflügel in Bewegung. Dann begab sie sich auf die andere Seite, doch bevor sie dort ankam, wurde ihre Aufmerksamkeit aufs Kontor gelenkt. Hinter den dunklen Scheiben hatte es gepoltert, als wäre etwas umgestoßen worden oder heruntergefallen. Sie starrte erschrocken ins Dunkel, dann wurde die Tür aufgerissen. Zwei große schwarze Schatten stürzten hinaus und warfen sie zu Boden. Hart schlug sie auf dem Beton auf. Nur ein überraschter Klagelaut kam ihr über die Lippen, im nächsten Moment verspürte sie einen stechenden Schmerz in ihrem linken Unterarm.

„Halt! Stehen bleiben!" Franz' Stimme drang in ungewöhnlicher Intensität zu ihr durch.

Im nächsten Moment ertönte ein Schuss und hallte laut durch die Nacht. Schritte ertönten, jemand legte seine Hand auf ihren Körper.

„Edith, kannst du mich hören?" Es war Franz.

„Ja." Sie sprach leise, nicht wie sie selbst.

„Bist du verletzt?"

„Ich glaube schon." Der Boden unter ihr war eiskalt, aber sie rührte sich nicht. Sie war wie erstarrt vor Schreck.

„Kannst du aufstehen?"

„Ich weiß nicht." Ediths Stimme klang rau, das Sprechen kostete viel Kraft.

„Komm, ich helfe dir hoch." Behutsam stützte er sie und langsam kam sie wieder auf die Beine.

„Mein Arm ist verletzt und mein Kopf auch", stellte sie mit zitternder Stimme fest.

„Komm, ich bringe dich rein."

Langsam setzten sie sich in Bewegung. Nun bemerkte Edith auch heftige Schmerzen am Knie. Sie humpelte und stöhnte.

„Schließ das Tor", hörte sie Franz sagen.

Gleich darauf vernahm sie kurze leichte Schritte, dann das Quietschen und Zusammenschlagen des Tores. Es war Hilda, die ebenfalls hinausgelaufen war und nun leise wimmernd neben ihr her ging. Jetzt erst öffnete Edith die Augen, zwischen ihren Zähnen knirschten etliche Sandkörner.

„Die Tür ist noch offen", bemerkte sie mit rauer, mechanischer Stimme, als sie die ersten Meter hinter sich gebracht hatten und vor dem Kontor anhielten, um zu verschnaufen. Sie wollte die Hand danach ausstrecken, doch der Schmerz in ihrem Arm hinderte sie daran.

„Darum kümmern wir uns später. Jetzt kommst du erst einmal mit hinein und wir schauen uns deine Verletzung bei Licht an."

Hilda beeilte sich, Waschschüssel, Wasser und Handtücher bereitzulegen. Sie schluchzte immer noch.

Vorsichtig half Franz seiner Frau aus dem Mantel und auf den Stuhl.

„Oh, du meine Güte“, rief Hilda und deutete auf Ediths Arm.

Diese folgte dem entsetzten Blick des Hausmädchens. Der Ärmel ihres Morgenrockes klebte, von frischem Blut getränkt, an ihrem Arm.

„Das erklärt einiges“, gab Edith monoton zurück und zupfte daran. Sie fühlte sich wie betäubt.

„Ich hole Verbandsmaterial“, rief Hilda und lief aus dem Zimmer.

Franz sprach kein Wort. Er legte den Mantel über die Lehne eines anderen Stuhls und half Edith, ihren Arm vom restlichen Stoff zu befreien. Er entblößte eine Schnittwunde am Unterarm, etwa acht Zentimeter lang, unschön, aber nicht besonders tief und die Blutung hatte bereits nachgelassen.

„Sieht aus wie von einem Messer“, stellte er fest.

Edith fröstelte und sah ihm zu, wie er einen Lappen in Wasser tauchte und den Bereich um die Wunde vorsichtig säuberte. Hilda brachte Mullbinden und Wundauflagen, sie weinte noch immer.

„Danke“, Edith sah zu ihr auf und versuchte das Mädchen anzulächeln, doch das schien sie nur noch mehr aufzuwühlen.

„Für die Nacht wird es gehen, morgen lassen wir den Doktor kommen.“ Während Franz einen Verband anlegte, sorgte Hilda für frisches Wasser und holte eine Decke für Edith.

„Schon wieder besser“, bemerkte diese und betrachtete ihren Mann. Er war blass, die Sorge stand ihm ins

Gesicht geschrieben, doch er kümmerte sich akkurat und ohne zu zögern.

„Wie geht es deinem Kopf?" Vorsichtig nahm er ihre Haarsträhnen aus dem Gesicht und legte sie Edith hinters Ohr. Sie fing seinen Blick auf, hielt ihn fest und griff nach seiner Hand. Jetzt erst bemerkte sie das Brennen auf ihrer rechten Wange und auf der Stirn über dem rechten Auge.

„Er schmerzt."

Er nickte und nahm sich einen frischen nassen Lappen. „Am besten, du kühlst die Stellen."

Das tat sie und Franz zog sich einen eigenen Stuhl heran. „Wie fühlst du dich allgemein?"

„Als wenn ich ein paar Einbrecher überrascht und sie mich niedergestreckt hätten."

Franz schüttelte verärgert den Kopf. „Ja, du hast sie offenbar verjagt, aber es wäre mir lieber gewesen, du hättest wenigstens dieses eine Mal auf mich gewartet."

Sie nickte zaghaft und musste trotz der Schmerzen lächeln.

„Nicht auszudenken, wenn dir Schlimmeres passiert wäre ..."

„Glaubst du, du hast einen von denen getroffen?"

„Nein, ich habe doch nur in die Luft geschossen."

„Die Tür zum Kontor ist noch auf. Wir müssen nachsehen, was sie darin gesucht haben." Edith wollte aufstehen, aber Franz hielt sie zurück.

„Nein. Jetzt können wir sowieso nichts ausrichten. Morgen, bei Tageslicht, sehen wir uns alles an. Du brauchst jetzt erst einmal Ruhe und morgen früh einen Arzt. Der Rest findet sich dann schon. Wir werden zur Polizei gehen und den Vorfall melden."

„Nein, auf keinen Fall zur Polizei", entschied Edith eindringlich und fing Franz' überraschten Blick auf.

„Warum denn nicht? Gauner haben sich Zutritt zu den Räumlichkeiten des Unternehmens verschafft, das ist Einbruch und Sachbeschädigung und wer weiß, was sie gestohlen haben."

„Nein. Ich will nicht, dass sich herumspricht, ich sei nicht geeignet. Wir werden die Angelegenheit anders lösen und in Zukunft selbst für ausreichend Sicherheit sorgen."

„Edith, du kannst doch nicht aus Angst vor unangenehmem Gerede einen Vorfall nach dem anderen unter den Teppich kehren." Franz zeigte sich entrüstet, beruhigte sich jedoch sofort wieder. „Nun, vielleicht sollten wir jetzt erst einmal schlafen gehen und morgen darüber sprechen. Für heute hatten wir wohl genug Aufregung, nicht wahr?"

Edith gab sich geschlagen. Eine plötzliche schwere Müdigkeit überkam sie. Ohne Widerspruch ließ sie sich von Franz ins Schlafzimmer geleiten. Sie genoss es, sich im Bett an ihn zu schmiegen und die Augen zu schließen.

16. Neue Überlegungen

„Nein. Auf keinen Fall! Ich bleibe dabei. Keine Polizei“, erklärte Edith energisch und lief dabei im Wohnzimmer auf und ab, während Franz und Luise mit ernsten Gesichtern am Tisch saßen. Luise hatte sich selbst für ein gemeinsames Frühstück eingeladen und Weckbrötchen mitgebracht. Doch nachdem sie in den Besuch des Doktors geplatzt war und nun Kenntnisse über die Geschehnisse der letzten Nacht hatte, war ihr der Appetit vergangen. Die Diskussion war in vollem Gange.

„Das alles ist doch nur passiert, weil ich nicht ernst genommen werde. Ich werde als leichte Beute angesehen, aber denen werde ich es schon zeigen.“

„Wem denn? Wenn du die Polizei nicht ermitteln lässt, wirst du nicht erfahren, wer dahintersteckt“, gab Luise in sanftem Ton zu bedenken.

„Ich teile deinen Optimismus nicht, Tante Luise. Die Polizei wird uns nicht weiterbringen. Zudem ahne ich bereits, wer der Drahtzieher ist. Es wird kein geringerer sein als Dietrich und der ist zwar ein Scheusal, aber nicht dämlich. Selbstverständlich wird er darauf geachtet haben, dass sich die Spur zu ihm nicht zurückverfolgen lässt. Falls die Polizei überhaupt in der Lage ist, ihn als Urheber zu ermitteln, ist er geradezu ein Genie, wenn es darum geht, sich herauszuwinden.“

Luise beobachtete, wie Edith die Fäuste wütend in die Hüften stemmen wollte, sich dann jedoch besann und mit der Hand vorsichtig über den frischen Verband am Unterarm fuhr. Glücklicherweise war die Wunde nicht besorgniserregend. Dem dicken Mantel hatte sie den glimpflichen Ausgang zu verdanken. Luise hatte sich das Kleidungsstück bereits genau angesehen. Ediths Wange zierte eine Schürfwunde und an der Stirn hatte der Sturz ihr eine Beule beschert, die sich bereits blau färbte.

„Aber irgendetwas müssen wir tun“, warf Franz ein. „Wenn sich herumspricht, dass hier leichte Beute zu machen ist, wird es nicht der letzte Einbruch gewesen sein.“ Er hielt die Arme verschränkt und seine Stimme klang unerwartet fordernd.

„Und genau aus diesem Grund werden wir das Thema nicht an die große Glocke hängen, sondern selbst für Sicherheit sorgen.“ Edith lief weiter auf und ab. „Außerdem wissen wir noch gar nicht, ob etwas gestohlen wurde. Im Moment sieht es für mich danach aus, als wollte uns jemand Angst einjagen.“

„Das ist ihm auch gelungen“, gab Luise unumwunden zu. Seit sie am Morgen hier angekommen war, jagte ihr ein Schauer nach dem anderen über den Rücken. In all ihren Jahren hier war so etwas nicht vorgekommen, nicht einmal während des Krieges.

„Davon werden wir uns aber nicht einschüchtern lassen. Wir werden im Kontor Ordnung schaffen, alles durchsehen und die Tür reparieren. Am Montag geht es wie gewohnt weiter“, bestimmte Edith.

„Sollten wir nicht wenigstens Bettina und Reichenshagen darüber informieren?", warf Franz ein.

„Nicht mit einem Sterbenswörtchen", beschloss sie.

„Edith, es ist nicht klug, die Geschehnisse zu ignorieren und einfach weiterzumachen wie bisher." Luise kannte ihre Nichte nur zu gut. Sie war gescheit und zielstrebig, was sie aber nicht vor einer gewissen Sturheit bewahrte. Da ähnelte die junge Frau sehr ihrem Onkel.

„Ich stimme dir zu", brachte Franz sich ein. „Wir müssen Maßnahmen zum Schutz ergreifen. Dazu gehört zunächst, dass wir das Gelände nicht mehr unbeaufsichtigt lassen. Vielleicht können wir auch einen Wachmann einstellen."

„Und wenn Dietrich genau das bezweckte? Wenn er darauf wartet, dass wir jemanden anstellen, jemanden, den er schmieren und uns erneut hintergehen kann?", sprach Edith ihre Bedenken aus.

„Dann müssen wir eben genau darauf achten, wen wir mit der Sache betrauen."

Edith wanderte nachdenklich im Zimmer auf und ab, blieb vor der offenen Tür stehen, wo Hilda mit einer Kanne frisch gebrühten Kaffees wartete. Luise freute sich, als Edith dem Hausmädchen zunickte. Sogleich stellte diese Geschirr bereit und schenkte ein. Zufrieden nippte Luise an dem heißen Getränk. Sie hatte sich bereits auf dem Weg hierher sehr darauf gefreut.

„Es hilft alles nichts. Im Grunde ist beinahe jeder bestechlich. Vielleicht wartet Dietrich auch, bis wir uns sicher wähnen und schlägt erst in ein paar Wochen wieder zu."

„Vielleicht hat er auch gar nichts damit zu tun, sondern es waren Landstreicher, die die Situation ausgenutzt haben. Gelegenheit macht bekanntlich Diebe."

Edith wiegte den Kopf bedächtig und dachte über Franz' Einwurf nach. „Mag sein oder auch nicht. Wir müssen überlegen, wie wir das Gelände vor unbefugtem Betreten sichern."

Luise, die bereits seit einer Weile darüber nachdachte, wie sie ihr eigenes Zuhause sicherer gestalten konnte, beschloss nun, sich mit einer neuen Idee ins Gespräch einzubringen. „Also, es gibt da etwas, worüber ich sowieso mit euch sprechen wollte. Ich trage seit einigen Wochen den Gedanken mit mir herum, mir einen Wachhund zuzulegen. Das Haus und das Grundstück drumherum sind groß und gerade in den Herbst- und Wintermonaten, wenn es draußen so kalt, ungemütlich und vor allem dunkel ist, könnte er ein treuer Begleiter und Beschützer für mich sein."

Edith und Franz sahen sie aufmerksam am. Beide machten keine Anstalten, zu widersprechen und so fühlte sich Luise ermuntert, ihre Gedanken weiter auszuführen.

„Ich habe mich bereits umgehört. Es gibt eine herausragende Zucht von Deutschen Schäferhunden. Die Tiere sind groß und kräftig, eignen sich als Gefährten, weil sie treu ergeben sind, und verteidigen Hof und Besitz bis aufs Blut." Nachdenkliche Stille kehrte ein.

„Wachhunde sind eine Überlegung wert." Edith setzte sich nun endlich an den Tisch. Luise stellte zufrieden fest, dass sich die angespannte Stimmung allmählich verflüchtigte.

„Erzähle mir mehr“, forderte Edith sie besonnen auf. Ihre Tante strich mit der flachen Hand das Tischtuch glatt, eine ihrer typischen Bewegungen, wenn sie etwas erklärte.

„So viel gibt es noch nicht zu erzählen. Ich habe mich noch nicht im Detail damit auseinandergesetzt. Bisher war es nur eine Idee gewesen. Es ergibt auf jeden Fall Sinn, bereits einen ausgebildeten Hund zu erwerben. Der versteht genau, was man von ihm möchte, und hat keine Angst, sich einem Widersacher entgegenzustellen.“

„Gut. Das klingt genau nach dem, was wir brauchen. Was denkst du, Franz? Sollen wir uns Wachhunde zulegen?“

„Bis aufs Blut? Das ist eine Abschreckung und eine Überlegung wert, doch auch dafür werden wir etwas Zeit benötigen.“

„Du hast recht. Ich werde Kontakt mit dem Zuchtverband aufnehmen und unser Interesse bekunden, das hatte ich sowieso vor. Dann fahren wir hin und schauen uns ein paar Tiere an. Ich hätte euch sowieso gefragt, ob ihr mich dorthin begleiten wollt. Wenn ihr nun über einen eigenen Hund nachdenkt, umso besser.“ Luise lächelte zuversichtlich.

„Ja, du hast recht. Einer von uns beiden sollte dich begleiten“, stimmte Edith zu. „Wer das sein wird, klären wir dann.“

„Also gut, dann werde ich mich jetzt auf den Heimweg machen und die Informationen beschaffen, die wir brauchen.“ Sie stand auf und begab sich in den Flur zur Garderobe, wo ihr Mantel hing. Dort entdeckte sie auch

Ediths, der etwas abseits aufgehängt war. Sie fand einige Matschverkrustungen daran und nahm ihn vom Haken.

„Wenn du nichts dagegen hast, nehme ich den mit. Ich säubere ihn und werde auch den Ärmel wieder richten. Übermorgen bringe ich ihn zurück. Dann erstatte ich Bericht über die neuesten Entwicklungen."

„Nur zu, nimm ihn mit. Ich habe noch einen zweiten und werde nicht frieren müssen. Herzlichen Dank für deine Unterstützung." Edith wollte ihrer Tante in den Mantel helfen, doch diese Belastung ließ ihre Verletzung nicht zu.

„Du weißt, ich helfe gern und bin für euch da." Luise legte sich Ediths Mantel über den Arm, prüfte in gewohnter Weise die Taschen und fischte einen Brief heraus.

„Schau an, was haben wir denn da? Hier, den soll ich wohl nicht mitnehmen, oder?" Sie reichte ihn weiter.

„Nein." Das freudige Leuchten in Ediths Augen war ihr nicht entgangen.

„Was hat es denn damit auf sich?"

„Du meine Güte, der ist in dem Durcheinander vollkommen untergegangen. Du wirst es nicht glauben, es ist ein weiterer Großauftrag von *Reuters*. Wir werden die Fabrik nun zeitnah erweitern müssen, um diesen erfüllen zu können. Ich bin gestern gar nicht mehr dazu gekommen, es Franz zu sagen."

Was für eine Neuigkeit! Luise konnte es nicht fassen. Die Erweiterung des Unternehmens hatte Leopold immer gescheut. Mit der vorübergehenden Schließung hatte er die Fabrik sogar gerettet, aber nun lagen die Dinge anders.

„Ihr sprecht über mich?" Franz tauchte hinter Edith
auf.

„Hier, das wollte ich dir gestern zeigen. In der Aufregung ist diese wunderbare Neuigkeit dann untergegangen. Wir können das Unternehmen vergrößern."

Franz las sich die Papiere durch. „Das war es also, was
Lobereich gestern mit dir besprechen wollte." Er nickte
und lächelte zufrieden. „Du gehst immer viel zu hart
mit dir ins Gericht. Hier hast du doch den Beweis, dass
du eine ernstzunehmende Person bist. Alle anderen
werden noch das große Staunen bekommen."

„Es wäre so schön, wenn du recht behieltest. Wir haben auch noch etwas anderes besprochen. Lobereich
hat gefragt, ob ich zu einer Textilmesse fahre. Er meint,
es sei eine gute Möglichkeit, meinen Horizont zu erweitern. Wir können beide hinfahren. Was hältst du davon?" Edith war schon wieder von der Euphorie gepackt und vollkommen in ihrem planerischen Element, aber Luise waren die Falten auf Franz' Stirn nicht
verborgen geblieben.

„Wann und wo soll denn diese Messe sein?"

„Aachen, wenn ich mich recht erinnere. Er wollte
seine Assistentin bitten, mir die Einzelheiten zu über-
mitteln. Das wird sie wahrscheinlich am Montag oder
Dienstag erledigen."

„Dann gedulden wir uns doch bis dahin. Vielleicht
weiß Luise dann auch schon mehr."

Diese war dankbar, dass er sie wieder ins Gespräch
miteinbezog. Sie hatte sich außen vor gefühlt und
nutzte nun, Ediths Mantel noch immer über dem Arm,
die Gelegenheit, sich endgültig zu verabschieden.

Als sie vom Hof fuhr, warf sie einen Blick auf die Tür des Kontors. Das Holz zeigte frische Kratzspuren. Edith wird das Ereignis nicht so ohne Weiteres unter den Teppich kehren können, dachte sie sich. Glücklicherweise ist ihr nichts Schlimmeres passiert. Nicht auszudenken, Luise hätte sich schreckliche Vorwürfe gemacht.

Nun war ihr zwar auch der Schreck in die Glieder gefahren, doch sie fuhr mit Aufgaben nach Hause. Sie würde den Mantel in einen tadellosen Zustand bringen und sich um die nächsten Schritte hinsichtlich der Wachhunde kümmern.

17. Aachen

Die folgende Woche begann ohne große Vorkommnisse. Luise hatte dabei geholfen, das Chaos im Büro zu beseitigen. Sie hatten aufgeräumt und akribisch geprüft, ob irgendetwas fehlte, aber dem war nicht so. Franz hatte die beschädigte Tür am Wochenende kurzerhand mit dunkelblauer Farbe gestrichen, von der noch ausreichend im Lager vorhanden gewesen war, und so ließen sich kaum noch Spuren von dem Einbruch entdecken. Pfennig hatte er damit beauftragt, dafür zu sorgen, dass auch die anderen Türen zur Halle und das Eingangstor gestrichen wurden.

Bereits am frühen Morgen war Franz losgefahren, um ein paar dieser modernen Zylinderschlösser zu kaufen. Edith und er hatten sich bereits einige Male über deren Vorzüge ausgetauscht, doch sie waren nie über die Gespräche hinausgekommen. Nun nötigten die kürzlichen Ereignisse zum Handeln und Edith war froh, dass die Entscheidung zur Beschaffung der neuen Schlösser schnell gefallen war.

Neben der Tür zum Kontor sollten auch das Wohnhaus, die Fabrikhalle und die Halle für die Anlieferung mit neuen Schlössern bestückt werden. Falls Reichenshagen und Bettina misstrauisch wurden und auf die Idee kamen, nachzufragen, dann konnte sie sachlich mit Modernisierungsmaßnahmen argumentieren.

Edith machte ihre Ankündigung wahr. Sie kehrte den Einbruch einfach unter den Teppich. Alles deutete darauf hin, dass diese Aktion darauf angelegt worden war, Angst und Schrecken zu verbreiten. Doch so leicht wollte sich Edith nicht zum Opfer machen lassen und geschlagen geben würde sie sich schon gar nicht – im Gegenteil. Sie hatte Dietrich bereits in Verdacht und hatte sich vorgenommen, ihn, sobald er ihr über den Weg lief, darauf ansprechen.

Der frische Wundverband lag gut geschützt unter ihrem Wollpullover. Die Schmerzen waren erträglich. Sie schonte ihren Arm, indem sie auf übermäßige Arbeit am Schreibtisch und in der Wolferei verzichtete. Stattdessen unternahm sie einige ausgedehnte Prüfgänge durch die Fabrik. Besprach mit Pfennig allerlei Dinge, lobte ihn und die restliche Belegschaft für die hervorragende Arbeit.

Als sie zurückkehrte, legte Bettina gerade den Telefonhörer zurück auf die Gabel und schrieb eilig einige Notizen nieder. Edith achtete nicht darauf, sondern setzte sich an ihren Schreibtisch. Sie holte eine Zigarre hervor und zündete sie an, doch im Gegensatz zu sonst legte sie sie nicht weg, sondern begann zu rauchen.

„Ist alles in Ordnung?“, fragte Bettina, nahm den Zettel und trat zu ihr an den Schreibtisch.

„Ja, natürlich. Warum nicht? Ich bin heute einfach ein bisschen müde. Ich habe am Wochenende nicht gut geschlafen. Wer war denn am Telefon?“ Edith wollte sich nicht auf ein Gespräch über ihre Gemütsverfassung einlassen und wechselte zügig das Thema. Sofort war Bettina wieder bei ihrem Zettel.

„Frau Kerbel, die Assistentin von Herrn Lobereich. Sie sagte mir, dass Sie zu einer Messe fahren. Stimmt das?“

„Ach ja, natürlich, die Messe. In der Tat hatte ich mit dem Gedanken gespielt. Ich habe mich aber noch gar nicht entschieden.“

„Da klang Frau Kerbel anders.“

„Was soll das denn heißen?“

„Ich meine, sie schien recht überzeugt davon, dass die Reise bereits feststeht und hat mir die notwendigen Informationen durchgegeben.“

Edith richtete sich auf, nahm einen Zug von der Zigarre und paffte kleine Wölkchen in den Raum. Aufgeregte Vorfreude ergriff sie.

„Was genau hat Frau Kerbel Ihnen denn gesagt?“

„Namen und Adresse des Hotels in Aachen, die Reservierung des Einzelzimmers von Freitag bis Sonntag hat sie bestätigt und auch die Anmeldung zur Messe. Sämtliche Unterlagen diesbezüglich werden an der Hotelrezeption für Sie hinterlegt sein.“

„Interessant“, murmelte Edith und paffte noch einige Wölkchen, dann warf sie Bettina ein gewinnendes Lächeln zu.

„Dann ist die Sache wohl doch schon entschieden. Ich werde zur Textilmesse nach Aachen fahren und meinen fachlichen Horizont erweitern. Klingt doch großartig, oder nicht?“ Edith zückte ihren Stift und notierte sich den Termin in ihrem Kalender.

Eineinhalb Wochen später, am Freitag nach Betriebsschluss, war es so weit. Es dunkelte bereits, die Luft roch nach Schnee. Franz und Edith standen neben dem Wagen, in den er gerade ihren Koffer geladen hatte.

„Ich bin etwas besorgt, dass du dich jetzt noch auf den Weg machst."

„Das musst du nicht. Ich kenne den Weg doch. Der Wagen ist in einem tadellosen Zustand und ich bin eine ausgezeichnete Fahrerin. Ich habe schließlich bei der besten gelernt." Sie strich ihm mit den flachen Händen über die Schultern.

„Stimmt. Tante Luise ist die Beste. Aber das meine ich nicht." Franz trat etwas dichter an Edith heran. „Es ist schade, dass du allein fährst."

„Nun, es ist gewiss noch nicht zu spät und es wäre auch vorher sicher nur eine Kleinigkeit gewesen, die Reservierung zu ändern." Sie küsste ihn.

„Ich weiß, aber wir können nichts riskieren. Ich werde hier sein und darauf achten, dass niemand sich unerlaubt auf dem Gelände bewegt. Nicht einmal ein Waschbär wird ungesehen hier streunen können. Außerdem werde ich Zeit haben, mich ein bisschen an der Planung der Erweiterung zu versuchen. Wenn du zurückkommst, kann ich dir vielleicht schon ein paar Skizzen präsentieren."

„Ich bin mir sicher, dass du mich begeistern wirst."

„Pass gut auf dich auf." Franz legte seine Arme um Edith, zog sie sanft zu sich heran und küsste ihr Gesicht. Die Blessuren waren weitestgehend verheilt. Nur wer genau hinsah, entdeckte die letzten Anzeichen der Verletzungen. Franz küsste zunächst die Wangen, die Nasenspitze und schließlich Ediths Lippen. Es war ein zurückhaltender, zärtlicher Kuss. Dann presste er sie fester an sich, sie küssten sich intensiver, leidenschaftlicher.

„Ich werde dich auch vermissen", flüsterte Edith schließlich, als sich ihre Lippen wieder voneinander lösten.

Franz führte sie zur Fahrerseite, dann stieg sie in den Wagen.

„Bis Sonntag." Franz schloss die Autotür.

Edith fuhr vom Hof. Im Rückspiegel sah sie, wie er das schmiedeeiserne Tor schloss und seine Silhouette in der Dunkelheit verschwand.

Obwohl sie die Strecke bereits kannte, war Edith nervös und wäre am liebsten schon angekommen. Sie hatte es Franz gegenüber nur nicht zugeben wollen. Je länger sie das Lenkrad festhielt, desto stärker verspürte sie die Anstrengung im linken Unterarm. Die Heilung der Schnittwunde verlief recht gut, aber der Aufprall auf dem Betonboden wirkte immer noch nach. Die mehr als zwei Stunden Autofahrt wurden zur Zerreißprobe. Zudem begann es, kurz bevor sie ihr Ziel erreichte, zu schneien. Nicht sehr stark, doch so, dass die Flocken im Scheinwerferlicht die Sicht erschwerten und eine erhöhte Konzentration verlangten.

Endlich erreichte Edith das Hotel. Dank des beleuchteten Namensschilds hatte sie es nicht verfehlen können. Es gehörte zur gehobenen Klasse, lag direkt in der Innenstadt und ermöglichte den Gästen eine komfortable Anreise. Sie hielt unmittelbar vor dem gläsernen, mit Messing verzierten Eingang. Als sie ausstieg, eilten ihr gleich zwei Hotelpagen entgegen, von denen der eine ihren Koffer auslud und ihn ins Hotel trug, der andere übernahm es, den Wagen für Edith zu parken. Ein dritter Angestellter verließ seinen Platz am Eingang nicht. Er öffnete und schloss die Tür, um sie einzulassen. Binnen weniger Minuten hatte sie den kalten Platz hinter dem Steuerrad mit der warmen Eingangshalle des sehr hübschen Hotels getauscht. Sogleich wurde ihr angenehmer zumute und die Strapazen gerieten in den Hintergrund.

Der Eingangsbereich war nicht sehr groß, dafür aber sehr heimelig eingerichtet. Es standen Ledersessel dort, die zum Verweilen einluden, daneben Ständer, in denen verschiedene Zeitungen zur Lektüre bereitgehalten wurden. Alles war hell erleuchtet, Spiegelflächen, blinkendes Messing und roter Teppich sorgten für ein nobles Ambiente.

Edith trat an die Rezeption heran. Dort wartete bereits ein älterer Herr, hager und von geringem Wuchs. *Artur Wüllesheim* stand auf dem Schild an seiner Uniform, die aus einer schwarzen Hose, weißem Hemd, roter Weste und passendem Jackett bestand. Der Stoff war gleichmäßig gewebt und ordentlich gefärbt. Es freute Edith, dass sie diese Details auf den ersten Blick problemlos feststellen konnte.

„Guten Abend.“ Sie legte ihre Unterarme auf dem dunklen Holztresen ab und beobachtete, wie einige große Schneeflocken, die sich draußen auf ihren Mantel gesetzt hatten, nun zu Wassertropfen wurden und im Stoff verschwanden.

„Guten Abend, Frau Bergemann.“

„Ja. Woher wissen Sie …“, wollte Edith nachhaken, brach dann aber mitten im Satz ab.

Der Alte zuckte nur mit den Schultern. „Das bringt der Beruf mit sich. Außerdem haben wir Sie bereits erwartet. Wie war Ihre Anreise?“

„Sie war in Ordnung. Ich kann nicht klagen“, erwiderte Edith, obwohl ihr Arm doch sehr schmerzte.

„Ich habe das Zimmer zweihundertzwei für Sie herrichten lassen.“ Wüllesheim legte den Zimmerschlüssel auf den Tresen und dann auch einen großen braunen Umschlag dazu, auf dem in sauberer Handschrift *Edith Bergemann, Inhaberin und Geschäftsführerin der Tuchfabrik Geldermann* geschrieben stand.

„Oh, vielen Dank. Von wem ist der?“, fragte Edith ohne Umschweife, obwohl sie bereits sehr erschöpft von der Reise war und sich nach ihrem Bett sehnte.

„Diese Unterlagen hat Frau Kerbel von der Firma *Reuters Textilien* für Sie geschickt und mich darum gebeten, Ihnen alles sofort auszuhändigen, wenn Sie angekommen sind. Soll ich den Umschlag doch noch eine Weile verwahren?“

„Nein, ich nehme ihn mit. Das hat schon seine Ordnung.“

„Haben Sie Fragen oder Wünsche? Scheuen Sie sich nicht, sich an mich zu wenden.“

„Das ist sehr freundlich von Ihnen, danke. Ich bin sehr erschöpft von der Anreise und möchte gleich zu Bett gehen. Morgen wartet ein anstrengender Tag auf mich.“

„Sehr gern, Frau Bergemann. Unser Haus bietet einen Weckruf-Service an. Möchten Sie über das Zimmertelefon geweckt werden?“

„Das ist eine ausgezeichnete Idee. Ich möchte um sieben aufstehen.“

„Sehr wohl." Wüllesheim notierte die Zeit in seinen Unterlagen. „Wenn Sie sonst noch irgendetwas benötigen, zögern Sie nicht, es mich wissen zu lassen. Ihr Koffer ist bereits auf dem Zimmer. Ich wünsche Ihnen einen schönen Aufenthalt und eine angenehme Nachtruhe."

„Vielen Dank." Edith wollte sich schon abwenden, als ihr doch noch etwas einfiel. Wüllesheim blicke sie erwartungsvoll an.

„Darf ich Ihnen eine Frage zu einem anderen Gast stellen?"

„Es kommt darauf an. Wir legen großen Wert auf Diskretion. Worum geht es denn?"

„Keine Sorge, es ist nichts Verwerfliches. Frau Kerbel müsste ein weiteres Zimmer reserviert haben, auf den Namen Lorenz Lobereich. Können Sie mir verraten, ob Herr Lobereich bereits angekommen ist?"

„Selbstverständlich. Er reiste bereits vorgestern an und wohnt in Zimmer zweihundertvier." Wüllesheim lächelte zufrieden, während Edith die Nervosität blitzartig durchfuhr.

„Interessant." Sie nahm Schlüssel und Umschlag an sich und ging hinüber zu den Treppen.

„Einen angenehmen Aufenthalt", wünschte Wüllesheim nochmals, aber Edith hörte es nicht mehr. Sie dachte bereits darüber nach, ob es wohl merkwürdig wäre, zu so später Stunde an Lorenz' Tür zu klopfen und ihm mitzuteilen, dass sie wohlbehalten angekommen war.

Die Stufen und der Hotelflur waren, genauso wie die Eingangshalle, mit dickem rotem Teppich ausgelegt. An den Wänden waren moderne Lampen aus Glas und

Messing angebracht und sorgten für prächtige Beleuchtung. Edith schritt an den Türen vorbei, fand ihre Zimmernummer und entdeckte genau gegenüberliegend die Zweihundertvier. Ihr wurde flau im Magen, gleichzeitig freute sie sich und wollte Lorenz ihre Ankunft mitteilen. Sie hatte die Hand bereits zur Faust geformt, um anzuklopfen, entschied sich dann aber dagegen. *Was, wenn Lorenz bereits schlief?* Sie konnte ihn doch nicht zu später Stunde aus dem Schlaf holen, nur um Guten Abend zu sagen.

Eilig wandte sie sich ab, öffnete die eigene Tür und betrat ihr Zimmer. Bevor sie die Tür schloss, warf sie einen letzten Blick auf die gegenüberliegende. Eine eigenartige Vorfreude auf den nächsten Tag ergriff von ihr Besitz.

Im Zimmer fand Edith ihren Koffer. Nachdem sie die Kleidung ausgeräumt und ordentlich aufgehängt hatte, begab sie sich erschöpft ins Bett. An Schlaf war plötzlich nicht mehr zu denken. Sie stopfte sich das dicke Federkissen in den Rücken, sodass sie bequem sitzen konnte, öffnete den großen braunen Umschlag und sah sich an, welche Unterlagen dort für sie bereitgelegt waren. Sie fand eine Messebroschüre, ein Akkreditierungsdokument mit ihrem Namen, die Reservierungsbestätigung des Hotels und ein kartoniertes kleines Buch über die Technologie der Textilveredelung.

„Interessant", flüsterte sie und öffnete es. Eine kleine weiße Karte viel heraus. *Willkommen in Aachen,* stand darauf geschrieben.

Wie nett. Das wäre doch nun wirklich nicht nötig gewesen. Doch im nächsten Moment hatte sie bereits ihre Nase zwischen die Seiten des Büchleins gesteckt.

18. Momente der Schwäche

Edith war aufgeregt und bereits wach, als das Telefon in ihrem Zimmer klingelte. Sie war über die Lektüre des neuen Buchs eingeschlafen. Nun hatte sie sich an den kleinen Schreibtisch gesetzt und nochmals darin geblättert. Außerdem hatte sie sich extra für die Messe ein neues Notizbuch gekauft. Darin notierte sie nun eifrig allerhand Fragen, die sich über Nacht ergeben hatten, es enthielt außerdem weitere Skizzen einer Fabrikhalle und wichtige Bemerkungen, wie sich das Bauvorhaben umsetzen lassen könnte. Es war gut, jede Frage und schien sie noch so bedeutungslos, ernst zu nehmen und zu berücksichtigen. Sie hatte große Pläne und mit diesen ging eine große Verantwortung einher. Sie zerbrach sich lieber zweimal zu viel den Kopf, als einmal zu wenig, wenn es darum ging, die Produktionsstätten zu erweitern und einen Budgetplan aufzustellen.

Zehn Minuten vor acht klappte Edith das Buch zu, überprüfte ihr Aussehen und verließ das Zimmer, um im Hotelrestaurant zu frühstücken. Sie hoffte darauf, Lorenz zu treffen und mit ihm gemeinsam zur Messe zu fahren. Für ihre Anwesenheit in Aachen war er zum großen Teil mitverantwortlich und er hatte ihr versprochen, alles genau zu erklären.

Sie entdeckte ihn bereits von der Treppe aus. Er saß in der Lobby auf einem Sessel, die Beine elegant übereinandergeschlagen und las in einer Zeitung. Für einige Sekunden blieb Edith stehen und beobachtete ihn. Als er kurz aufblickte und sie erkannte, lächelte er, faltete die Zeitung zusammen und legte sie zur Seite. Dann stand er auf und ging ihr entgegen.

Lorenz sah in seinem dunklen Anzug umwerfend aus. Die Hände in den Hosentaschen, stand er lässig am Fuß der Treppe und wartete auf sie. Es tat gut, ihn zu sehen. Sie freute sich sehr auf seine Gesellschaft.

„Guten Morgen, Edith. Welch eine Freude, dich zu sehen. Ich hoffe, du hast gut geschlafen?" Er lächelte, nahm ihre Hand und deutete einen Kuss an.

Edith lächelte. „Guten Morgen, wie galant heute. Ich freue mich auch, dich zu sehen."

„Erweist du mir die Ehre, mit mir zu frühstücken?"

„Sehr gern, zu zweit ist es doch weniger einsam, nicht wahr?"

„Fühlst du dich denn einsam?"

„Ich habe keinen Grund dazu."

Der Kellner führte sie an einen Tisch am Fenster mit Blick auf die Straße, die nach und nach vom Licht des anbrechenden Tages erhellt wurde. In der Nacht hatte es weiteren leichten Schneefall gegeben. Die Spuren der Fahrzeuge und die Fußabdrücke der Menschen zeichneten sich im winterlichen Weiß ab. Auf der Fensterbank fand sich ebenfalls frischer Schnee. Edith konnte von ihrem Platz aus bis zur nächsten Straßenecke sehen. Dort verkaufte ein Junge Zigaretten und Streichhölzer.

„Wie war die Anreise?", wollte Lorenz wissen, als der Kaffee gebracht worden war.

„Es ging recht gut. Natürlich ist es immer angenehmer, bei Tageslicht zu fahren, aber es war in Ordnung. Es gab keine Unannehmlichkeiten oder Zwischenfälle."

„Ich habe mir ehrlicherweise bereits Sorgen gemacht und mich geärgert, dass ich nicht auf eine gemeinsame Fahrt bestanden habe."

„Wärst du bei einem Mann ebenso besorgt gewesen?" Edith sah ihn prüfend an.

Er begegnete ihr mit einem offenen Lächeln. „Ja, zumindest wenn ich mich in unternehmerischer Abhängigkeit befände, weil ich mich vertraglich für mehrere Jahre festgelegt habe."

Edith schluckte ernüchtert, dann nickte sie zufrieden. „Du kommst natürlich gleich zum Eingemachten. Nochmals vielen Dank für dein Vertrauen. Aber verrate mir doch, was dich zu diesem weiteren Schritt bewogen hat."

„Du meinst, dem Unternehmen in den nächsten Jahren die Lieferung qualitativ hochwertiger Tuchwaren zu sichern?" Er sah Edith herausfordernd an, wartete aber nicht auf eine Antwort. „Mein unternehmerischer Geist und die Auftragslage bei *Reuters*. Das gehört doch zu meinen Aufgaben. Es wird von mir erwartet, dass ich für Umsatzsteigerung und verlässliche Produktion sorge. Ich bestelle keine Stoffe, von denen ich nicht weiß, ob ich sie verkaufen kann. Ich benötige verlässliche Partner. Du hast dich bewährt und ich bewundere deine Strebsamkeit. Du wirst es noch weit bringen, davon bin ich überzeugt. Dass ich dich mag, sollte mich nicht davon abhalten, mit dir Geschäfte zu machen."

Edith verschluckte sich an ihrem Kaffee.

„Na so was, überrascht?"

„Nein, der Kaffee war nur unerwartet heiß", log sie und bemühte sich darum, Gelassenheit auszustrahlen. Natürlich mochten sie einander. Sie waren Freunde.

„Verlässlich bin ich, du hast eine hervorragende Wahl getroffen und dank deines neuen Großauftrags bin ich endlich in der Lage, langfristig zu planen und zu investieren."

„Na also, ich habe mich nicht geirrt. Erzählst du mir mehr?"

„Nein." Sie schüttelte den Kopf und hielt seinem Blick einige Sekunden unnachgiebig stand. „Noch nicht", fügte sie leise hinzu.

Eine eigenartig angenehme Spannung herrschte zwischen ihnen, doch dann, in einer plötzlichen Bewegung, wandte Lorenz den Blick ab und sah auf seine Uhr.

„Wir sollten essen und uns auf den Weg machen. Ich habe vorhin bereits an der Rezeption ein Taxi bestellen lassen. Bist du einverstanden, wenn wir uns den Wagen teilen?"

Sie nickte und dachte daran, dass sie in Anbetracht des zwar geschäftlichen, aber doch sehr nahen Umgangs mit Lorenz viel zu wenig über ihn wusste. Sie wollte den Tag nutzen und neben neuem Wissen über die Textilindustrie auch mehr über ihn erfahren.

„Keinen Schritt weiter, wenn es nicht unbedingt sein muss", erklärte Edith erschöpft. Ihre Füße schmerzten, als der Tag sich dem Ende neigte und sie ins Hotel zurückkehrten.

„Ich sehne mich danach, die Füße hochzulegen, mein Notizbuch hervorzuholen und alles aufzuschreiben, bevor ich es vergesse.“ Sie gähnte hinter vorgehaltener Hand.

„Wie bedauerlich“, erwiderte Lorenz leise.

„Ach ja?“ Edith sah ihn zerstreut an. „Bist du denn nicht müde und erschöpft?“

„Doch, etwas. Allerdings hatte ich gehofft, wir könnten noch gemeinsam zu Abend essen. Es gibt eine sehr hübsche kleine Gastwirtschaft in der Nähe. Erweist du mir die Ehre und leistest mir Gesellschaft? Mir ist noch nicht danach, allein zu sein.“

Sein Blick traf sie unerwartet intensiv und Edith brachte es nicht über sich, ihm eine Absage zu erteilen. Sie warf einen Blick auf ihre Armbanduhr und gab sich geschlagen.

„Also gut, aber ich muss mich unbedingt umziehen, bevor ich mich noch einmal hinauswage.“

Lorenz’ Augen leuchteten auf, was ihr gefiel und sie gleich wieder etwas munterer machte.

„Dann treffe ich dich hier in einer Stunde?“

Sie nickte.

Im Zimmer angekommen, nutzte Edith die Zeit dafür, sich frisch zu machen und umzukleiden. Sie bürstete ihr Haar und legte noch etwas Parfüm auf. Währenddessen wanderten ihre Gedanken immer wieder zu Lorenz. Das Verhältnis zu ihm war von einer sonderbaren Mischung aus freundschaftlicher Nähe und geschäftlicher Distanz geprägt. Sie mochte ihn sehr und wusste doch kaum etwas über ihn. Was war er nun? Freund,

Geschäftspartner, beides? Sie genoss seine Gegenwart. Mit ihm war es ein bisschen wie mit Franz.

Franz! Edith erschrak. An ihn hatte sie seit ihrer Ankunft so gut wie gar nicht gedacht. Was war nur los mit ihr? Sofort griff sie zum Telefon und ließ sich mit dem Anschluss in Kerchheim verbinden, aber zu ihrer Verwunderung nahm Hilda das Gespräch entgegen.

„Herr Bergemann ist nicht zu Hause", erklärte sie.

Edith runzelte die Stirn. „Hat er denn gesagt, wann er zurück sein wird?"

„Nein."

Seltsam, dachte Edith, unterließ es aber, weitere Fragen zu stellen, denn dass Franz nicht im Haus war, bedeutete, dass Hilda allein war und sie sich gewiss noch etwas ängstigte. Sie selbst hatte nach dem Einbruch schnell wieder in den Alltag gefunden, das Hausmädchen dagegen nicht.

„Nun, dann wird er sicherlich bald wieder da sein. Richte ihm bitte aus, dass hier alles gut verläuft und ich morgen wie geplant zurückkehren werde."

„Das mache ich, Frau Bergemann", erklärte Hilda freundlich.

Edith legte auf. Wo war Franz? Sie hatten doch ausgemacht, dass sie das Gelände nicht unbeaufsichtigt lassen wollten. Aus diesem Grund war er doch nicht mit nach Aachen gereist. *Die arme Hilda fürchtete sich hoffentlich nicht zu sehr. Hatte Franz etwa Geheimnisse vor ihr?* Sie erschrak über sich selbst. Noch nie hatte sie einen derartigen Gedanken gehabt. Was war nur los mit ihr? *Nein.* Sie schüttelte den Kopf. Es gab sicherlich eine einfache Erklärung für seine Abwesenheit, es gab immer vernünftige Erklärungen. Ein sanftes Klopfen an der Tür holte sie aus ihren Gedanken.

Es war Lorenz. Auch er hatte sich ein frisches Hemd angezogen.

„Ich nehme mir dir Freiheit, dich abzuholen."

„Einen Moment, ich bin gleich fertig", entgegnete Edith noch immer gedankenversunken, zog sich eilig den Mantel über, wickelte sich ihren Schal um und setzte den Filzhut auf. Während der sehr kurzen Fahrt im Taxi zur Gastwirtschaft saßen sie stumm nebeneinander.

„Du bist plötzlich so schweigsam. Ich erkenne dich kaum wieder. Ist etwas passiert?", fragte Lorenz in seiner direkten Art, als sie in der warmen Stube an ihrem Tisch Platz genommen hatten.

„Nein, nein. Es ist alles in Ordnung. Ich bin nur erschöpft vom Tag", erklärte Edith.

„Du wirst mir doch kein schlechtes Gewissen verursachen, weil ich dich überredet habe, mitzukommen?"

„Natürlich nicht." Edith schenkte ihm ein Lächeln.

„Das gefällt mir schon besser", entgegnete Lorenz. „Also, was ist los? Was beschäftigt dich?"

Über Franz wollte Edith keinesfalls mit ihm sprechen, also überlegte sie eine Weile.

„Du weißt sehr viel über mich. Ich frage mich, ob du bereit bist, mir gegenüber ebenso viel von dir preiszugeben. Ich wüsste gern, woran ich bei dir bin."

Obwohl die Beleuchtung spärlich war, konnte Edith die Überraschung in Lorenz' Gesicht deutlich erkennen.

„Da gibt es nicht viel zu erzählen. Ich bin einundvierzig Jahre alt. Mein Vater ist tot, meine Mutter lebt bei meiner Schwester Agnes und ihrer Familie in Bonn. Ich habe vier weitere Schwestern Charlotte, Bertha, Martha und Louise, alle fünf sind verheiratet und haben insgesamt sechzehn Kinder, deren liebster Onkel nach wie vor ich bin. Studiert habe ich in Köln. Während des Krieges habe ich als Kraftfahrer gearbeitet. Wo ich derzeit arbeite, weißt du. Ich wurde befördert, als mein Vorgänger in den Ruhestand ging. Verheiratet war ich nie, Kinder habe ich auch nicht."

Edith starrte ihn verblüfft an. Sie hatte nicht damit gerechnet, dass er die Informationen über sich so freizügig preisgeben würde.

Lorenz erhob sein Glas, um mit ihr anzustoßen. „Sind deine Fragen beantwortet?"

„Fürs Erste ja."

„Es war und ist mir ein Vergnügen."

Sie nickte und dann widmeten sie sich dem Abendessen.

„Warum hast du nie geheiratet?", nahm sie das Thema wie beiläufig wieder auf, nachdem sie gegessen hatten und die Teller wieder abgeräumt waren. Edith hatte lange überlegt, ob sie diese Frage stellen sollte und wollte.

Er stellte sein Glas ab und musterte sie neugierig. Ein angenehmer Schauer überkam sie. Diese besondere Art der Aufmerksamkeit, die er ihr entgegenbrachte, verunsicherte sie und das war sie gar nicht gewohnt.

„Warum heiratet man nicht? Es hat sich einfach nicht ergeben. Ich habe mein Auskommen und bin zufrieden."

„Hast du nie darüber nachgedacht? Es wird doch sicherlich Möglichkeiten gegeben haben."

„Gewiss." Lorenz' Blick wurde immer eindringlicher und Edith genoss das Aufkommen einer angenehmen inneren Unruhe. Er sprach nicht weiter und weil auch sie nicht wusste, was sie sagen sollte, trank sie einen Schluck Wein und wartete ab.

„Ich hatte mein Herz schon vor längerer Zeit verloren. Unglückliche Geschichte. Es lohnt sich nicht, darüber zu reden, denn die Angelegenheit war von Beginn an aussichtslos. Ich widme mich deshalb meiner Karriere, pflege Freundschaften und erfreue mich an deiner Gesellschaft."

„Ich bin also zweite Wahl", rutschte es Edith unvermittelt heraus. Sie wusste nicht warum, aber dass es eine andere Frau in seinem Leben gab, eine unerfüllte Liebe, versetzte ihr einen Stich.

„Nein, das Gegenteil ist der Fall", erwiderte Lorenz betrübt. Er beugte sich leicht nach vorn, legte seine warme Hand auf ihre. Die leidenschaftliche Sehnsucht in seinen Augen war nicht zu übersehen.

Ediths Puls beschleunigte sich und sie zweifelte, ob sie verstand, was er ihr mitteilen wollte.

„Ich?"

„Ich sagte ja, die Sache ist aussichtslos."

Viel zu lange sahen sie sich in die Augen. In Ediths Hals bildete sich ein dicker Knoten. Sie war nicht in der Lage, etwas zu entgegnen oder sich zu rühren.

„Ich wüsste niemanden, mit dem ich meine Zeit lieber verbrächte." Er zog seine Hand zurück und dort, wo sie Ediths Haut bedeckt hatte, verspürte sie nun eine kalte, unangenehme Leere. Sie sah auf ihre Hand, dann wieder in sein Gesicht. Sie versuchte zu begreifen, was gerade geschehen war.

„Wir sollten uns lieber wieder einem anderen Gesprächsthema zuwenden." Er sprach leise und lächelte, doch sie sah, dass es ein unglückliches Lächeln war.

Von einem Moment auf den anderen hatte sich alles geändert. Lorenz sah aus wie immer und doch saß ein neuer Mensch vor ihr. Wie hatte sie es all die Zeit nicht bemerken können? Und vor allem, was war nur mit ihr los?

Damals, als ihre Eltern einen Empfang nach dem anderen gegeben hatten, um Ursi und sie zu verheiraten, hatte sie kein Problem damit gehabt, einen Verehrer abzuweisen. Heute war es anders. Eine unvorstellbare Traurigkeit überkam sie und ließ sich nicht erklären.

„Wie konntest du mir nur so etwas sagen?" Ediths Stimme zitterte.

„Du hast mich gefragt."

„Ja", hauchte sie, lehnte sich zurück und sah Lorenz betrübt an.

„Möchten die Herrschaften noch etwas bestellen?" Die Gastwirtin, eine stämmige Frau mit kräftiger Stimme und rotblonden Locken, trat an den Tisch.

Edith schüttelte kaum merklich den Kopf. „Nein, wir werden uns auf den Heimweg machen. Es ist schließlich schon spät."

Betretenes Schweigen breitete sich aus. Lorenz half ihr in den Mantel und hielt ihr die Tür auf. Er tat alles wie immer und doch hatte die Welt sich komplett gedreht.

Als sie vor die Tür traten, kühlte der Nachtwind Ediths Wangen. Über ihnen spannte sich der sternenklare Nachthimmel und sie ließ ihren Blick sehnsüchtig hinaufwandern.

„Das ist der Grund, nicht wahr?" Sie sah Lorenz bedrückt an.

„Der Grund wofür?" Er lächelte, charmant wie immer, zog sich die Handschuhe über und wartete auf ihre Antwort.

„Für all das hier." Edith kaute auf ihrer Unterlippe.

„Die Sache mit Dietrich und Tullmann, die riesigen Aufträge für die Fabrik, die Messe, all deine Bemühungen. Du hast es meinetwegen getan." Sie war nun aufgeregt und ließ ihm keine Zeit zu antworten, sondern wandte sich ab, um zu gehen.

„Ja", hörte sie Lorenz nun leise hinter sich und hielt in der Bewegung inne. „Bitte, sieh mich an."

Edith schloss die Augen. Einige Sekunden vergingen. Es herrschte Stille.

„Edith." Der Klang seiner Stimme, die Art, wie er ihren Namen sagte, fachte die unerwartete Erregung in ihr weiter an. Als er seine Hand sanft auf ihre Schulter legte und wartete, drang die Hitze der Berührung durch den dicken Stoff bis auf ihre Haut. Langsam drehte sie sich um und hob ihren Blick.

„Es tut mir leid. Nichts wird sich ändern. Ich habe mich für einen Moment hinreißen lassen. Es liegt mir fern, dich zu bedrängen oder dir Unannehmlichkeiten zu bereiten. Ich kann das Geschäftliche sehr wohl von Privatem trennen." Er machte eine Pause.

„Edith, ich bin alt genug und in der Lage, dass ich eine Niederlage erkennen und sie akzeptieren kann."

„Wie konnte ich mich nur so in dir täuschen? Du hast mich hierher gelockt." Ediths Verzweiflung wuchs. All die Zeit hatte sie geglaubt, er hätte die Unternehmerin in ihr gesehen, doch nun war die Wahrheit ans Licht gekommen.

„Du hast dich nicht getäuscht. Ich habe keine unehrenhaften Absichten. Alles, was ich dir gesagt habe, entspricht der Wahrheit. Es ging doch darum, dich und dein Unternehmen nach vorn zu bringen. Bitte vergiss, was ich vorhin gesagt habe."

„Wie kann ich das?"

„Ich werde wohl nicht der erste verliebte Tölpel sein, dem du eine Absage erteilen musst, oder?" Ein kurzes schmerzverzerrtes Lächeln huschte über sein Gesicht und erreichte Ediths Herz. Ein Tölpel war Lorenz beileibe nicht. Sie schüttelte den Kopf.

„Sieh es als freundschaftlichen Vertrauensbeweis. Du wolltest etwas über mich erfahren und es ist dir gelungen. Du bist eine gefährliche Gesprächspartnerin und ich hätte mich besser in Acht nehmen sollen." Er hob zum Zeichen seines Respekts den Hut an. „Bitte, Edith. Verzeih mir. Das hätte nicht passieren dürfen. Du bist mir eine wichtige Freundin."

„Dann sollten wir die Freundschaft retten und uns auf den Weg machen, bevor wir festfrieren und uns der Kältetod ereilt, findest du nicht?" Sie sah ihn versöhnlich an.

Lorenz atmete erleichtert aus. „Wie könnte ich widersprechen? Erlaubst du?" Er reichte ihr seinen Arm, damit sie sich bei ihm einhängen konnte. Gleichmäßig schritten sie durch die Nacht, die Schwermut als schweigende Dritte im Bunde. Etwas Bedeutsames war geschehen und Edith fürchtete sich vor den Auswirkungen dieses Geständnisses.

Je näher sie dem Hotel kamen, desto klarer wurde sie sich ihrer Gefühle. Ihr Problem war, dass sie Lorenz überhaupt keine Absage erteilen wollte. Innerlich zerrissen legte sie die letzten Schritte zurück, erklomm die wenigen Stufen am Eingang, passierte den Portier, der freundlich die Tür öffnete. An der Rezeption wartete Wüllesheim, wünschte seinen Gästen in gewohnter Freundlichkeit einen guten Abend und gab ihnen die Zimmerschlüssel.

Im hell erleuchteten Flur mit dem dicken roten Teppich standen sie schließlich zwischen ihren Zimmertüren einander gegenüber und es war Zeit, Abschied zu nehmen.

„Für welche Zeit hast du deine Abreise geplant?" Lorenz wirkte wieder vollkommen normal, so, wie sie ihn immer gekannt hatte – selbstbewusst, charmant und direkt. Nichts erinnerte mehr an sein überraschendes Geständnis.

Edith dagegen war innerlich schrecklich aufgewühlt. Obwohl sie wusste, dass es falsch war, konnte sie sich des Wunsches nicht erwehren, der Abend möge noch nicht zu Ende sein.

„Gegen zehn, nach dem Frühstück." Sie blickte zu ihm auf, sah in die grauen Augen, die feinen braunen gezackten Ränder um die Pupillen, in denen sich die elektrischen Wandlichter spiegelten.

„Ich freue mich, wenn du morgen mit mir frühstücken möchtest." Er nahm ihre Hand und küsste sie zärtlich, sodass Edith der Atem stockte und sie um Fassung rang. *Was um Himmels willen war nur mit ihr los?*

„Ich denke, dagegen ist nichts einzuwenden“, brachte sie mühsam hervor. Sie schluckte und ihre Stimme versagte.

Noch immer hielt er zärtlich ihre Hand. Es wäre eine Kleinigkeit, sie ihm zu entziehen, aber sie tat es nicht. Sie wollte diesen Moment, diese neue erregende Art der Zweisamkeit, noch nicht aufgeben.

„Gute Nacht, Edith“, raunte er.

Edith rührte sich nicht. Sie schloss die Augen, atmete seinen Duft, eine Mischung aus Wirtshaus, Winter, Parfüm und Lorenz ein.

„Gute Nacht, Lorenz“, flüsterte sie schließlich, schloss die Tür zu ihrem Zimmer auf und schlüpfte hinein. Sie verzichtete darauf, das Licht einzuschalten, stand eine Weile hinter der Tür und lauschte, bis sie das leise Klacken der gegenüberliegenden Tür vernahm.

Die Hitze war ihr unter die Haut gestiegen, ihr Körper bebte vor Aufregung und vor allem leidenschaftlicher Erregung und sehnsüchtigem Schmerz. Einige Sekunden lang kämpfte Edith noch dagegen an, dann ergab sie sich ihrem verzweifelten Verlangen. An die Zukunft konnte und wollte sie in diesem Moment nicht denken. Auf einmal war ihr eines absolut klar: Sie wollte Lorenz nicht aufgeben.

Ohne länger darüber nachzudenken, öffnete sie die Zimmertür wieder, blickte hinaus in den leeren Flur, zog die Tür hinter sich zu und klopfte leise an die Tür mit der Nummer zweihundertvier.

Das Holz klang dumpf unter ihren zitternden Fingern. Es dauerte etwas, bis die Tür einen Spalt geöffnet wurde. Lorenz hatte bereits Mantel, Hut und Jackett abgelegt. Überrascht sah er sie an.

„Die anderen Tölpel waren mir egal", flüsterte Edith bebend und als Lorenz die Tür ein weiteres Stück öffnete, schlüpfte sie hinein. „Ich möchte heute Nacht nicht allein sein", flüsterte sie, als er die Tür hinter ihr geschlossen hatte.

„Dann bleib bei mir", erwiderte er und trat näher an sie heran. Behutsam nahm er ihr den Hut ab und strich ihr die dunklen Haarsträhnen aus der Stirn.

Zitternd ließ sie zu, dass er ihr den Mantel abnahm und über einen Stuhl warf. Zärtlich berührten seine Hände ihr Gesicht, ihre glühenden Wangen. Für einen Moment zögerte er und Edith litt unter einer schmerzlichen Sehnsucht, dann legten sich seine vollen, warmen Lippen auf ihre. Das Verlangen nach ihm breitete sich unaufhaltsam wie ein Rausch in ihrem Körper aus. Sie blendete die letzten Bedenken aus und überließ sich dem Moment. Leidenschaftlich erwiderte sie seinen Kuss, ließ zu, dass er sie auf den Arm hob und zum Bett hinübertrug.

19. Skandal

Die süße Leidenschaft des Abschieds prickelte noch immer auf Ediths Lippen, als sie den Rückweg nach Kerchheim antrat. *Was hatte sie getan?* Sie wusste, dass es falsch gewesen war, in höchstem Maße verwerflich, und dass Franz es nicht verdient hatte, so behandelt zu werden. Sie war ihm untreu gewesen. Diese Nacht war atemberaubend gewesen und hätte nicht geschehen dürfen. Sie musste für immer ein Geheimnis bleiben. Diesen Schwur hatte sie Lorenz bereits vor ihrem Aufbruch abgenommen.

Je dichter sie sich ihrem Zuhause näherte, einem, das ohne Franz nicht möglich gewesen und das ohne ihn undenkbar wäre, desto heftiger quälte sie ihr Gewissen. Wenn sie nicht wollte, dass ihr Leben in einem Scherbenhaufen endete, musste sie Stillschweigen bewahren und diesen Fehltritt vergessen. *Es war ein Fehler gewesen!*

Als sie endlich die Tuchfabrik entdeckte, stellte sie fest, dass das Tor geschlossen war. Seltsam, sie hatte erwartet, dass Franz es für sie öffnen würde. Hier war von der winterlichen Stimmung, in die der Schnee Aachen getaucht hatte, nichts mehr zu bemerken. Im Gegenteil, es regnete heftig.

Edith hielt vor dem Tor, stieg aus und hielt sich schützend die Kapuze über den Kopf. Doch als sie es öffnen wollte, stellte sie fest, dass eine schwere Kette darumgelegt und mit einem Vorhängeschloss befestigt war.

„Was zum Teufel soll das?" Binnen kürzester Zeit war ihr Mantel durchnässt und lag schwer auf ihren Schultern, ein Sinnbild für die Schuld, die sie sich aufgeladen hatte.

Edith rüttelte am Tor, doch vergeblich. Es blieb verschlossen. Im nächsten Moment erscholl lautes, wütendes Gebell. Zwei riesige schwarze Hunde fletschten die Zähne und schoben ihre wütenden Fänge blutrünstig durch die Eisenstangen. Erschrocken wich sie zurück. Sie wischte sich den kalten Regen aus dem Gesicht und trat rücklings in eine große Pfütze.

„Hey!" giftete sie die Tiere mit einer wütenden Bewegung an und plötzlich hörten sie auf zu kläffen.

Im strömenden Regen näherten sich vom Wohnhaus her eilig zwei Männer. Einer war Franz, den anderen kannte sie nicht. Sie trugen Regenponchos und Gummistiefel.

„Was geht hier vor?", rief sie.

Der Fremde nahm zügig die Hunde zur Seite und leinte sie an, Franz öffnete das Vorhängeschloss und löste die Kette.

„Willkommen zu Hause", begrüßte er die vollkommen verdutzte Edith und umarmte sie, ohne sich um das bitterkalte Nass zu scheren.

„Was ist hier los?"

„Eine Überraschung. Lass es mich drinnen erklären, da ist es etwas angenehmer. Schön, dass du wieder zu Hause bist." Er küsste sie stürmisch, dann öffnete er das

Tor weit, damit sie den Wagen hineinfahren konnte. Sobald sie in den Hof gefahren war, schloss er das Tor und legte die schwere Kette wieder um.

Etwas später, als Edith sich frisch angekleidet und ihr Haar frottiert hatte, saßen sie mit ihrem Gast, Max von Remmeshofen, wie Franz ihn vorgestellt hatte, im Wohnzimmer. Hilda servierte Kaffee. Die beiden Hunde lagen artig auf dem Boden in der Diele.

„Ich war doch nur zwei Tage fort. Was ist hier passiert?"

„Herr von Remmeshofen züchtet Schäferhunde. Tante Luise hatte mit ihm telefoniert und gestern Abend ergab sich die Möglichkeit, ihn kennenzulernen und einige Tiere zu besichtigen. Herr von Remmeshofen hat nicht nur einen ausgezeichneten Ruf als Hundezüchter, er bildet die Tiere auch noch ordentlich aus."

Edith warf einen Blick auf die Hunde. Sie lagen in der Tat dort, als könnten sie keiner Fliege etwas zuleide tun. Vorhin am Tor war sie froh gewesen, dass es eine ausreichende Barriere gegeben hatte.

„Herr Bergemann hat mir erzählt, dass Sie Sorge vor Einbrechern haben und er deshalb Sicherheitsmaßnahmen ergreifen will. Ich verkaufe nur hochwertige und verlässliche Tiere. Ich hoffe, das konnte die Demonstration vorhin beweisen."

„Die war tatsächlich sehr eindrucksvoll", gab Edith zu und verstand endlich, worum es ging.

„Ich habe mir Ihr Gelände angesehen. Ein Hund kann hier gute Arbeit leisten. Wenn Sie aber mit dem Gedanken spielen, zu erweitern, so wie mir Herr Bergemann berichtete, empfehle ich zwei Hunde. Außerdem brauchen die Tiere feste Bezugspersonen. In einigen Monaten habe ich zwei scharf ausgebildete Rüden im Angebot. Die kann ich Ihnen anbieten. Sie sollten nur nicht zu lange warten. Der linke da, Atlas, ist der Vater der beiden. Atlas, hier", forderte Remmeshofen in gleichbleibendem Ton und sofort setzte sich der Hund in Bewegung.

„Sitz", gab er ein kurzes Kommando und der Hund tat, wie ihm geheißen. Der Kopf des Tieres war mächtig, das dichte Fell wirkte durch die Nässe fast schwarz.

Edith war beeindruckt und sah zu Franz hinüber. Sein Blick verriet ihr, dass sie sich nur noch entscheiden musste.

„Ich muss zugeben, Sie haben respekteinflößende Hunde und sie parieren aufs Wort. Das beeindruckt mich. Wann dürfen wir uns die zwei Junghunde ansehen?

„Kommen Sie vorbei, wann immer es Ihnen passt."

Als Remmeshofen sich verabschiedete, hatte der Regen aufgehört.

„Komm, ich zeige dir etwas." Franz führte Edith vor das Tor und zeigte auf einen Bereich an der Außenfassade des Hauses.

„Hier kommt eine Klingel hin. Auf diese Weise kann das Tor geschlossen bleiben und niemand darf unerlaubt auf das Grundstück. Die Hunde werden eine weitere Absicherung sein und während der Betriebszeiten lassen wir die Tiere drinnen oder im Zwinger. Den bauen wir hinter dem Haus. Was denkst du?"

„Dass du ein wunderbarer Mann bist. Du hast an alles gedacht."

Franz trat dichter an seine Frau heran und umarmte sie. „Weißt du, woran ich noch gedacht habe?"

„Nein."

„Dass heute unser zweiter Hochzeitstag ist und ich dich unfassbar liebe."

Edith gefror das Blut in den Adern. „Es tut mir leid. Wie habe ich den nur vergessen können?"

Und wie habe ich mir ausgerechnet diesen Tag für den schlimmsten Betrug meines Lebens auswählen können?

„Hast du Lust, noch etwas zu unternehmen?", fragte sie, obwohl sie sich vor Scham am liebsten hätte verstecken wollen.

„Was hältst du davon, wenn wir heute früh schlafen gehen und ich dich an einem anderen Tag ausführe? Du siehst müde aus und kannst sicherlich etwas Erholung gebrauchen. Wie ich dich kenne, hast du zahllose Notizen in dein Buch geschrieben. Ich bin gespannt, was du mir berichten kannst."

Edith nickte benommen. Er war so gut zu ihr. Keinesfalls durfte Franz jemals erfahren, was sie getan hatte.

Den Hochzeitstag holte das Paar bescheiden mit einem Frühstück im *Café Wahlen* nach. Es gab Kaffee aus frisch gerösteten Bohnen und ein Stück Buttercremetorte für jeden. Anschließend unternahmen die beiden einen Spaziergang entlang des Rheinufers. Über ihnen bildeten regenschwere Wolken eine dicke Decke, gegen die die Sonne kaum ankam. Die Luft war kalt und sehr feucht. Unzählige winzige Tropfen setzten sich dicht an dicht auf dem Fellkragen von Ediths Mantel ab.

„Es ist kaum zu glauben, dass es schon zwei Jahre sind." Franz blieb stehen, nahm ihre Hand und führte sie an seine Lippen. Zärtlich küsste er sie und sein Blick ging ihr, wie so oft, durch und durch. Kaum sichtbar stieg die warme Atemluft zwischen ihnen auf. Seine braunen Augen strahlten wie immer viel Wärme und Wohlwollen aus. Heute fand Edith noch etwas anderes in seinem Blick. Waren es Zweifel? Ein Geheimnis? Verbarg Franz etwas vor ihr?

„Edith, ich liebe dich und bin so glücklich mit dir. Doch immer häufiger überfällt mich der Gedanke, dass du mich nur geheiratet hast, weil dein Onkel auf eine Ehe bestanden hat. Ich weiß, dass du mit der Fabrik und der Arbeit glücklich bist, aber sage mir, bist du immer noch glücklich mit mir und dieser Entscheidung?"

„Aber natürlich." Edith antwortete, ohne zu zögern. Seit ihrer Rückkehr war sie sich ihrer Liebe zu Franz sicherer denn je. Dennoch beschlich sie seitdem die Angst, er könnte sie durchschauen, die Wahrheit herausfinden. Was dann geschehen würde, getraute sie sich in ihren schlimmsten Träumen nicht auszumalen.

„Franz, wie könnte ich nicht glücklich sein? Gebe ich dir etwa Anlass für Zweifel?" Sie sah ihn forschend an.

„Nein." Er lächelte und zog sie noch näher an sich. „Ich wollte mich dennoch vergewissern."

Edith lächelte und küsste ihn eilig auf den Mund. „Keinen anderen wollte ich heiraten." Sie schlang ihre Arme um ihn und legte ihren Kopf an seine Schulter. Sorge breitete sich schwer in ihrem Magen aus. Warum stellte er diese Frage? Ahnte er doch etwas? *Lorenz hatte geschworen, zu schweigen. Sie vertraute ihm, etwas anderes blieb ihr nicht übrig.*

Edith vergrub ihr Gesicht in Franz' Mantelstoff. Er war nass, die Feuchtigkeit verstärkte den Geruch seines

Rasierwassers. Sie mochte diesen Geruch. Er war so vertraut. Er war von Beginn an ihr Freund gewesen. Als enger Vertrauter hatte er immer an sie geglaubt, selbst wenn sie selbst es nicht getan hatte. Natürlich hatte es eine Weile gedauert, bis sie sich ihrer Gefühle für ihn bewusst geworden war. Möglicherweise hätte sie ihn so oder so geheiratet. Onkel Leopolds Krankheit und die Übernahme der Fabrik hatten die Dinge nur etwas beschleunigt. Franz war der Mann an ihrer Seite.

„Ich möchte dir diese Frage an jedem Hochzeitstag stellen und wünsche mir, dass du deine Entscheidung bis an unser Ende nicht bereust."

„Keine Sorge, frage mich, so oft du magst. Ich werde es nicht bereuen." Sie küsste ihn erneut, dann setzten sie ihren Weg fort. Edith schwor sich, alles daran zu setzen, ihr Geheimnis zu bewahren.

Am darauffolgenden Montag, es war der sechste Dezember, traf sie Franz in höchstem Maße verärgert beim Frühstück an.

„Es ist ein Skandal! Ich bin fassungslos, kann es kaum glauben! Wie kann ein Mensch nur so selbstsüchtig und schlecht sein?"

Erschrocken blieb sie im Türrahmen stehen. Ihr Atem stockte. Ihr Mann stand aufgebracht hinter seinem Stuhl, die Arme auf die Lehne gestützt. Sein Gesicht war von der Aufregung gerötet und sein Haar vollkommen durcheinander. Etwas Schreckliches musste passiert sein, so kannte Edith ihn nicht. So aufgebracht, wie er dort stand, so erschüttert, konnte es nur eine Erklärung geben.

Er weiß es. Jetzt ist alles aus!

Die Angst kroch in Edith hoch. Ihr Puls schlug viel zu schnell.

Ich muss ihn besänftigen, um Verzeihung bitten!

„Franz …", begann sie mit zitternder Stimme, aber er hörte sie nicht. Zornig ging er nun im Zimmer auf und ab.

„Lass es mich …", setzte sie erneut an. Versuchte hektisch eine Erklärung zu geben, als er wütend die Zeitung zur Hand nahm und laut auf den Tisch schlug. Erschrocken hielt sie inne.

„Du kannst dir nicht vorstellen, was geschehen ist! Ich musste es dreimal lesen und kann es immer noch nicht glauben." Franz griff sich ungehalten in den Schopf. So erschüttert hatte Edith ihn noch nie erlebt.

„Dieser Mensch missbraucht sein Amt, um seine persönlichen Befindlichkeiten zu bedienen. Hier, lies selbst. Ich bin zu aufgebracht, um es dir mitzuteilen." Er nahm die Zeitung wieder auf, richtete die zerknitterten Seiten und hielt sie Edith hin.

Ein Zeitungsbericht! Erleichtert griff Edith nach dem Blatt. *Gott sei Dank!* Sie setzte sich auf ihren Stuhl und las den Artikel, auf den ihr Gatte mehrfach energisch tippte.

Skandal im Theater

Die Uraufführung von „Der wunderbare Mandarin", eine einaktige Tanzpantomime des ungarischen Komponisten Béla Bartók endete in einem Eklat. Reich gespickt mit Anzüglichkeiten und unmoralischen Handlungen, gab es für das Publikum des Opernhauses am Habsburgerring nur eine adäquate Art, darauf zu reagieren.

Unter lauten Rufen und Beschimpfungen verließ es den Saal, noch bevor der Vorhang fiel. Auch aus den politischen Reihen äußerte man sich deutlich und bezog klar Stellung. Es handele sich um ein schlecht musikalisch untermaltes Dirnentheater, war zu vernehmen gewesen. Forderungen, den Urheber zur Verantwortung zu ziehen, wurden laut. Der Kölner Oberbürgermeister Adenauer persönlich zieht nun daraus die notwendigen Konsequenzen und verbietet mit sofortiger Wirkung weitere Aufführungen des Stücks.

Edith sackte erleichtert in sich zusammen. Sie hatte Mühe, die Tränen der Erleichterung zurückzudrängen. Darum ging es hier ...

„Ich sehe, du bist ebenso bestürzt wie ich. Das schlägt doch dem Fass den Boden aus. Wie kann er sich nur zum Moralapostel aufschwingen?" Franz sprach nun wieder etwas leiser.

Sie stand auf und ging zu ihm, legte ihre Arme um seinen Hals und ihren Kopf gegen seine Schulter. Die Angst und die Erleichterung hatten ihr viel Kraft abverlangt.

„Habe ich dich etwa beunruhigt? Es tut mir leid, dass ich so ungehalten war." Zärtlich strich er ihr übers Haar.

„Du brauchst es nicht zu sagen. Du hast recht. Ich sollte mich wegen eines Mannes, den ich nicht einmal persönlich kenne, nicht so aufregen."

„Genau. Außerdem haben wir hier genug um die Ohren, nicht wahr? Es gibt ein wachsendes Unternehmen zu leiten. Lass uns die Dinge anpacken, die wir ändern können."

Sie küsste seine Wange und Stirn, dann seine Lippen. „Du bist wie immer so herrlich pragmatisch. Einer der vielen Gründe, warum ich dich liebe."

Edith fühlte sich elend, aber daran, dass die Dinge so lagen, wie sie lagen, trug sie selbst Schuld. Sie durfte das Leben mit Franz, ihre Zukunft, nicht durch Selbstmitleid gefährden. Was geschehen war, ließ sich nicht rückgängig machen. Sie musste sich zusammennehmen und durfte die Existenz der Fabrik nicht durch emotionale Schwäche gefährden.

20. Geheime Mission

Berlin im April 1928

Heinrich trat auf die Königgrätzer Straße. Es war ein angenehm sonniger Tag und er war gut gelaunt. Er bewohnte eine komfortable Zwei-Zimmer-Wohnung im ersten Stock des Hauses. Sie wurde ihm von einer Haushälterin sauber gehalten, die auch für ihn kochte. Außerdem hatte er von hier aus nur zwanzig Gehminuten zur Arbeit. Er arbeitete seit einiger Zeit in Berlin in einem Büro des Amtes für Liegenschaftswesen. An den Wochenenden fuhr er nach Hohenfinow und besuchte Frau und Kinder. Oft begleitete Feinhusen ihn dann und sie gingen gemeinsam angeln oder zur Jagd.

Mit dem Regierungsassessor hatte Heinrich es tadellos getroffen. Sie verstanden sich gut und für seine Freizügigkeit, das Anwesen zu nutzen, hatte sich der Beamte angemessen revanchiert. Feinhusen hatte ihm nicht nur die Anstellung in Berlin vermittelt, sondern auch gleich noch die Wohnung samt Haushälterin organisiert.

Heinrich fühlte sich ihm nach all den vielen Zuwendungen verpflichtet. Feinhusen war zwar ein Mann, der Ruhe und die Natur liebte, er wusste aber auch Feste zu feiern und die Nacht zum Tag zu machen. Fast

jeden Abend war er unterwegs und suchte das Vergnügen. Anfangs begleitete Heinrich ihn häufig, wenn er
sich mit den Partei-Kumpanen im *Haus Vaterland* traf,
aber lange hielt es ihn dort nie. Später zog er sich etwas
zurück und widmete sich seinen Büchern. Er liebte es,
wieder in Berlin zu sein, aber er war noch immer ein
ruhiger und zurückhaltender Mensch. Er nutzte die
Zeit für Besuche bei den Eltern sowie seinen Brüdern
und deren Familien. Allmählich gab man sich in der Familie dem Glauben hin, er könnte es doch noch zu etwas bringen.

Von Ursula hatte Heinrich zum Geburtstag einen ed-
len Spazierstock geschenkt bekommen. Mit diesem in
der rechten und einer noblen Aktentasche in der linken
Hand lief er nun munter seinem Arbeitstag entgegen.
Neben seiner Tätigkeit im Amt lernte er fleißig für die
Große Staatsprüfung, die immer näher rückte. Hätte
Heinrich diese erst geschafft, stünde einer Laufbahn im
höheren Dienst nichts mehr entgegen.

„Ich kann Sie hier unterbringen, mein Freund, aber
behaupten müssen Sie sich schon allein", hatte Feinhusen getönt und ihm einen festen Schlag auf die
Schulter versetzt.

Ja, lernen und beruflich seinen Mann zu stehen, das
musste er allein, aber darin war er gut. Er hatte in Hohenfinow hervorragende Arbeit geleistet, auch wenn er
dort nicht glücklich gewesen war.

Für diesen Morgen hatte Feinhusen seinen Besuch in
Heinrichs Büro angekündigt. „Seien Sie pünktlich und
geben Sie sich manierlich, von Klein! Ich habe eine
Überraschung für Sie."

Heinrich war pünktlich und optimistisch. Beinahe hätte er angefangen zu pfeifen, denn er ahnte, dass sein Leben heute wieder einmal eine bedeutende Wendung nehmen könnte. Verwundert stellte er fest, dass man ihn in seinem Büro bereits erwartete.

„Da sind Sie ja, von Klein, habe die Ehre“, donnerte ein tiefer Bass ihm entgegen. Ein kräftiger Mann in strammer militärischer Haltung und tadelloser Uniform stand vor seinem Schreibtisch.

Feinhusen, eben noch neben dem Fremden, eilte an Heinrich vorbei und schloss die Tür. Der Regierungsassessor war selbst eine eindrucksvolle Erscheinung, doch in direktem Vergleich zu seinem Begleiter büßte er einen Teil seiner Autorität ein.

„Guten Morgen“, grüßte Heinrich und reichte ihnen die Hand.

„Morgen. Es freut mich, Ihre Bekanntschaft zu machen, von Klein. Feinhusen hat mir bisher nur Gutes über Sie berichtet. Mein Name ist Major Josef Wetzlaff.“

Der Fremde sprach energisch, presste seine Worte rhythmisch hervor und imponierte mit einem massiven Brustkorb. Nun stand er bewegungslos vor Heinrich und musterte ihn eingehend.

„Was kann ich für Sie tun?“, fragte Heinrich, dem dieser plötzliche Überfall suspekt war.

„Sie sind mir genau der Richtige, kommen gleich zur Sache, gefällt mir, mein Lieber. Feinhusen, Sie lagen wohl goldrichtig.“

Der Regierungsassessor lächelte geschmeichelt und begann nun mit der Begründung für diesen besonderen Besuch. Er sprach jedoch sehr leise, sodass Heinrich einen Schritt auf ihn zu machen musste.

„Ich sagte ja, es wird eine Überraschung. Du sollst einer geheimen Delegation der Regierung beitreten und dich in Bälde auf den Weg nach Frankreich machen.“

„Frankreich? Wohin genau?“

„Dies unterliegt im Moment noch strengster Geheimhaltung.“ Auch Major Wetzlaff sprach nun sehr leise und beugte sich etwas nach vorn, damit Heinrich ihn ebenfalls verstehen konnte.

„Interessant.“ Sofort war Heinrichs Neugier geweckt. Dass man ausgerechnet ihn für eine Geheimsache ausgewählt hatte, erfüllte ihn mit Stolz, ohne dass er wusste, worum es ging.

„Ist es auch, mein Lieber. Außerordentlich interessant und nur eine Handvoll von Leuten scheint mir geeignet. Bei Ihnen vertraue ich auf Feinhusens Urteil.“

„Es ist mir eine Ehre. Sagen Sie, welche Aufgabe fällt mir bei diesem Unterfangen zu?“ Heinrich sah von einem zum anderen.

„Sie sollen aufmerksam beobachten, umfassend dokumentieren und unverzüglich nach Berlin berichten. Der gute Feinhusen hier bestätigte, dass dies zu Ihren Kernkompetenzen gehört. Irrt er sich etwa?“

„Nein, natürlich nicht.“

„Es werden ein paar höhere Beamte und Offiziere dabei sein und Ihr Vater, der Ministerialrat von Klein“, fügte Feinhusen hinzu.

Dies überraschte Heinrich. „Mein Vater?“

Der war für seine besondere Härte gegen Untergebene bekannt. Wenn er ihn begleitete, dann sah ihn der alte Herr sicherlich nicht als seinen Sohn, sondern ließe keine Möglichkeit aus, ihn zu erniedrigen. Aber Frankreich? Diese Chance durfte er sich nicht entgehen lassen.

„Exakt", bestätigte Feinhusen. „Ich habe Major Wetzlaff vorgeschlagen, dass Sie, mein lieber von Klein, genau der Richtige wären, diese Delegation zu begleiten, denn wir brauchen jemanden in der Nähe des Ministerialrats, dem er nicht misstraut."

Heinrich wagte nicht zu widersprechen. Das Verhältnis zu seinem Vater war zwar etwas besser geworden, aber dass er seinem Sohn bedingungslos vertraute, entsprach wohl einer Mär.

„Genauso ist es", bestätigte der Major nun mit noch leiserer, gesenkter Stimme.

„Feinhusen erklärte mir, dass es Sie nach einiger Zeit auf dem Land nach Ablenkung und Abenteuern gelüstet. Dieses Unterfangen dürfte Ihnen direkt in die Karten spielen."

Heinrich nickte nachdenklich. Sein Vater hatte bei seinem letzten Besuch kein Wort über eine bevorstehende Reise verloren, von Frankreich war keine Rede gewesen. Aber wenn es sich um eine geheime Delegation handelte, war es auch nicht anders zu erwarten gewesen. Wenn sein Vater ihn unter den auserwählten Teilnehmern entdeckte, sicherte sich Heinrich gewiss eine ordentliche Portion Anerkennung.

„Wie sieht es aus? Sind Sie dabei?", wollte der Major wissen.

Heinrich nickte. „Sagen Sie mir nur, Leutnant Wetzlaff, wann soll die Reise beginnen? Ich muss nach Hohenfinow zurück und die notwendigen Vorbereitungen treffen.“

„Ach ja, richtig. Ich erinnere mich. Ihre Gattin und die Kinder wohnen im Oberbarnimschen. Ein gutes Fleckchen, um auf die Pirsch zu gehen, wie ich aus sicherer Quelle weiß.“ Er sah kurz zu Feinhusen, der bestätigend nickte.

„Hohenfinow, ja. Es ist ein herrliches Stück Erde.“

„Ein genaues Datum kann ich Ihnen selbstverständlich noch nicht mitteilen. Alles ist vorerst noch Geheimsache, versteht sich. Aber halten Sie sich bereit. Fahren Sie von mir aus nach Hause und verbringen Sie noch ein, zwei Wochen mit Ihrer Frau.“ Wetzlaff kniff vielsagend ein Auge zusammen und grinste. „Also, noch Fragen?“ Nun gab er sich wieder militärisch.

„Nein. Zumindest im Moment nicht“, antwortete Heinrich.

„Dann sind wir uns also einig. Ich ordere Sie mit sofortiger Wirkung ab. Alle weiteren Informationen lasse ich Ihnen über das Ministerium zukommen.“

„Vielen Dank. Ich warte auf weitere Instruktionen.“ Heinrich nickte ergeben.

„Wunderbar!“, donnerte Wetzlaff nun wieder, verabschiedete sich mit militärischem Gruß und rauschte davon.

Feinhusen warf Heinrich einen verschwörerischen Blick zu und folgte dem Major.

Noch am selben Nachmittag schickte Heinrich ein Telegramm an Ursula, in dem er seine vorzeitige Rückkehr ankündigte. Er blieb noch zwei Tage in Berlin und ordnete seine Angelegenheiten. Dann fuhr er zurück nach Hause.

Ursula empfing ihn mit einem eleganten Abendessen. Nach der Geburt des Jüngsten vor einem Jahr hatte sie sich hervorragend erholt.

„Verrätst du mir nun, worum es geht?", wollte sie wissen, als sie endlich wieder einmal gemeinsam durch den abendlichen Wald spazierten. Die Sonne ging zu dieser Zeit sehr spät unter, sodass sie keine Sorge vor der Dunkelheit hatten. Hier im Wald waren sie einer ungestörten Unterhaltung sicher.

„Ich weiß nicht, wann ich zurückkommen werde. Sollen wir Vorkehrungen für dich und die Kinder treffen?"

„Wie meinst du das?"

„Ich möchte nicht, dass du dich sorgst, aber die Mission ist schließlich geheim. Ich weiß weder genau, wann ich abreise noch wann ich zurückkehren werde. Wirst du zurechtkommen? Ich könnte meine Mutter bitten, dich zu besuchen."

Ursula lächelte ihren Mann verliebt an. Sie hatte in den letzten Monaten schon häufig auf ihn verzichtet. Sie hatte nie geklagt, denn es hatte immer etwas gegeben, worum es sich zu kümmern galt. Aber nun lagen die Dinge anders.

„Ich möchte nicht allein hierbleiben und auf deine Rückkehr warten. Was hältst du davon, wenn ich endlich wieder nach Kerchheim reise? Ich habe Edith schon so lange nicht mehr gesehen. Die Kinder nehme ich selbstverständlich mit. Es ist endlich an der Zeit, dass sie ihre Tante und ihren Onkel Franz persönlich kennenlernen."

„Eine ausgezeichnete Idee. Wir machen es so, wie du es magst, meine Teure.“

21. Besuch in Kerchheim

„Sie kommen!" Luise Geldermann war vollkommen aus dem Häuschen. Sie stand am Fenster und beobachtete zwei schwarze Limousinen, die sich in gleichmäßigem Tempo näherten. Ganze fünf Jahre lagen zwischen Ursulas letztem Besuch in Kerchheim und heute. So vieles war in der Zwischenzeit geschehen. Nun war der Zeitpunkt gekommen, dass sie den anderen Teil ihrer Familie endlich wiedersah. Nachdem in den Jahren zuvor oft lange darüber gesprochen wurde, sich aber nie Taten angeschlossen hatten, war plötzlich alles sehr schnell gegangen.

„Komm, Gloria", rief sie die Schäferhündin und trat hinaus in die Nachmittagssonne.

Das Haus war ursprünglich als Sommerresidenz gebaut worden, aber Leopold und Luise hatten es selten genutzt. Dadurch hatte es über viele Jahre einige Vernachlässigung erfahren, doch nun, da es seit seinem Tod durch Luise wieder fest bewohnt wurde, erstrahlte es in neuem Glanz. Sie hatte ein gutes Auge und ihre Freude daran, das Anwesen gestalten zu lassen. Sie legte ihr Erbteil gern in diesem Haus an.

Den hohen Zaun und die dichten Hecken, die das große Grundstück umgaben, hatte sie streichen und stutzen lassen. Das Blumenrondell vor dem Haus, in dem sich nun auch die ersten bunten Blumen zeigten, vorrangig Narzissen und Krokusse, aber auch einzelne Tulpen, lag ihr besonders am Herzen. Eingefasst wurde es von einem halbhohen Mäuerchen aus Naturstein und grenzte an eine mit hellem Kies aufgeschüttete Freifläche, die in die kurze Auffahrt zum Grundstück mündete. Dort, auf ihrem Privatweg, stand Luise nun, Gloria dicht bei Fuß sitzend, und wartete darauf, ihre ersehnten Gäste willkommen zu heißen.

Aus dem vorderen Wagen stiegen Heinrich, Ursula, die Kinder und das Kindermädchen, aus dem hinteren, der offenbar als Gepäckwagen fungierte, nur der Fahrer. Alle sahen müde und erschöpft aus, die Kleinen weinten zudem und ließen sich auch durch die Zurechtweisung des Kindermädchens nicht beruhigen.

„Willkommen! Wie schön, dass ihr da seid!", rief Luise. Sie umarmte Ursula und Heinrich.

„Kommt erst einmal herein. Um euer Gepäck kümmern wir uns später. Ich habe eine kleine Erfrischung für uns vorbereiten lassen."

„Schön, dich zu sehen, Tante Luise. Danke schon jetzt für deine Gastfreundschaft", begrüßte Ursula sie freundlich und elegant. Sie sprach etwas lauter als früher, selbstbewusster. Auch ihr äußeres Erscheinungsbild hatte sich verändert. Die Kleider, die sie trug, waren moderner. Sie war alles in allem reifer und erwachsen geworden, was nach vier Jahren Ehe und drei Kindern nicht verwunderlich war. Trotzdem fiel es Luise in diesem Moment des Wiedersehens besonders angenehm auf. Die Kinder wollten sich gar nicht beruhigen und so nahm Marie, Luises Haushälterin, den dreijährigen Alfred an die Hand. Das Kindermädchen, eine Frau von wenigstens dreißig Jahren, die Ludwig und Bertold auf je einem Arm hielt, folgte ihr ins Haus.

„Es ist mir ein Vergnügen, dass ihr hier seid und bei mir wohnen werdet. Alles ist vorbereitet. Kommt." Luise hob ihren langen Rock leicht an und ging die kleine Treppe hinauf bis auf die kleine Veranda.

„Wir freuen uns auch. Die Reise war längst überfällig." Ursula und Heinrich folgten. Von der leicht erhöhten Position blickte sich Ursula nochmals um und hielt ihren Hut fest, als hätte sie Angst, ein plötzlicher Wind könnte ihn ihr vom Kopf wehen.

„Sehr schön hast du es hier und einen Hund hast du auch. Das hast du gar nicht geschrieben."

Gloria wich keinen Millimeter von Luises Seite. Sie war die Ruhe selbst und beobachtete das Geschehen.

„Ja. Vieles hat sich verändert und einiges ist auch gleich geblieben. Wir werden uns eine Menge zu erzählen haben. Oh wie gut ihr beide doch ausseht. Nun kommt aber, du auch, Heinrich", forderte Luise und führte die Ankömmlinge endlich ins Haus.

Eine ansehnliche Tafel war gedeckt worden. Es gab herzhafte Wurstbrote, frisch gebackenen Käsekuchen, Limonade und Kaffee. Die Kinder wurden in der Küche platziert. Dort servierte Marie ihnen süßen Quark. Anschließend half sie dem Kindermädchen, das nun den schreienden Bertold auf dem Arm hielt, das Fläschchen vorzubereiten.

Im Wohnzimmer war angenehme Ruhe eingekehrt. Nun setze sich auch Luise an den Tisch. Ihre Wangen waren vor Aufregung gerötet. Sie strich das Tischtuch glatt und atmete erfreut durch.

„Greift zu. Es ist erst einmal nur eine Kleinigkeit, damit ihr ankommt. Heute Abend wird es einen kräftigen Braten geben. Dann werden auch Edith und Franz hier sein. Es ist so schade, dass sie eure Ankunft verpasst haben.“

„Ja, wirklich schade. Lieben Dank nochmals, Tante Luise, dass du uns deine Gastfreundschaft gewährst. Ich hatte bei der Ankündigung unserer Reise nicht erwartet, dass es Schwierigkeiten bereiten könnte. Edith hat uns in der Vergangenheit so häufig eingeladen.“

„Keine Sorge, ich freue mich sehr, dass ihr bei mir wohnen werdet. Das Haus sieht selten so viele Gäste und ich freue mich über diese Abwechslung. Gloria und ich kommen zwar gut miteinander aus, aber hin und wieder komme ich mir doch einsam vor. Jetzt, da der Neubau der Fabrik in vollem Gange ist, kommt auch Edith immer seltener zu Besuch. Sie arbeitet fleißig und manchmal mache mich mir Sorgen, dass sie sich doch übernehmen könnte. Sie ist die Erste, die mit der Arbeit beginnt und die Letzte, die damit aufhört. Wenn Franz nicht wäre und sie zwischenzeitlich zur Vernunft brächte, schliefe sie wahrscheinlich noch im Kontor oder auf der Baustelle.“

„Du sagst es, als wäre es etwas Schlechtes“, stellte Ursula fest.

„Nein, Gott bewahre, nein. Sie ist sehr diszipliniert und ehrgeizig und das muss sie auch sein, wenn ein so enormes Vorhaben glücken soll. Doch manchmal wünschte ich mir, sie nähme sich etwas zurück. Vielleicht spricht auch nur der Egoismus aus mir, weil ich mich auf meine alten Tage vernachlässigt fühle."

„Beklagt sich Edith denn? Mir gegenüber hat sie nicht ein Wort erwähnt." Ursula nahm sich ein zweites Stück Kuchen.

„Nein ... also nicht allgemein. Aber ich hatte gehofft, sie würde neben der Fabrik mit Franz auch Familienglück finden. So wie ihr zwei." Sie warf Heinrich und Ursula einen verträumten Blick zu.

„Du meinst Kinder?", brachte Heinrich es auf den Punkt.

„Ja."

„Das kann ich mir ehrlich gesagt kaum vorstellen." Ursula schüttelte den Kopf. „Ich bewundere sie, dass sie die Verantwortung, die sie unbedingt auf sich nehmen wollte, immer noch trägt. Aber Kinder?"

„Nicht nur aus dir ist eine erwachsene Frau geworden und in den meisten Ehen stellt sich früher oder später der Nachwuchs von allein ein", stellte Luise wohlwollend fest. „Aber lassen wir das. Wir wollen nicht über Abwesende reden. Raus mit der Sprache: Welchem besonderen Ereignis haben wir euren überraschenden Besuch zu verdanken?"

„Da fragst du am besten Heinrich", verwies Ursula mit einem stolzen Lächeln auf ihren Mann, der sich bisher vornehm zurückgehalten hatte. Dieser räusperte sich nun.

„Nun gut, aber ich weise vorsorglich darauf hin, dass ich es sicherlich heute Abend noch einmal zum Besten gebe, wenn Franz und Edith dabei sind."

„Du tust ja gerade so, als müsstest du uns einen zweistündigen Vortrag halten“, scherzte Ursula, doch davon ließ sich Heinrich nicht beirren.

„Nun denn, du weißt, dass ich vor einiger Zeit eine Stelle in Berlin angenommen habe. Dort ging es mit der Karriere aufwärts und mein guter Ruf eilte mir voraus. Als eine Delegation nach Frankreich zusammengestellt wurde, fiel die Wahl auf mich. Meine Aufgabe wird sein, das Unterfangen zu begleiten und darüber zu berichten. Da sich die Planungen anfänglich im Verborgenen abspielten und die Angelegenheit von oberster Stelle zunächst zur Geheimsache erklärt worden war, durfte ich nicht darüber sprechen. Der Zweck der Reise bleibt geheim, aber nun durfte ich wenigstens meine Familie einweihen. Schon in ein paar Tagen reise ich mit einer Wirtschaftsdelegation nach Paris.“

„Sein Vater gehört auch zu dieser Delegation“, fügte Ursula stolz hinzu.

„Du begleitest den Ministerialrat? Sorgst du dich nicht, dass man euch Vetternwirtschaft vorwerfen könnte?“ Luise zeigte sich erfreut und skeptisch zugleich.

„Keinesfalls. Ich wurde auf Empfehlung von Assessor Feinhusen aufgenommen. Mein Vater wurde erst im Nachhinein über die Aufstellung der Delegation informiert. Ich habe ehrlicherweise noch nicht ausführlich mit ihm darüber gesprochen. Da ich ihn nicht als Sohn begleite, sondern in meiner Eigenschaft als Berichterstatter, bin ich gespannt, wie sich unser Verhältnis gestalten wird.“

„Interessant.“ Luise sah ihre Fragen nicht zufriedenstellend beantwortet, hielt sich jedoch höflich zurück.

Wenn Teile der Reise der Geheimhaltung unterlagen, musste sie sich wohl mit den wenigen Brocken begnügen, die er preisgab.

„In zwei Tagen werde ich nach Berlin zurückkehren und von dort aus brechen wir nach Frankreich auf. Es freut mich, dass Ursi und die Kinder während meiner Abwesenheit eine schöne Zeit bei euch verbringen werden.“

„Ist es nicht etwas umständlich? Du hast den halben Weg doch schon zurückgelegt“, erhob Luise Einspruch.

„Das habe ich auch festgestellt, aber dies liegt nicht in unserem Ermessen. Er wird zurückfahren müssen. Damit haben wir uns abgefunden.“ Ursula verzog resigniert das Gesicht.

„Befehl ist Befehl“, bekräftigte Heinrich. Dann zog er sein Zigarettenetui hervor. „Entschuldigt ihr mich? Ich möchte mir gern etwas die Beine vertreten.“

„Natürlich.“ Beide Frauen nickten und setzten das Gespräch fort, als er das Zimmer verlassen hatte.

„Du siehst sehr glücklich aus, Ursula“, stellte Luise fest.

„Das bin ich auch. Ich habe alles, was ich mir je gewünscht habe.“

„Weißt du denn mittlerweile, wie lange du bleiben möchtest? Wir könnten ein paar schöne Unternehmungen planen. Was sagst du?“

„Ehrlich gesagt weiß Heinrich noch nicht, wie lange er fort sein wird. Er kann schon nach zehn Tagen zurückkehren oder erst nach vier Wochen. Ich würde mich sehr freuen, wenn wir die Dauer unseres Aufenthalts von seiner Rückkehr abhängig machen könnten.

Wir werden die Zeit bis dahin sicher für ein paar Ausflüge nutzen können. Er wird mir regelmäßig schreiben und berichten, dann weiß ich mehr."

„Bleibt, solange ihr möchtet. Ich bin so glücklich, dich und die Kinder für eine Weile um mich zu haben und deine Schwester erst recht."

„Da du es ansprichst … ich möchte ungern bis zum Abend warten. Du hast doch nichts dagegen, wenn Heinrich und ich einen Spaziergang zur Fabrik machen und sie schon begrüßen? Nach der langen Reise tut uns etwas Bewegung sicherlich gut und ich kann die Chance nutzen, ihn ein bisschen herumzuführen."

„Von mir aus, geht. Ich werde Marie bitten, ein paar Decken hinters Haus zu bringen, dann können die Kinder dort draußen spielen."

Der Fußweg zur Fabrik nahm eine knappe Stunde in Anspruch. Ursula brauchte nicht lange, um sich zu orientieren. Sie folgten der Straße bis zur nächsten Abzweigung. Dann bogen sie nach rechts in die Zufahrtsstraße zur Fabrik ein. Der markante Schornstein ragte weit sichtbar in den Himmel und bot eine gute Orientierung. Im näheren Umfeld der Fabrik hatte es einige Veränderungen gegeben. Die Wiese vor dem Gelände war verschwunden. Dort entdeckten sie zwei große, langgezogene, im Bau befindliche Fertigungshallen. Das Areal war weiträumig abgesperrt.

„Schau nur, der Frühling weckt die Kirschbäume." Ursula zeigte auf einen der vielen Obstbäume, die links und rechts der Straße standen.

„Warte nur, in einer Woche steht hier alles in weißer Pracht und wenn der Wind erst weht, fliegen die Blütenblätter wie Schneeflocken umher."

„Wie schade, dass ich dann bereits wieder fort bin. Dieses Naturschauspiel hätte ich mir sehr gern angeschaut. Ich hoffe, dass mir wenigstens eine kleine Führung durch die Fabrik vergönnt sein wird, wenn ich schon einmal in Kerchheim bin“, äußerte Heinrich bedauernd.

„Diesbezüglich stehen deine Chancen nicht schlecht. Wenn es um die Fabrik geht, hat Edith immer ein offenes Ohr. Sie wird sich sicherlich Zeit für dich nehmen. Du verzeihst mir, wenn ich währenddessen Tante Luise Gesellschaft leiste?“

„Selbstverständlich“, erwiderte Heinrich und küsste Ursula zärtlich auf den Handrücken. Sie schenkte ihm im Gegenzug einen atemberaubenden Augenaufschlag.

Dieser kurze romantische Moment wurde jedoch gleich wieder von dem Motorengeräusch herannahender Lastwagen zerstört. Vier waren es insgesamt und sie nahmen einen Großteil der Straße ein, sodass das Paar ins Gras zwischen den Bäumen ausweichen musste. Die Fahrzeuge hatten Bauholz, Ziegel und Kies, der von einer Plane halb bedeckt wurde, geladen. Ursula wandte schützend ihr Gesicht ab, zupfte eilig ein Stofftuch aus der Rocktasche und hielt es sich vor Nase und Mund. Dennoch stoben Staub und winzige Steinchen von der Ladefläche und bescherten ihr einen unangenehmen Reizhusten.

„Wie ungemütlich. Ich hatte die Straße idyllischer in Erinnerung“, schimpfte sie und Heinrich nahm sie schützend in den Arm.

„Das bringt der Fortschritt so mit sich.“ Er küsste sie auf die Stirn und sie setzten langsam ihren Weg fort.

„Du kannst dir gar nicht vorstellen, wie froh ich gerade bin, dass wir bei Tante Luise wohnen dürfen. Auf diesen Lärm und Schmutz kann ich gut und gerne verzichten. Zum Spazierengehen lädt dieses Stück Weg jetzt nicht mehr ein", seufzte Ursula.

Sie gingen weiter, passierten das große Baustellengelände und schritten durch das geöffnete Tor auf den Hof.

„Seltsam, wieder hier zu sein", murmelte sie und sah sich um. „Komm, hier drüben geht es zum Kontor. Dort werden wir Edith treffen. Die Überraschung wird uns hoffentlich gelingen."

Ursula klopfte kräftig an, öffnete die Tür und sie traten ein.

Eine junge Frau mit kurzen Haaren saß an ihrem Schreibtisch und blickte auf. Von Edith war nichts zu sehen oder zu hören, stattdessen saß ein Mann im Anzug, nicht viel älter als sie, dort, wo sie ihre Schwester vermutet hatte. Ursula ließ den Raum einige Sekunden auf sich wirken. Es fühlte sich unerwartet gut an, wieder hier zu sein.

„Guten Tag, was kann ich für Sie tun?", begrüßte die junge Frau sie und stand auf.

„Guten Tag, mein Name ist Ursula von Klein, das ist mein Mann, Heinrich von Klein. Wir möchten zu Edith Bergemann. Sie ist meine Schwester. Entschuldigen Sie, dass wir uns nicht angekündigt haben, wir wollten sie überraschen."

„Aber natürlich, ja. Frau Bergemann hatte von Ihrem Besuch erzählt. Ich bin Bettina Dahmen." Die junge Frau ging eilig um den Tisch herum und reichte beiden zur Begrüßung die Hand.

Der Mann hinter dem Schreibtisch sah auf, stellte seinen Ellbogen auf die Schreibfläche und nahm die Brille ab. „Guten Tag", grüßte er freundlich. „Sie ist im Augenblick unterwegs. Danke, Bettina." Er stand auf, nickte der Sekretärin zu und bedeutete ihr, dass er das Gespräch nun übernehmen würde.

„Wenn ich mich kurz vorstellen darf, mein Name ist Wipperscheidt. Ich arbeite seit Jahresbeginn hier im Kontor und habe einen Teil der Aufgaben von Frau Bergemann übernommen." Er gab sich trotz aller Freundlichkeit distanziert und wenn Ursula es richtig deutete, vorsichtig.

„Können Sie mir verraten, wo meine Schwester ist oder wann wir mit ihrer Rückkehr rechnen dürfen?"

Wipperscheidt zeigte sich einen Augenblick lang nachdenklich, dann sah er auf seine Armbanduhr. „Frau Bergemann ging vor einer Weile hinüber zur Baustelle, um sich mit dem Verantwortlichen zu besprechen. Ich nehme an, sie kommt jeden Augenblick zurück. Der Bauleiter legt großen Wert darauf, pünktlich Feierabend zu machen."

Er hatte seinen Satz kaum zu Ende gesprochen, da ertönte die Klingel, die das Ende des Arbeitstages für die Belegschaft verkündete. Ursula fühlte sich gleich in die Vergangenheit zurückversetzt.

„Nehmen Sie doch Platz und warten Sie hier. Sie dürfen sich nur nicht daran stören, dass hier währenddessen noch etwas weitergearbeitet wird. Es gibt viel zu tun." Er wies auf zwei einfache Holzstühle, damit Ursula und Heinrich sich setzen konnten.

„Herzlichen Dank, Herr Wipperscheidt, machen Sie sich unseretwegen keine Umstände."

22. Wiedersehen der Schwestern

„Wir sind schon drei Wochen in Verzug, Herr Hut. Sie dürfen diese Bummeleien nicht durchgehen lassen."

„Ach was. Erzählen Sie mir nicht, wie ich meine Arbeit zu erledigen habe und machen Sie meine Leute nicht schlecht."

„Sie vergessen, dass es *mein* Bauvorhaben ist. Ich trage am Ende die Verantwortung und dazu gehört auch, dass wir den Zeitplan einhalten."

„Wir? Wie ich das sehe, stehen Sie nur im Weg rum und halten die Arbeit auf. Wollen Sie es darauf ankommen lassen oder halten Sie sich endlich raus, damit wir hier fertig werden können?"

Edith biss wütend die Zähne zusammen und widerstand der Versuchung, ihn einfach hinauszuwerfen. Das wäre auch gar nicht so einfach gewesen, denn sie hatte ein Bauunternehmen beauftragt, für das Hut arbeitete, und all ihre Beschwerden und Ersuche, einen anderen Bauleiter abzustellen, waren durch die Firma abgeblockt worden. Dort teilte man ihre Auffassung nicht und wenn sie im Zeitplan bleiben und nicht unnötig draufzahlen wollte, musste sie sich mit diesem

Mann arrangieren. Das hieß für Edith, immer freundlich zu lächeln, sich dankbar zu zeigen und in Zurückhaltung zu üben.

„Also gut, bitte erinnern Sie die Arbeiter daran, erst in den Feierabend zu gehen, wenn alle Baumaterialien gesichert sind. Die Überstunden werden selbstverständlich bezahlt. Auch morgen ist es wichtig, früh anzufangen, denn bis zum Ende der Woche muss die Wand stehen. Es ist sehr wichtig, dass Sie das einplanen", erklärte Edith nochmals, bevor sie Hut den Rücken kehrte.

„Keine Sorge, ich habe alles im Griff", hörte sie ihn hinter sich, unterließ es aber, sich erneut umzudrehen und etwas darauf zu erwidern.

Dieses Vorhaben hatte sie von Anfang an den letzten Nerv gekostet und dieser Bauleiter setzte ihrem Ärger noch die Krone auf. Nicht nur, dass Erwin Hut sich weigerte, ihr ordentlich Bericht zu erstatten, er fuhr ihr auch ständig über den Mund und war gegen jede Anweisung oder Bitte resistent. Es fiel ihr von Mal zu Mal schwerer, die notwendige Freundlichkeit und Geduld aufzubringen. Sie war sich sicher, dass er es darauf anlegte, Überstunden zu machen, um seinen Lohn in die Höhe zu treiben, denn die Baufirma rechnete ihn und die Handwerker nach Stunden ab.

Edith war es leid, sich im Laufe der letzten Jahre viel zu häufig arrangieren und nachgeben zu müssen. Sie hatte ebenfalls einsehen müssen, dass sie nicht alle Aufgaben in diesem wachsenden Unternehmen allein bewerkstelligen konnte, auch wenn ihr diese Lösung die liebste gewesen wäre. Sie hatte in einzelnen kleinen Bereichen Verantwortung abgeben müssen, um die neuen, die dazukamen, übernehmen zu können. Sie hatte Personal einstellen müssen, auch Männer, die sich vor allem zu Beginn ihrer Tätigkeit mit ihr als Vorgesetzter schwer taten.

Nun stapfte sie verärgert von der Baustelle. Die Materiallieferung war viel zu spät gekommen. Die Lastwagen mussten abgeladen und die Baustoffe sicher verschlossen gelagert werden. Die Gefahr von Baustellendiebstählen war groß. Ihre Hunde bewachten nachts zwar zuverlässig das Gelände, aber wenn das Material vor dem Zaun lag, konnten die Tiere nicht viel ausrichten.

Fahrradklingeln und freudiges Gelächter holten sie aus ihren Gedanken. Die Belegschaft hatte Feierabend. Einzeln, in kleinen Gruppen, zu Fuß oder mit dem Fahrrad verließen die Männer und Frauen die Fabrik. Edith blieb stehen, wartete, bis der Menschstrom vorübergezogen war, und entdeckte dann zwei gut gekleidete Personen auf dem Fabrikhof, einen Mann und eine Frau.

Nanu, unangemeldeter Besuch, ging es ihr durch den Kopf, doch im nächsten Moment begriff sie. Ursula und Heinrich! Wie schön! Edith hatte damit gerechnet, die beiden erst beim gemeinsamen Abendessen in Tante Luises Haus wiederzusehen. Sie beschleunigte ihren Schritt und kurz darauf lagen sich die Schwestern in den Armen.

„Oh, liebe Edith, was ist das für eine stürmische Begrüßung?"

„Ich habe dich eben vermisst, Ursi. Es tut so gut, dich zu sehen. Guten Tag, Heinrich. Willkommen in Kerchheim, willkommen in meinem Reich. Wie gefällt es dir?"

„Ich gestehe, ich bin beeindruckt", gab dieser unumwunden zu.

„Kommt, lasst uns hineingehen. Franz müsste auch gleich zu uns stoßen." Edith warf einen Blick auf ihre Uhr. Sie wusste, dass Tante Luise sie in einer Stunde zum Abendessen erwartete. Es blieb noch ausreichend Zeit, sich umzuziehen und zu plaudern.

„Wo steht denn euer Wagen?", fragte Franz verwundert, als alle vier später wieder aus dem Haus traten.

„Bei Luise", antwortete Heinrich und legte seinen Arm um Ursula. „Meine Frau dachte, der Weg zu euch eigne sich hervorragend für einen gemütlichen Spaziergang. Zurück setzen wir auf eine Mitfahrgelegenheit."

„Das soll das geringste Problem sein", erwiderte Franz. Die beiden verstanden sich ausgezeichnet.

Beim Auto angekommen wollte Franz seine Frau wie so oft die Fahrertür öffnen, doch diese besann sich.

„Weißt du was, fahre du. Ich setze mich zu meiner Schwester auf die Rückbank. Wir haben uns so lange nicht gesehen. Mir wird von Augenblick zu Augenblick klarer, wie sehr ich sie vermisst habe."

„Ach, du …", entgegnete Ursula und machte eine abwehrende Handbewegung, aber ihre Wangen glühten sofort rot und verrieten ihre Freude über Ediths Worte.

Es gab aber noch einen weiteren Grund für Edith, sich zurückzunehmen. Die letzten Monate hatten ihr viel abverlangt und sie war erschöpft. Dies zuzugeben und Schwäche zu zeigen, lag ihr jedoch fern. Ein paar Minuten Entspannung kamen ihr gerade recht.

„Du bist so schweigsam, Edith. Ist alles in Ordnung?", wollte Tante Luise beim Abendessen wissen.

„Ja, natürlich. Kein Grund, sich Gedanken zu machen. Ich lasse unseren seltenen Gästen nur einfach gern den Vortritt."

„So bescheiden kennen wir dich gar nicht", gab Ursula zurück.

„Doch, doch. Bescheidenheit ist eine meiner ausgeprägtesten Tugenden." Sie grinste ihre Schwester verschmitzt an.

„Ja, da ist sie wieder, die Edith, die ich kenne." Ursula musterte ihre Schwester wohlwollend, doch diese ging nicht auf die Bemerkung ein, sondern wandte sich allen anderen am Tisch zu.

„Ich bin so froh, dass ihr alle hier seid. Lasst uns darauf anstoßen und dann übergeben wir das Wort an Heinrich. Er ist nur für kurze Zeit hier und ich kann mich an all den Geschichten, die er zum Besten gibt, gar nicht satt hören. Es ist auch schön, wieder einmal Eindrücke aus Berlin zu bekommen. Ich werde etwas wehmütig, wenn ich an das Nachtleben dort denke."

„Dann wollen wir die Gelegenheit nicht ungenutzt lassen", erklärte Franz und hob sein Glas. „Zum Wohl und darauf, dass wir endlich alle beisammen sind. Auf Heinrichs Geschichten und vielleicht ein Wiedersehen in Berlin."

Nach dem Abendessen, das Kindermädchen hatte die Jungs bereits zu Bett gebracht, saßen die Frauen bei einem Glas Wein auf der Veranda. Gloria lag Luise still zu Füßen und beobachtete das Geschehen aufmerksam. Heinrich und Franz hatten sich zum Rauchen in den Garten begeben.

„Ursula, ich bin so stolz auf dich. Ich habe es schon damals gewusst. Aus dir ist eine atemberaubende und

beeindruckende Frau geworden und deine Buben erst
… sie sind eine Augenweide", schwärmte Luise. „Du
wirst deinen Heinrich sicherlich vermissen, wenn er in
Frankeich ist, nicht wahr?"

„Ja, das werde ich, obwohl ich bereits Zeit hatte, mich
an längere Abwesenheiten seinerseits zu gewöhnen.
Seit er in Berlin arbeitet, kommt er nicht mehr so häufig nach Hause. Nur an den Wochenenden hin und wieder. Was nicht schlimm ist", beeilte sich Ursula hinzu-
zufügen, „denn es gibt das Haus und das Anwesen, um
das es sich zu kümmern gilt. Außerdem habe ich die
Kinder und gesellschaftliche Verpflichtungen. Es ist
trotzdem anders geworden und ich weiß, dass die Zeit
der besonderen Zweisamkeit, die wir im ersten Jahr in
Hohenfinow hatten, der Vergangenheit angehört." Sie
lächelte wehmütig.

„Das stimmt. Zeiten ändern sich. Es gibt immer neue
Herausforderungen, denen wir uns stellen müssen",
setzte Edith hinzu.

„Jetzt seid ihr erst einmal wieder zusammen und ich
freue mich darüber, in den nächsten Wochen eine gute
Gastgeberin zu sein. Wir werden viel Zeit miteinander
verbringen und ihr dürft dann auch mal einige Dinge,
die euch Kopfzerbrechen bereiten, vergessen. Noch
Wein?" Sie hob die Flasche und goss Ursula, die bereits
genickt hatte, noch etwas ein.

Edith dagegen lehnte ab. „Nein, danke. Für mich nicht
mehr. Ich möchte unseren ersten Abend morgen früh
nicht bereuen."

Sie war froh, als es endlich Zeit wurde, aufzubrechen.
Nicht etwa, weil sie die Zeit in Gesellschaft nicht genoss, sondern weil sie sich am Ende ihrer Kräfte fühlte.

Sie wollte nur noch schlafen. Also umarmte sie Tante Luise und Ursula noch einmal herzlich. „Ich freue mich sehr, dass du da bist", flüsterte sie zum Abschied.

„Bis morgen." Ursula lächelte.

„Ja, natürlich. Wir kommen vorbei. Vielen Dank für den wunderbaren Abend."

Luise, Heinrich und Ursi winkten noch zum Abschied.

„Ich bewundere Heinrich ja", stellte Franz fest, als er und Edith bereits im Bett lagen. Edith gähnte und sie musste sich zwingen, ihrem Mann aufmerksam zuzuhören. Ihre Gedanken wanderten bereits wieder zur Baustelle und dem dort gelagerten Material. Sie lauschte in die Nacht, aber es war alles ruhig.

„Er hat es in den letzten Jahren ordentlich vorangebracht. Überlege nur … von der kleinen Amtsstube auf dem Land bis nach Berlin und nun begleitet er eine Wirtschaftsdelegation nach Paris. Ich habe ihn nicht nach Details gefragt, aber er ließ durchblicken, dass er ein anständiges Sümmchen im Jahr verdient. Das Landhaus in Hohenfinow ist mittlerweile gut instandgesetzt und er überlegt sogar, einen Teil seines Vermögens in Aktien zu investieren. Wir haben eine Weile darüber gesprochen und stimmen darin überein, dass das eine solide Art ist, Geld zu verdienen."

Edith gähnte erneut und drehte sich auf die Seite. „Es ist auch eine solide Art, Geld zu verlieren."

„Selbstverständlich. Ein gewisses Risiko bleibt immer. Man muss sich eben mit dem Markt befassen, die Kurse im Auge behalten und zur richtigen Zeit die richtigen Entscheidungen treffen." Franz drehte sich zu

Edith und küsste ihren Nacken, während er für das Aktiengeschäft argumentierte.

„Befasst du dich etwa mit dem Markt und behältst die Kurse im Auge?"

„Schon eine Weile, noch nicht im Detail, aber ich meine bereits ein umfangreiches Grundwissen erlangt zu haben."

„Das hilft aber nichts, wenn das Geld verspielt ist. Lass uns doch erst einmal den Neubau fertigstellen und die neuen Maschinen in Betrieb nehmen. Dann können wir im nächsten Jahr schauen, ob die Fabrik genug Geld abwirft, dass wir auf einen Teil davon verzichten wollen. Bitte lass uns morgen weiter darüber sprechen, ich bin schrecklich müde." Wenige Minuten später war sie eingeschlafen.

Am nächsten Morgen war Franz bereits aufgestanden und hatte seine Frau nicht geweckt. Erst das Rasseln ihres Weckers riss Edith aus dem Schlaf, ein Umstand, den sie nicht gewohnt war. Ihre Glieder schmerzten und sie hatte große Schwierigkeiten, aus dem Bett zu kommen.

Ob sie heute liegen bleiben und den Tag im Bett verbringen sollte? Für eine Sekunde war die Verlockung groß, aber sie überwand sich. Zu viele Aufgaben warteten auf sie und mussten unbedingt erledigt werden, auch wenn sie nur noch sehr wenig mit der Fertigstellung von Tuch zu tun hatten.

Als Edith das Wohnzimmer betrat, fand sie Franz bereits bei einer Tasse Kaffee und seiner Zeitung. Sofort sah sie, dass er verstimmt war.

„Guten Morgen", begrüßte sie ihn.

„Guten Morgen", antwortete er, ohne von seiner Zeitung aufzublicken. Edith setzte sich und goss sich selbst etwas Kaffee ein.

„Was liest du?", versuchte sie das Gespräch in Gang zu bringen, indem sie seine Laune geflissentlich übersah.

„Aktienkurse und Börsennachrichten, ich erweitere mein Grundwissen", entgegnete Franz knapp.

Sie trank einen Schluck, schwieg und wiegte nachdenklich den Kopf.

„Es tut mir leid", sagte sie schließlich.

Franz ließ die Zeitung sinken und sah sie abwartend an.

„Es tut mir leid, dass ich dich in letzter Zeit so vor den Kopf gestoßen habe, mich immer mehr zurückgezogen und dich außen vor gelassen habe. Du bist mein Mann, mein Freund und Partner. Ich sollte es besser wissen, meine Gedanken mit dir teilen und mich auch für deine Belange interessieren, so wie früher." Zum Ende ihrer Erklärung war Ediths Stimme zunehmend weicher geworden. Ihre Worte verfehlten ihre Wirkung nicht.

„Du hast recht. Ich bin dein Partner, Freund und Ehemann. Nicht zu vergessen liebe ich dich sehr und deshalb fällt es mir sehr leicht, dir zu verzeihen." Er lächelte und Edith fühlte sich gleich wie von wenigstens einer Last befreit.

„Ich liebe dich auch, Franz. Ohne deine unermüdliche Unterstützung wären ein Neubau, die geplante Umstrukturierung der Produktion und die Modernisierung der Anlagen zur gleichen Zeit nicht möglich. Das weiß ich und ich bin dir sehr dankbar dafür."

„Schon gut, ich habe es dir bei unserer Heirat versprochen."

„Ja, aber danken darf ich dir doch trotzdem."

Er nickte.

Jetzt, da sie sich die Zeit nahm, Franz genauer zu betrachten, stellte sie fest, dass auch er sehr müde und erschöpft aussah.

„Ob es uns passt oder nicht, so geht es nicht weiter. Wir müssen etwas ändern", stellte sie schließlich fest.

„Wie meinst du das?"

„Sieh uns an. Wir schlafen wenig und arbeiten von früh bis spät. Wir müssen etwas ändern."

„Das stimmt. Aber was sollen wir tun? Wir waren schon lange nicht mehr miteinander aus. Wir reden kaum mehr über gemeinsame Themen. Aber der Gedanke, den Jazzclub zu besuchen, widerstrebt mir. Ich fühle mich viel zu müde." Franz lächelte wieder.

„Dann lass uns gemeinsam etwas Nützliches tun."

„Wir könnten mal wieder zusammen ein Mischbett anlegen", schlug Franz vor.

„Und währenddessen könntest du mir von den Aktien berichten", fügte Edith hinzu.

„Eine ausgezeichnete Idee." Er faltete die Zeitung zusammen und sie trank ihren Kaffee aus.

„Wir wollen keine Zeit verlieren. Heute muss auch gefärbt werden und zum Abend sollen wir pünktlich bei Tante Luise zum Essen erscheinen."

„Ich muss zugeben, dass es vielleicht nicht der ideale Zeitpunkt, aber doch sehr schön ist, Ursula und ihre Familie hier zu haben", griff Edith das Gesprächsthema wieder auf, als sie die verschiedenen Wollsorten abwogen. „Da Heinrich schon morgen wieder abreist, sollten wir den heutigen Abend nutzen, Zeit mit ihm zu verbringen. Er soll nicht denken, wir meiden ihn, denn das ist nicht der Fall. Ich mag ihn sehr und einen besseren Mann als ihn hätte Ursi nicht finden können.“

„Ach nein?“ Franz sah auf und drohte Edith spielerisch, sie mit einem Knäuel Rohwolle abzuwerfen. „Überlege es dir gut.“

„Natürlich. Ich spreche doch von dem perfekten Mann für meine Schwester.“ Sie nahm selbst etwas Wolle zur Hand und trat dichter an ihren Mann heran. „Mit dir kann es doch niemand aufnehmen“, säuselte sie und deutete an, ihn zu küssen. Im nächsten Moment aber drückte sie ihm die kratzige Wolle ins Gesicht und schüttelte sich vor Lachen.

„Na warte!“ Franz lachte ebenfalls und hielt sie fest. Er wischte sich die Fasern aus dem Gesicht und küsste Edith. Eine Weile standen sie in den Moment versunken dort und genossen die Zweisamkeit.

„Wir sollten wieder häufiger zusammenarbeiten“, stellte Franz schließlich fest und Edith nickte zufrieden.

23. Ein tragischer Unfall

Mittlerweile dauerte Ursulas Besuch in Kerchheim bereits sechs Wochen. In der ersten Zeit seiner Abwesenheit hatte Heinrich noch regelmäßig telegrafiert und Briefe geschrieben. Er hatte nie Details über die Reise preisgegeben, sich allgemein über das Wetter, die Menschen und das Essen geäußert, aber es war doch immer schön, wenn Nachrichten von ihm eintrafen und die Zeit der Trennung für Ursula erträglicher machten.

„Du schaust so traurig Ursi, noch immer keine Nachricht von Heinrich?", fragte Edith beim gemeinsamen Sonntagsfrühstück.

Ihren Vorsatz, wieder mehr Zeit mit Franz und der Familie zu verbringen, setzte sie weiterhin in die Tat um. Anfangs hatte es sie sehr viel Überwindung und Disziplin gekostet, aber nun hatte sie sich einigermaßen daran gewöhnt. Ihre Distanz zum Bauvorhaben und Bauleiter Hut sorgte zudem für weitere Entspannung. Sie hatte sich damit abgefunden, ihm die Verantwortung zu überlassen und darauf zu vertrauen, dass das Bauunternehmen seine Arbeit ordentlich durchführte. Sie hatte eine Mängelliste erstellt, die sie regelmäßig pflegte. Hut zeichnete sie regelmäßig gegen und versprach Ausbesserung.

„Ich frage mich, warum Heinrich nicht schreibt. Er fehlt mir und allmählich habe ich Sehnsucht nach Hohenfinow. Ich bin gern bei euch, aber das Vergnügen des ewigen Gastes ist endlich. Hoffentlich fallen wir dir nicht allmählich zur Last, Tante Luise.“

„Darüber brauchst du dir keine Gedanken zu machen“, widersprach diese und strich Ursula liebevoll über den Arm.

„Hast du dir einmal überlegt, nach Berlin zu telegrafieren und dich zu erkundigen? Dieser Regierungsassessor, dem Heinrich diesen Einsatz zu verdanken hat, weiß vielleicht mehr und könnte dich beruhigen.“

„Ja, an Feinhusen habe ich ehrlich gesagt auch schon gedacht, aber ich möchte nicht hysterisch oder affektiv erscheinen. Es war von Beginn an unklar, wie lange die Reise dauern würde. Details darf Heinrich mir weiterhin nicht schreiben, doch seine letzten Nachrichten klangen so positiv, dass ich ihn längst zurückerwartet habe.“

„Du vermisst ihn sehr, das können wir alle gut verstehen“, versuchte Luise weiterhin Trost zu spenden.

„Weißt du, was am besten gegen Trübsal hilft? Abwechslung.“ Edith blickte gut gelaunt und voller Tatendrang in die Runde.

„Oh, ich sehe du heckst etwas aus. Sag schon, woran denkst du?“, wollte Ursula sogleich wissen.

„Wie wäre es mit einem Ausflug nach Köln? Wir gehen am Rhein flanieren und später kehren wir gemeinsam zum Eis essen ein.“

„Oder wir unternehmen statt des Spaziergangs am Rhein einen Ausflug in den Zoo. Das wird die Kinder sicherlich erfreuen und Eis essen können wir danach immer noch“, schlug Franz nun vor. Er hatte in den letzten Wochen schon seine Freude an den Buben gehabt. Sie liebten seine Späße und vor allem Alfred war ihm sehr zugewandt.

„Von mir aus gern. Gehen wir in den Zoo. Tante Luise? Ursi?“

„Dann ist es beschlossene Sache“, erklärte Luise, als Ursula zustimmend nickte.

Aus der Idee wurde eine aufwändige Sonntagsausfahrt mit mehreren Fahrzeugen, denn zu dem Kinderwagen, in dem Ludwig und Bertold gemeinsam ausgefahren wurden, kamen noch ein Proviantkorb für die Erwachsenen und diverse Utensilien, damit das Kindermädchen die Buben falls notwendig trockenlegen konnte. Ein Fläschchen musste ebenfalls zubereitet und in einem dicken Tuch warmgehalten werden. Die Organisation der spontanen Ausfahrt nahm einige Zeit in Anspruch, aber schließlich erreichten sie gegen Mittag ihr Ziel.

Während die große Gesellschaft durch den Zoo spazierte, vor den verschiedenen Gehegen stehen blieb und die Tiere bestaunte, entdeckte Edith ein hübsches Paar in vornehmer Kleidung, das zielstrebig auf sie zukam. Bei genauerem Hinsehen erkannte sie Hubert Dietrich und die Dame an seiner Seite war keine geringere als Sibylle Pönsgen, die Tochter ihres Konkurrenten. Sie war zu einer attraktiven Frau herangewachsen und hatte ihre kindlichen Züge verloren.

„Sieh an, sieh an. Einen wunderschönen guten Tag, die Herrschaften", säuselte Dietrich auch gleich, als er bei ihnen angelangt war. „So sieht man sich wieder. Es muss eine Ewigkeit her sein, dass wir uns über den Weg gelaufen sind." Er lüftete seinen Hut und verneigte sich vornehm.

„Darf ich vorstellen, meine Gattin", flötete Dietrich weiter, während Sybille sich zu einem angestrengten Versuch, ein Lächeln zu zeigen, hinreißen ließ.

Gleich darauf fing Ludwig an, wie am Spieß zu schreien und Alfred, der einen hübschen Matrosenanzug trug, versteckte sich eilig hinter Franz. Vorsichtig lugte er hinter dessen Beinen hervor und beobachtete die Fremden, die mit seltsamen Blicken auf ihn herabsahen. Das Kindermädchen fuhr den Kinderwagen einige Meter nach vorn, spielte mit einer Rassel und redete dem Kleinen gut zu. Sogleich beruhigte sich Ludwig wieder. Alfred aber blieb hinter Franz stehen und klammerte sich an dessen Hosenbeine. Luise nickte freundlich und folgte dem Kindermädchen, Franz lüftete seinen Hut.

„Guten Tag, Hubert und herzlichen Glückwunsch zur Vermählung", erwiderte Edith den Gruß nach einer Weile.

„Und auch zum bevorstehenden Nachwuchs", ergänzte Ursula mit einem Blick auf Sybilles schon sichtbar gewölbten Bauch, worauf diese ihrem Mann einen schmachtenden Blick zuwarf. Dann wandte sie sich an Edith und deutete auf Alfred.

„Sollte uns etwas entgangen sein?", fragte sie mit ihrem hohen Stimmchen.

„Ihnen entgeht sicherlich so einiges", antwortete Edith in ebenfalls freundlichem Ton. „Falls Sie jedoch auf die Kinder anspielen, nein. Es handelt sich um unsere Neffen, die Söhne meiner Schwester. Ursula kennst du gewiss noch, Hubert." Den letzten Satz richtete sie an Dietrich, der sich immer noch um einen gefälligen Ton bemühte.

„Ach, das andere Fräulein Ziegler, ja natürlich, jetzt erkenne ich Sie wieder. Wer hätte das ahnen können? Sie sehen so galant aus."

„Frau von Klein", korrigierte Ursula ihn kühl und strafte ihn mit einem abfälligen Blick. Auf seine Bemerkung ging sie nicht weiter ein.

„Wie die Zeiten sich ändern. Wie läuft das Geschäft?" Hubert wandte sich nun wieder an Edith. „Ich höre, die Fabrik *Geldermann* baut aus?"

„Vielen Dank der Nachfrage, es ist alles zu unserer Zufriedenheit. Und selbst?"

„Nun, ich habe mich derweil aufs Aktiengeschäft verlegt. Sehr einträglich, wenn man das notwendige Wissen und ausreichend Finanzen hat. Ich kann nicht klagen, meine Investitionen haben sich schon doppelt und dreifach gelohnt." Er klopfte sich auf die Brust, um anzudeuten, dass seine Brieftasche mehr als gut gefüllt war. Wieder bedachte ihn Sybille mit einem verliebten Augenaufschlag.

„Es hat mich außerordentlich gefreut, dass wir uns über den Weg gelaufen sind", gab sich Dietrich jovial. „Nun müssen wir uns aber verabschieden und anderen dringenderen Angelegenheiten zuwenden. Sie verstehen?"

Edith verdrehte die Augen und presste die Lippen aufeinander. Von ihm wollte sie sich nicht aus der Reserve locken lassen.

„Wollen wir?", fragte er Sybille und tätschelte über ihre Hand, die in seiner Armbeuge ruhte. Sie warf einen abschätzigen Blick in die Runde und ließ einige Sekunden verstreichen.

„Liebend gern", piepste sie dann und beide stolzierten wie zwei Pfauen davon.

Alfred getraute sich nun endlich wieder aus seiner Deckung und der Zoobesuch konnte ohne weitere Zwischenfälle fortgesetzt werden.

Auch in der kommenden Woche gab es keine Nachricht von Heinrich. Mittlerweile war es Juli.

Ursula wurde unruhiger. Sie las interessiert die Zeitung und besuchte regelmäßig das Kino, um sich über internationale Nachrichten auf dem Laufenden zu halten. Sie schrieb auch Briefe. Einen an Gunter von Klein, einen der älteren Brüder ihres Mannes, und bat ihn, einmal nach Hohenfinow zu fahren, um dort nach dem Rechten zu sehen. In ihrem Brief fragte sie auch nach Heinrich und ihrem Schwiegervater, den Ministerialrat. Möglicherweise sei ja der letzte Brief an sie verlorengegangen.

Einen weiteren Brief schrieb sie an ihre Mutter. Darin berichtete sie ausführlich von ihrer Zeit in Kerchheim und übermittelte auch herzliche Grüße von Edith, Franz und Tante Luise.

Die Kinder werden zunehmend verwöhnt und auch ich werde einer Prinzessin gleich hofiert. Der Müßiggang, es gibt hier keine regelmäßigen Aufgaben für mich, der Mangel an Bewegung und das reichliche Essen hinterlassen bereits ihre Spuren. Du glaubst es kaum, neulich musste ich den Saum bei einigen Kleidern auslassen.

Es kamen Antwortbriefe von Gunter und Henriette. Heinrich hatte sich noch immer nicht gemeldet. Gunter versprach, nach Hohenfinow zu reisen, sobald es ihm möglich war, und sich dort einmal genau umzusehen. Auch er hatte seit geraumer Zeit keine Informationen über den Verbleib seines Vaters und seines Bruders erhalten. Er wollte dies zum Anlass nehmen und sich im Amt erkundigen.

Henriettes Brief las sich dahingegen erschreckend oberflächlich. Sie äußerte ihre Sorge darüber, ob die Nähte auch sauber und gleichmäßig geworden waren. Was das andere betraf, so sollte sich Ursula nicht unnötig aufregen. Das sei auch früher schon vorgekommen und kein Grund zur Sorge.

Luise war es schließlich, die sie, nachdem Ursula ihr Henriettes Brief vorgelesen hatte, in aller Diskretheit zur Seite nahm.

„Ursula, ich wollte dich schon längst etwas fragen. Wie geht es dir? Fühlst du dich gesund und munter?"

„Selbstverständlich. Wie kommst du denn darauf? Sehe ich blass aus?", fragte diese überrascht.

„Nein, das ist es nicht. Mich beschleicht seit einiger Zeit eine andere Vermutung. Allerdings bist du in diesen Dingen bereits erfahren und weißt doch am besten, ob du guter Hoffnung bist."

Luise war von diesem Gespräch sichtlich unangenehm berührt. Sie sorgte sich, Ursula könnte ihr diese direkte Frage übelnehmen. Aber das tat sie nicht. Sie gab sich aufgeschlossen.

„Tante Luise, du hast recht. Wenn es so wäre, dann wüsste ich es und es ist wohl kaum möglich. Schau nur, wie lange Heinrich schon fort ist und schau auch nur, wie gut es mir geht. Lägest du mit deiner Vermutung richtig, plagten mich längst eine furchtbare Übelkeit, Schwäche und grausame Müdigkeit. Es geht mir gut. Ich habe nichts von alledem."

„Aber du musstest die Nähte deiner Kleider auslassen. Du bist runder geworden."

Ursula nickte.

„Wie sieht es mit den anderen monatlichen Anzeichen aus?" Luise versagte beinahe die Stimme.

„Ich kann mich nicht erinnern. Nach Bertolds Geburt war dies nicht verlässlich."

„Aber wenn du nicht in Umständen bist, was ist es dann?" Luise ließ nicht locker und der Reaktion ihrer Nichte nach zu urteilen, die nach einigem Nachdenken einlenken musste, gab es auch andere Anzeichen.

„Du meine Güte", Ursula sank auf einen Sessel. „Ich bin doch hoffentlich nicht ernsthaft krank?"

„Du solltest auf jeden Fall einen Arzt konsultieren", flüsterte Luise.

Ursula sank in sich zusammen. „In Ordnung. Ich werde einen Termin vereinbaren. Versprich mir, dass du Stillschweigen darüber bewahrst. Ich möchte nicht, dass sich noch jemand zusätzlich Sorgen um mich machen muss." Sie flüsterte benommen.

„Aber natürlich, Ursi." Luise legte mitfühlend ihre Hände auf ihre Schultern und ließ sie allein.

Zur gleichen Zeit drang ein ohrenbetäubender Lärm über das Gelände der Tuchfabrik. Edith, die im Kontor gerade mit Wipperscheidt die nächsten Auslieferungen besprach, unterbrach ihren Satz, stand auf und lief ans Fenster.. In der Fabrik war es immer laut, die Maschinen liefen von morgens bis abends, doch diesen gleichbleibenden Lärm war sie bereits so gewohnt, dass sie ihn unbewusst ausblendete. Auch auf der Baustelle wurde es hin und wieder laut, doch das soeben vernommene Geräusch war anders gewesen. Nun folgte verdächtige, beängstigende Stille. Edith lauschte noch eine Weile, trat dann vor die Tür und lief über den Hof zur Fabrik, doch hier nahm alles seinen üblichen Gang. Auch in der Anlieferungshalle schien sich nichts Ungewöhnliches ereignet zu haben. Sie warf einen Blick zur Baustelle, ging einige Schritte in die Richtung und wurde von einer schlimmen Vorahnung befallen. Der Lärm war mit Sicherheit von dort gekommen. Was war passiert? Sie fröstelte.

Im nächsten Augenblick kam einer der Arbeiter hinter dem Rohbau der neuen Halle hervorgelaufen. Er gestikulierte wild mit den Armen. Als er sie entdeckte, winkte er wie wild mit der Mütze in seiner Hand. Automatisch beschleunigte Edith ihren Schritt. Sie war sich sicher, dass ein Unglück geschehen war.

„Kommen Sie! Kommen Sie!", rief ihr der Arbeiter entgegen. Sein Gesicht war blass, der Blick schreckgeweitet.

Als Edith die erste Halle passiert hatte, offenbarte sich ihr die Katastrophe. Ein Lastwagen befand sich zum einen Teil außerhalb, zum anderen innerhalb des Gebäudes. Wie es aussah, hatte er mit großer Geschwindigkeit die Außenmauer durchbrochen und war dann unter den herabfallenden Gebäudeteilen verschüttet worden.

„Ist jemand da drin?“, rief Edith entsetzt.

Der Arbeiter nickte heftig, war jedoch nicht mehr in der Lage, zu antworten.

„Sehen Sie mich an! Wie heißen Sie?“, fragte Edith ihn klar und eindringlich.

„Langen, Willi Langen“, antwortete der Mann und seine Zähne klapperten.

„Hören Sie mir gut zu, Herr Langen. Sie laufen jetzt hinüber zum Kontor und erstatten Herrn Wipperscheidt oder Fräulein Dahmen Bericht. Sie müssen sofort die Polizei und die Ambulanz herbestellen. Haben Sie mich verstanden?“

„Ja, verstanden, Frau Bergemann.“ Langen nickte und setzte sich sofort in Bewegung.

Edith griff sich entsetzt an die Stirn, lief weiter zum Unfallort, wo sich nun die anderen Arbeiter versammelten und sich entsetzt vor dem LKW unter dem Schutt bekreuzigten. Die Fahrerkabine war unter der Last der herabfallenden Teile vollständig eingedrückt worden.

„Was ist passiert?“

„Weiß der Teufel, was in ihn gefahren ist“, hörte sie jemanden sagen und rief ihre Frage lauter in die Runde. „Was ist passiert?“

Nun richteten sich die hilflosen Blicke auf Edith. Einer der Männer hielt seine Mütze vor der Brust, er wandte den Blick nicht von der Kabine ab, begann aber zu berichten.

„Er … er … wollte es un… unbedingt selbst machen. Geschrien hat er … schon den ganzen Morgen. Nichts hat ihm gepasst. Er benahm sich wie der Teufel … aber das? Das hat er nicht verdient.“

„Wer, der Fahrer?“ Edith versuchte sich ein Bild vom Hergang zu machen. Einer der Arbeiter begann Steine von der Unfallstelle fortzuräumen.

„Nein!“, rief sie. „Kommen Sie da weg und fassen Sie nichts an. Wer weiß, was noch alles einstürzt. Gehen Sie alle ein Stück zurück. Wir warten auf die Polizei.“

„So eine Scheiße. Ich wusste, dass das kein gutes Ende nimmt.“ Ein anderer Arbeiter schimpfte und zündete sich eine Zigarette an.

„Sowas überlebt man nicht“, hörte sie jemand anderes darauf antworten.

Allmählich lösten sich die Männer aus der Starre. Edith stand vor der Gruppe und sah in die bleichen, verstaubten Gesichter der Arbeiter. Den Bauleiter konnte sie nirgends entdecken.

„War der Fahrer allein da drin?“, fragte sie nun leiser und kämpfte gegen das Zittern an, das sich in ihrem Körper ausbreiten wollte.

„Es war nicht der Fahrer. Der steht da drüben.“ Jemand zeigte auf den Mann, der eben noch den Schutt beiseite räumen wollte.

„Aber wer ist es dann?“

„Erwin Hut, der Bauleiter“, vernahm sie eine Stimme neben sich.

Willi Langen war zurückgekommen. Hinter ihm kamen Bettina und Wipperscheidt angelaufen. Wie betäubt standen alle Anwesenden in der glühenden Sommerhitze. Nach und nach setzten sich einige Arbeiter auf den Boden. Der Lastwagen in der halb eingestürzten Halle zeichnete ein Bild des Grauens. Bettina schrie bei seinem Anblick entsetzt auf, machte auf dem Absatz kehrt und lief wieder zurück zum Kontor. Edith setzte Wipperscheidt in Kenntnis, als er den Ort des Geschehens erreicht hatte. Dann hieß es Warten und nicht die Nerven zu verlieren. Suchend sah Edith sich um. Kein Auto war zu sehen.

Wo bleibt Franz nur? Er muss doch schon längst wieder zurück sein. Er wollte doch nur ein paar Ersatzteile besorgen.

Es dauerte über eine Stunde, bis die Polizisten vor Ort waren. Dann aber nahmen sie sofort die Ermittlungen auf.

„Ich brauche von jedem hier eine Aussage und das Gelände wird gesperrt", hörte sie jemanden Befehle rufen.

Nacheinander wurden die Arbeiter befragt. Jemand fotografierte die Unfallstelle akribisch. Dann erst konnte die Bergung beginnen. Zwei Lastwagen, die mit schweren Zugketten ausgestattet waren, waren notwendig, um das beschädigte Fahrzeug herauszuziehen. Erwin Hut hatte nach ersten Erkenntnissen keine Chance gehabt. Die Decke der Fahrerkabine war über ihm eingedrückt worden und hatte ihn einfach zerquetscht.

Der leitende Polizist, Edith hatte sich ihm bei seiner Ankunft bereits vorgestellt, trat an sie heran. „Frau Bergemann, Ihre Aussage muss ich auch aufnehmen. Können wir uns irgendwo in Ruhe hinsetzen?"

„Ja, im Kontor", gab Edith monoton Auskunft und führte den Polizisten dorthin. Sie konnte nicht begreifen, was passiert war und stellte sich unentwegt die

Frage, ob sie dieses Unglück hätte verhindern können, wenn sie diesem Wichtigtuer nicht nachgegeben hätte. Ja, er war ein unangenehmer Zeitgenosse gewesen, aber so etwas hatte niemand verdient.

„Setzen Sie sich doch", bot sie dem Polizisten einen Platz an und sank auf ihren Schreibtischstuhl. Sie hatte gerade ihre Aussage beendet, als die Tür aufgerissen wurde.

„Edith!" Franz stürmte herein, sah sich mit entsetztem Blick um.

„Gott sei Dank!", entfuhr es ihm, als er sie entdeckte. Er eilte auf sie zu und schloss sie in die Arme. Er hatte Tränen im Gesicht.

„Erwin Hut ist tot", flüsterte Edith.

24. Wichtige Termine

Die Untersuchungen der Polizei dauerten an und so lange stand der Betrieb auf der Baustelle still. Das Bauunternehmen selbst wollte sich nicht zu den weiteren Schritten äußern, bevor das Ergebnis vorlag und die Schuldfrage ermittelt worden war. Vier Tage nach dem Verfassungstag, am fünfzehnten August, wurden Franz und Edith schließlich zur örtlichen Polizeiwache bestellt.

Edith hatte Pfennig, Wipperscheidt und Reichenshagen an diesem Morgen im Kontor zusammengerufen. Während Franz eine neue Rohwollelieferung entgegengenommen hatte, hatte sie die Angestellten über die aktuelle Situation informiert und darum gebeten, sich während ihrer beider Abwesenheit mit aller Sorgfalt um die Produktion, Auslieferung und die Finanzen zu kümmern. In den vorangegangenen Tagen hatten einige Auslieferungen nicht wie geplant abgeholt werden können. Das Lager mit den fertigen Tuchballen war bereits zum Bersten voll gewesen und sie hatte gewusst, dass sich einige unbezahlte Rechnungen angesammelt hatten.

„Wir können uns in diesen Tagen keinen einzigen Fehler leisten. Es gibt keinen Grund, unpünktlich oder unzuverlässig zu sein. Es lässt sich leider nicht absehen,

wie lange wir fortbleiben und was die Polizei uns mitteilen möchte. Ich hoffe, diese furchtbare Sache konnte
endlich aufgeklärt werden und es warten keine neuen
Schreckensbotschaften auf uns."

Die Dienststelle der Polizei war in einem dreistöcki-
gen roten Backsteingebäude untergebracht. Sieben
oder acht schwarze blitzsauber polierte Dienstwagen
standen auf einer ausgewiesenen Parkfläche davor akkurat nebeneinander aufgereiht.

„Guten Morgen, Bergemann. Wir sind von Wachtmeister Rief einbestellt worden", begrüßte Edith den
Mann in Uniform hinter dem Anmeldeschalter mit
ernster Miene.

„Aha", erwiderte dieser und zog ein Buch heran, in
welchem säuberlich Datum, Uhrzeiten und Namen der
Besucher eingetragen wurden.

„Vorname?", knurrte er übellaunig.

„Edith." Sie presste die Lippen zusammen, um nicht
mehr zu sagen, als unbedingt notwendig. Es gab keinen
Grund, sie so unfreundlich zu behandeln. Sie war
schließlich keine Verbrecherin.

„Und Sie?" Der Mann sah Franz scharf an.

„Franz."

„Vor- und Zuname bitteschön. Ich kann doch nicht
hellsehen", spielte sich der Mann weiter auf.

„Franz Bergemann", erwiderte Franz ruhig.

„Wohin?"

„Ebenfalls zu Wachtmeister Rief", gab er freundlich
Auskunft, während Edith ihren Blick zur Ablenkung
durchs Gebäude schweifen ließ. Uniformierte und be-
waffnete Männer stiegen die Treppe hinauf und hinunter. Die meisten blickten finster drein.

„Dritter Stock, dreihundertacht", hörte sie den Mann an der Anmeldung nun sagen und wandte sich ihm wieder zu. Er hielt Franz einen Zettel hin, den dieser an sich nahm.

„Setzen Sie sich dort oben hin und warten Sie, bis Sie aufgerufen werden."

„Danke", brachte Edith hervor, doch der Mann würdigte sie keines Blickes mehr.

Oben in der dritten Etage herrschte Ruhe. Niemand war auf dem Flur zu sehen. Die Türen zu den angrenzenden Büros waren geschlossen. Es war kein Vergleich zu dem Getümmel am Eingang. Der rotbraune Boden war frisch gebohnert worden und glänzte. Es roch nach Kaffee. An der linken Seite, zwischen zwei Flügelfenstern, standen mehrere Holzstühle. Schweigend setzten sie sich darauf und warteten. Franz zückte seine Taschenuhr, um einen Blick darauf zu werfen.

„Fünf Minuten vor zehn", flüsterte er und zeigte Edith das Zifferblatt. Eine weitere Viertelstunde verging, bis Franz das nächste Mal auf die Uhr sah. Noch immer hatte sich Rief nicht blicken lassen. Eine Frau mit ein paar Akten war den Flur entlanggegangen, hatte aber keine Notiz von den beiden genommen. Hinter einer der Türen erscholl nun lautes Gelächter. Edith erkannte mindestens zwei Männerstimmen. Sie wollte aufstehen und klopfen, um ihre Anwesenheit mitzuteilen, aber Franz legte besänftigend seine Hand auf ihre und hielt sie zurück.

„Lieber nicht. Geduld ist eine Tugend", flüsterte er und Edith gab ihm nach.

Kurz vor halb elf wurde schließlich eine der Türen geöffnet und Wachtmeister Rief, den Edith vom Tag des

Unfalls und ihrer Befragung noch deutlich in Erinnerung hatte, trat heraus.

„Da sind Sie ja endlich. Kommen Sie rein." Er hielt die Tür auf, bis beide das Büro betreten hatten. „Nehmen Sie Platz." Rief zeigte auf zwei Stühle vor seinem Schreibtisch und zog seine Uniform glatt.

Am geschlossenen Fenster stand ein weiterer Mann. Er trug keine Uniform, sondern einen grauen Trenchcoat. Die eine Hand hatte er in die Hosentasche gesteckt, in der anderen hielt er eine Zigarette. Er blieb dort stehen und musterte die Eheleute.

„Das ist Kriminalkommissar Gleuel, der mit dem Unfall auf Ihrer Baustelle betraut war und die weiterführenden Ermittlungen leitete."

„Guten Morgen", ließ sich Gleuel mit rauer Stimme vernehmen.

„Mir liegen die Ermittlungsergebnisse nun vor. Deshalb habe ich Sie heute Morgen hierhergebeten. Sie wollen sicherlich wissen, wie es nun weitergeht", plauderte Rief, während es Edith zugleich heiß und kalt wurde.

Was, wenn mir die Schuld für alles gegeben wird? Wie soll es dann weitergehen?

Ihre Handflächen wurden feucht. Jeder Tag, der ihr verloren ging, kostete Zeit und Geld. Beides hatte sie nicht im Überfluss. Sie musste hart kalkulieren. Rief musterte sie eindringlich, öffnete die Fallakte und begann laut vorzulesen.

„Das Opfer, Erwin Hut, dreiundvierzig, fuhr mit dem Lastwagen der *Spedition Heimerz* gegen vierzehn Uhr ungebremst in die gemauerte Seitenwand einer der sich noch im Bau befindlichen Fabrikhallen der Firma

Geldermann. Infolge der Kollision stürzte ein Teil der Halle ein und begrub einen Teil des Lastwagens unter den Bautrümmern. Zu diesem Teil des Fahrzeugs gehörte auch die Fahrerkabine, in welcher sich das Opfer noch immer befand. Die Kabine wurde vollständig eingedrückt, der Oberkörper des Opfers wurde durch die plötzliche Krafteinwirkung zerquetscht. Dem forensischen Bericht zufolge waren Rippen und Rückgrat an zahlreichen Stellen gebrochen. Es kann mit Sicherheit angenommen werden, dass Erwin Hut auf der Stelle starb. Zudem wurde bei der Untersuchung des Toten ein hoher Gehalt an Blutalkohol festgestellt, welcher eine sichere Führung des Fahrzeugs nicht zugelassen hätte. Das Ergebnis der gerichtsmedizinischen Untersuchungen sowie der detaillierten Ermittlungen, Klammer auf, weiterführende Befragungen der Zeugen, Klammer zu, sprechen dafür, dass der Unternehmer Franz Bergemann sowie seine Ehefrau Edith Bergemann nicht unmittelbar in die Geschehnisse involviert waren. Es ist davon auszugehen, dass es sich um einen Unfall durch fahrlässiges Verhalten seitens Erwin Hut und des zuständigen Bauunternehmens *Fischbach* handelt. Die Ermittlungen werden als abgeschlossen betrachtet. Die Akten werden zur weiteren Prüfung und Bearbeiten an das Amtsgericht weitergeleitet. Schadensersatzansprüche müssen auf dem zivilrechtlichen Wege eingefordert werden. Das Unternehmen *Fischbach* ist nach Informationen der Dienststelle für Vorfälle dieser und ähnlicher Arten zumindest teilweise versichert."

Rief klappte die Akte zu und sah zufrieden aus. „Was sagen Sie? Ist doch noch mal gutgegangen."

Edith wusste nicht, worauf er hinauswollte und sah ihn fragend an. Der bemerkte ihren Blick und wandte sich dann an Franz, der ebenfalls abwartend schwieg.

„Na, wir konnten den Fall aufklären und Ihre Baustelle steht Ihnen ab sofort wieder zur Verfügung. Wird auch Zeit, nicht wahr? Es gibt ja einiges dort aufzuräumen“, erklärte der Polizist nun und grinste in die Runde.

„Das stimmt. Dann machen wir uns am besten gleich auf den Weg, wenn Sie nichts dagegen einzuwenden haben“, entgegnete Franz.

Sie standen auf und Rief begleitete sie zur Tür, während sich Kriminalkommissar Gleuel die nächste Zigarette anzündete und wieder aus dem Fenster sah.

„Vielen Dank“.

Sie reichten sich zum Abschied die Hände, dann standen die beiden wieder auf dem leeren, frisch gebohnerten Flur auf der dritten Etage. Erst als sie im Auto saßen, fanden sie wieder in ein Gespräch.

„Ich hatte die gesamte Zeit über das Gefühl, wir säßen auf der Anklagebank“, begann Edith, sobald sie die Wagentüren geschlossen hatten.

„Ja, seltsame Situation, aber wie du gehört hast, wurde der Fall aufgeklärt. Uns trifft keine Schuld.“

„Ich frage mich trotzdem immer wieder, ob ich diese Katastrophe nicht irgendwie hätte verhindern können.“

„Was meinst du?“

„Hätte ich Hut häufiger überprüft, so wie am Anfang, ihn immer mal wieder zur Rede gestellt, dann wäre mir vielleicht aufgefallen, dass er trinkt.“

„Das wage ich zu bezweifeln. Selbst wenn du es gemerkt hättest, wäre es sicherlich schwer gewesen, dies bei *Fischbach* zu adressieren. Ob sie Konsequenzen gezogen hätten, ist auch noch fraglich. Schließlich bist du doch nur die Frau des Unternehmers." Nun grinste Franz sie schelmisch an und Edith reagierte genauso, wie er es vermutet hatte.

„Du bist unverbesserlich", empörte sie sich, aber längst nicht mehr so sehr wie früher. Sie hatte gelernt, ihre Kraft einzuteilen und sich nicht in Situationen zu verausgaben, die aussichtslos schienen.

„Dafür darfst du mich jetzt nach Hause fahren", flachste Franz weiter und Edith sah ihn erleichtert an. Die neuesten Erkenntnisse wirkten allmählich nach und der Druck auf ihren Schultern verflüchtigte sich langsam.

„Am liebsten würde ich gleich zu *Fischbach* fahren und darauf drängen, morgen früh weiterzumachen. Aber es wird wohl besser sein, bis nach dem Wochenende abzuwarten."

„Das kann seine Vor- und Nachteile haben", erwiderte Franz, doch sie ging gar nicht weiter darauf ein. Zwei Frauen auf der anderen Straßenseite hatten ihre Aufmerksamkeit erregt.

„Schau mal, das sind doch Tante Luise und Ursi. Ich könnte schnell zu ihnen hinüberlaufen und sie begrüßen. Vielleicht haben sie Lust auf einen Kaffee und ein Stück Kuchen mit uns. Ich könnte beides gebrauchen und wir könnten sie über die Neuigkeiten informieren."

„Gute Idee, das wäre ein besonderer Abschluss nach dieser langen Hängepartie."

Edith wollte die Wagentür schon wieder öffnen, doch plötzlich hielt Franz sie am Arm fest. „Warte noch“, bat er und ließ die beiden Frauen nicht aus den Augen.

„Was ist denn los?“ Nun bemerkte Edith es auch. Ursula schien zu weinen. Sie schnäuzte sich und Tante Luise sah auch besorgt aus.

„Vielleicht sollten wir sie lieber nicht stören“, fand Franz.

„Oder sie benötigen Hilfe und freuen sich über unser Auftauchen.“

„Eine vage Vermutung. Störe sie lieber nicht.“

„Jetzt ist es sowieso zu spät“, kommentierte Edith, als ihre Tante und Ursula die Stufen zum nächsten Hauseingang hinaufstiegen. Wenige Augenblicke später waren sie im Haus verschwunden.

„Wo die beiden bloß hinwollen?“, sprach Edith ihre Frage laut aus und öffnete die Tür erneut. „Ich schaue mal, was dort auf dem Schild steht.“

„Du solltest das nicht tun“, erhob Franz Einwände. „Sie werden es dir sicherlich erzählen, wenn sie wollen, dass du informiert bist.“

„Und wenn nicht?“

„Dann werden sie wohl ihre Gründe haben“, antwortete Franz, doch Edith warf die Tür zu und hörte ihn nicht mehr.

Beim allabendlichen gemeinsamen Essen berichteten Franz und Edith von ihrem Besuch bei der Polizei und den Ergebnissen der polizeilichen Ermittlungen.

„Wunderbare Neuigkeiten! Dann geht es endlich weiter“, stellte Luise fest.

„Das freut mich für euch“, setzte Ursula hinzu.

„Und was habt ihr heute gemacht?“, wollte Edith wissen. Sie wusste bereits, dass sich in dem Haus gegenüber der Polizeidienststelle eine Arztpraxis befand und hoffte, sie würde nun mehr erfahren. Doch weder Luise noch Ursula erwähnten diesen Ausflug.

„Ach, das Übliche“, winkte ihre Schwester ab. Sie tauschte verwunderte Blicke mit Franz, doch dieses Mal folgte sie seinem Rat und beschloss, nicht weiter zu drängen.

„Gab es denn Neuigkeiten aus Berlin?“, wollte dieser nun wissen, vornehmlich, um auf ein neues Thema zu lenken, aber auch hier konnte Ursula nur mit dem Kopf schütteln.

„Nichts“, flüsterte sie. Sie aß kaum, stocherte nur auf ihrem Teller herum.

„Na wenigstens bedeuten keine Neuigkeiten auch, dass es keine schlechten gibt. Die verbreiten sich immer schneller, als einem lieb ist“, bemerkte Edith und erntete einen missbilligenden Blick ihrer Tante.

Gleich nach dem Essen entschuldigte Ursula sich, um nach den Kindern zu sehen und kehrte auch nicht mehr zurück.

„Warte noch einen Moment. Ich möchte mich noch von Ursi und den Kindern verabschieden“, erklärte Edith, als Franz vorschlug, die Heimfahrt anzutreten.

„Gut, du findest mich draußen. Ich werde mir noch eine Zigarette gönnen.“

Edith war sich sicher, dass ihre Schwester etwas bedrückte und es war ihr wichtig, Ursula mitzuteilen, dass sie immer für sie da sein wollte. Sie klopfte leise gegen die Tür und öffnete sie.

„Darf ich reinkommen?“

„Natürlich“. Das Kindermädchen verließ das Zimmer, als Edith eintrat. Alle drei Buben lagen bereits in ihren Bettchen.

„Schau an, wie lange ich nicht mehr in diesem Zimmer war. Ich wusste gar nicht, dass Tante Luise neue Betten angeschafft hat.“

„Wir sind immerhin schon vier Monate hier. Da lohnt sich diese Anschaffung. Hat zumindest Tante Luise behauptet.“ Ursula saß auf einem Stuhl neben den Betten und sprach sehr leise.

Edith bewegte sich beinahe geräuschlos durch den Raum und stellte sich neben ihre Schwester. „Heinrich fehlt dir sehr, nicht wahr?“

„Du kannst dir gar nicht vorstellen wie sehr. Diese Ungewissheit macht mich mürbe. Wenn ich doch wenigstens einen Brief oder ein Telegramm von ihm bekäme, dann wäre die Wartezeit nicht so schwer zu ertragen.“

Edith beugte sich hinab und schlang die Arme um ihre Schwester. „Ich bin immer für dich da, das weißt du doch, oder?“

„Ja, das weiß ich.“

„Du kannst mich immer um Rat fragen und auf meine Verschwiegenheit bauen.“

„Auch das weiß ich und es tut sehr gut, dass du es mir noch einmal sagst.“

„Muss ich deinetwegen beunruhigt sein?“, fragte sie nun.

„Nein. Ich werde es schon aushalten. Ich brauchte nur einen Moment für mich allein.“

Edith atmete schwer. Sie wollte ihrer Schwester nicht zu nahetreten, aber Neugier und Sorge quälten sie.

„Wenn du krank wärest, würdest du es mir sagen, nicht?"

„Natürlich. Du fragst heute aber seltsame Dinge." Ursula schnäuzte sich erneut.

„Hat Tante Luise in letzter Zeit erwähnt, dass sie sich nicht wohlfühlt?"

„Nein, auch das nicht." Ursula sprach immer noch leise, aber ihr Ton wurde ungeduldig. Sie wand sich aus Ediths Umarmung und drehte sich zu ihr um. „Was ist los? Bist du etwa krank?"

„Ich? Nein."

„Aber? Irgendetwas ist doch los."

Edith löste sich von ihrer Schwester, suchte nach den richtigen Worten.

„Als wir heute aus dem Polizeigebäude kamen, haben wir dich und Tante Luise gesehen. Ich wollte dich zuerst rufen, aber dann seid ihr in einem der Eingänge verschwunden. Ich war neugierig und habe nachgesehen. Was habt ihr bei einem Arzt zu suchen, wenn ihr nicht krank seid?"

Nun begann Ursula heftig zu schluchzen und hielt sich die Hände vors Gesicht, sodass Edith sich aufgeregt zu ihr hinunterhockte und die dünnen Arme ihrer Schwester umfasste.

„Schluss mit den Heimlichkeiten, Ursula. Sag mir, was los ist!", forderte sie leise.

„Ich bin wieder schwanger", flüsterte sie und Edith blieb zur Abwechslung einmal sprachlos.

25. Erneute Begegnung mit Lorenz

Edith saß nach langer Zeit wieder einmal im Kontor und kümmerte sich um organisatorische Dinge. Wipperscheidt hatte eines seiner Kinder geschickt, um auszurichten, dass ihn das Fieber ins Bett zwingt. Bettina hatte sich bereits vor Wochen einen freien Tag erbeten und Reichenshagen arbeitete wie immer in der kleinen Bürokammer im ersten Stock. Die Räumlichkeiten waren ausreichend, wenn sie allein darin arbeitete, doch für die steigende Zahl an Beschäftigten und das immense Auftragsvolumen war das alte Büro definitiv zu klein geworden. Edith hatte deshalb ein neues Bürogebäude planen lassen, gleich neben den neuen Produktionshallen. Darin waren ausreichend Arbeitszimmer vorgesehen. Sie selbst und auch Franz bekamen ein eigenes Büro. Bettina und eine zweite Schreibkraft, die sie nach dem Umzug einstellen wollte, würden in einem gemeinsamen Vorzimmer arbeiten. Es war sogar ein Besprechungszimmer vorgesehen, in dem sie Kunden und Lieferanten empfangen konnte. Für Wipperscheidt und Merzenich war ein gemeinsames Büro vorgesehen. Die meiste Zeit würde Wipperscheidt es allein nutzen können, denn sein Kollege war oft und erfolgreich auf Dienstreisen. Die Entscheidung für ihn als Handelsvertreter hatte Edith nicht einen Tag bereut. Er hatte sich als wahres Verkaufsgenie entpuppt.

Sie selbst betreute nur noch einen einzigen Kunden und das war die *Textilfabrik Reuters*. Die Produktion von maßgefertigten Uniformen jeglicher Art hatte das Unternehmen wirtschaftlich weit nach vorn katapultiert. Alle Verträge, Rechnungen und Belege gingen über Ediths Schreibtisch. Zum Jahresende schrieb sie eigenhändig Dankeskarten an das Unternehmen und schickte kleine Präsente. Wenige Male hatte sie mit Lorenz telefoniert, dann ging es darum, eilige Entscheidungen zu treffen, doch nie dauerten die Gespräche länger als nötig und niemals wurde es darin persönlich.

Ausgerechnet für diesen Tag hatte er sich angemeldet, vor einiger Zeit schon, telefonisch. Sie selbst hatte das Gespräch nicht entgegengenommen und Bettina zufolge handelte es sich um eine Angelegenheit von enormer Dringlichkeit, die er nur mit der Unternehmerin persönlich besprechen konnte. Sofort war Edith von Nervosität ergriffen worden. Sie hatten einander geschworen, die Zusammentreffen auf das Notwendigste zu beschränken. Warum also hielt Lorenz sich nicht daran? Was, wenn die Geschäfte platzten oder eine andere Katastrophe über sie hereinbrach? Edith beschlich seit jenem Moment erneut ein ungutes Gefühl und sie hatte sich vorgenommen, das Gespräch wie immer kurzzuhalten und Wipperscheidt, sobald es möglich war, eng einzubeziehen.

Doch nun saß sie allein im Kontor. Sie würde nach all der Zeit mit Lorenz allein sein. Sie zitterte innerlich vor Nervosität und Angst, ihm wieder gegenüberzustehen. Sie waren nicht im Streit auseinandergegangen oder hegten Groll gegeneinander – im Gegenteil – und das war es, wovor Edith sich fürchtete. Sie liebte Franz, dessen war sie sich sicher, doch sie hatte Lorenz immer noch gern, fand ihn anziehend, und dass er ihre Gefühle erwiderte, verschlimmerte alles. Wie hatte sie nur glauben können, die gemeinsame Nacht mit ihm aus ihrer Erinnerung streichen zu können? Wie sollte sie die Zweisamkeit mit ihm überstehen? Und was, wenn Franz, ihr treuer, zuverlässiger und kluger Ehemann, sie nach so langer Zeit doch noch durchschaute? Es war Edith kaum möglich, sich auf ihre Arbeit zu konzentrieren. Wenn es doch nur schon überstanden wäre. Was konnte so wichtig sein, dass Lorenz den Weg zu ihr auf sich nahm?

„Lade ihn doch zu uns ins Haus ein", hatte Franz am Morgen vorgeschlagen. „Dort ist es viel gemütlicher und es handelt sich doch um einen unserer wichtigsten Kunden."

„Nein, lieber nicht. Sämtliche Unterlagen liegen im Kontor. Wenn es darum geht, etwas nachzuschauen oder Papiere anzupassen, dann sind wir dort doch besser aufgehoben. Auf diese Weise können wir sichergehen, dass uns nichts entgeht."

„Wie du meinst. Falls du mich brauchst, findest du mich in der Färberei oder später auf der Baustelle. Heute werden die ersten großen Elektromotoren geliefert", hatte er erwidert.

„Du bist wunderbar." Sie hatte ihren Mann eilig umarmt, damit er die Röte in ihrem Gesicht nicht bemerken konnte.

Nun blätterte Edith durch die Zeitung und versuchte, sich auf die Nachrichten zu konzentrieren, doch es gelang ihr nicht. Schließlich gab sie auf, holte eine Zigarre hervor und zündete sie an. Allmählich breitete sich der Geruch in dem kleinen Raum aus und sorgte dafür, dass sie sich etwas entspannen konnte. Als ein Auto auf den Hof fuhr und unmittelbar vor dem Eingang zum Kontor hielt, stockte ihr erneut der Atem.

„Lorenz …", flüsterte sie und legte die Zigarre im Aschenbecher ab.

Unter ihrer Haut kribbelte es, sie fühlte sich, als liefen ihr tausende Ameisen über den Rücken. Schnell erhob sie sich, trat vor den Schreibtisch und starrte gebannt auf die Tür, doch es klopfte nicht. Niemand trat ein, dafür ertönten Stimmen auf dem Hof – fremde Stimmen. *Was war nun wieder los?*

Edith schüttelte die Nervosität ab. Wenn Lorenz nicht allein gekommen war, gab es keinen Grund für sie, die Begegnung zu scheuen. Sie musste professionell bleiben, er blieb es schließlich auch. Also trat sie zur Tür, öffnete sie mit einem unverfänglichen Lächeln und trat hinaus, um den Besuch zu empfangen. Sofort gefroren ihre Gesichtszüge. Franz stand bei den Ankömmlingen. Es waren drei Herren. Edith stutzte. Lorenz war nicht dabei.

Dafür trugen zwei der Männer militärische Uniform, der dritte war in feinem Anzug gekleidet. Franz deutete gerade in ihre Richtung. Die Männer folgten seinem Blick. Sie sahen sehr ernst aus. Was mochten die von ihr wollen? Gleich darauf setzte sich das Trio in Bewegung und kam auf sie zu.

„Guten Tag, die Herren“, grüßte Edith freundlich, doch die beiden ließen sich zu keiner Regung hinreißen.

Franz hinter ihnen hob nur die Schultern, um ihr zu zeigen, dass er auch nichts wusste.

„Mein Name ist Edith Bergemann. Ich leite dieses Unternehmen. Möchten Sie sich die Mühe machen und hereinkommen?“ Sie musterte die Uniformierten genau und war sich sicher, keinen von ihnen je zuvor gesehen zu haben. Was konnten die von ihr wollen? Die Angelegenheit mit Fischbach war doch längst vom Tisch und sie fiel gewiss auch nicht in den Zuständigkeitsbereich des Militärs.

„Verzeihen Sie unseren unangekündigten Besuch“, donnerte einer der Uniformierten, ein stämmiger Mann mit kräftigem Brustkorb. „Sie sind Franz und Edith Bergemann, Inhaber der *Tuchfabrik Geldermann* in Kerchheim?“

„Ja“, erwiderte Edith irritiert. Sie hatte sich ihm doch eben klar und deutlich vorgestellt.

„Mein Name ist Oberstleutnant Wetzlaff und das hier ...“, er zeigte auf den Mann in dem feinen Anzug, „... ist der Regierungsassessor Feinhusen. Wir sind aus Berlin angereist und müssen dringend mit Ihrer Schwester, Ursula von Klein, sprechen. Sie wohnt unseren Informationen zufolge bei Ihnen. Ist das richtig?“

Edith brach der kalte Schweiß aus, Franz wich die Farbe aus dem Gesicht. Die Anwesenheit der beiden Männer konnte nichts Gutes verheißen.

„Meine ...“, Edith musste erneut ansetzen, da ihr die Stimme versagte, „... Schwester ist nicht hier. Sie wohnt mit den Kindern bei unserer Tante Luise Geldermann. Dort ist mehr Platz und weniger Lärm. Möchten Sie mir sagen, worum es geht? Kann ich ihr etwas ausrichten?“

„Nein, das ist nicht möglich“, donnerte der Oberstleutnant. Nun schaltete sich der Regierungsassessor ein. Er sprach ruhiger, doch der Ernst in seiner Stimme verhieß keine guten Nachrichten. „Es ist von besonderer Wichtigkeit, dass wir persönlich mit ihr sprechen. Ist es möglich, dass Sie uns zum Haus Ihrer Tante begleiten?“

„Jetzt?“ Edith schluckte.

„Ja, je eher wir mit Frau von Klein sprechen, desto besser.“

„In Ordnung“, willigte sie ein.

Doch Franz hielt sie zurück. „Lass mich mit ihnen fahren. Du hast doch gleich noch den wichtigen Termin mit Lobereich. Es ist niemand hier, der dich vertreten kann.“ Hin- und hergerissen sah Edith in die ernsten Gesichter. Schließlich nickte sie.

„Ich rufe dich umgehend an“, versprach der seiner Frau und an die Herren gewandt, sagte er: „Ich begleite Sie.“

„In Ordnung. Lassen Sie uns keine Zeit verlieren.“ Die Männer verabschiedeten sich und machten sich auf den Weg.

Edith blieb zurück und grübelte. Ein Oberstleutnant und ein Regierungsassessor mit wichtigen Nachrichten nur für Ursula, das ließ ihren Magen krampfen. Brachten sie Nachricht von Heinrich?

Wenn ihm etwas zugestoßen ist! Ich habe ihr versprochen, immer für sie da zu sein und sitze jetzt untätig hier herum!

Sie hielt es keine Sekunde länger aus, zog sich ihr Jackett über, schloss die Tür zum Kontor ab und lief ins Haus, um Lorenz nun doch im Wohnzimmer zu empfangen. Sie bat Hilda, einen kräftigen Tee zu kochen und Plätzchen zu bringen, rief die Hunde herein und widerstand dem dringenden Bedürfnis, ihre Tante anzurufen. Dies wäre sicherlich nicht hilfreich. Franz hatte versprochen, sie umgehend zu informieren. Sie musste abwarten und ihm vertrauen.

Nervös mit den Fingern trommelnd saß Edith am Tisch und wartete. Ihr kamen nicht besonders viele Nachrichten in den Sinn, deren Übermittlung eine Abordnung aus Berlin notwendig machte. *Arme Ursula*, ging es Edith immer und immer wieder durch den Kopf. Sie verlor die Zeit aus dem Blick und schreckte hoch, als die elektrische Türklingel betätigt wurde. Hilda öffnete und im nächsten Augenblick meldete sie Lorenz Lobereich von der *Textilfabrik Reuters* an.

Nervös sprang Edith auf und fuhr sich mit der Hand durchs Haar. Ihr Herz trommelte heftig von innen gegen ihre Brust.

„Guten Tag, Lorenz, komm doch herein", begrüßte sie ihn höflich und reichte ihm die Hand.

„Guten Tag, Edith." Der warme Druck seiner weichen Hände fühlte sich angenehm an und ließ ihr die Knie weich werden.

„Ist alles in Ordnung? Du siehst aus, als hättest du einen Geist gesehen", stellte er fest.

„Ist schon gut. Das gehört jetzt nicht hierher. Setz dich doch. Es gibt Tee und Plätzchen.“

„Sehr gern. Wie schön du es hier hast“, stellte Lorenz fest. „Ich bin das erste Mal in deinem Haus. Wenn ich ehrlich bin, habe ich nicht damit gerechnet, dass du mich jemals hierher einladen würdest.“

„Aus gutem Grund“, raunte Edith und presste die Lippen aufeinander. Ihre Gedanken überschlugen sich, jagten von Lorenz zu Franz, von Ursula zu Heinrich und zurück. Es war ein Graus, der ihr die Luft zum Atmen zu nehmen drohte.

„Willst du mir erzählen, was sich geändert hat?“ Lorenz drängte nicht, er war im Plauderton, doch Edith war nicht in der Lage, mit ihm über ihre Ängste zu sprechen.

„Bitte? Nein. Ich kann nicht, noch nicht.“

Enttäuscht sah Lorenz sie an. „Edith, wir sind doch nicht nur Geschäftspartner. Wenn es nach mir geht, sind wir immer noch Freunde. Du kannst immer auf mich zählen.“

„Ich weiß.“ Sie keuchte.

„Gut. Für mich gibt es auch keinen Grund, etwas anderes zu glauben.“ Er lächelte, warm und herzlich.

„Du bist offenbar sehr genügsam, was freundschaftliche Verbindungen angeht.“

„Ich bin nur realistisch.“

Hilda brachte Kaffee und noch ein paar Plätzchen. Der Tee, den sie Edith zuvor gekocht hatte, war längst kalt geworden.

Sie saßen sich eine Weile schweigend gegenüber und Edith fand ihre Fassung wieder.

„Es ist schön, dich wiederzusehen. Ich wollte es mir kaum eingestehen, aber ich habe dich vermisst. Es ist schön, einen Freund zu haben.“

„Das sehe ich genauso.“

Wieder breitete sich Schweigen aus, keineswegs unangenehm. Lorenz wirkte beruhigend auf Edith.

„Da wir das nun geklärt haben, kommen wir doch zum Geschäftlichen. Du hattest um einen persönlichen Termin mit mir gebeten. Worum geht es? Sollen wir lieber ins Kontor gehen? Dort habe ich alle Unterlagen griffbereit.“

„Nein, das ist nicht nötig. Wir können ruhig hierbleiben. Mein Anliegen ist eher privater Natur.“

„Aha. Meiner Sekretärin hast du aber etwas anderes gesagt“, stellte Edith fest und musterte ihn neugierig.

„Ich habe vor, zu heiraten“, verkündete Lorenz ernst.

Edith kostete es alle Selbstbeherrschung, sich ihre Enttäuschung nicht anmerken zu lassen. Sie wusste, dass es keinen Grund dafür gab und sie nicht ein Fünkchen eifersüchtig sein durfte, doch seine Worte schmerzten. Sie rang sich zu einem Lächeln durch.

„Das ist ja eine Überraschung. Herzlichen Glückwunsch. Ich danke dir, dass du mich ins Vertrauen gezogen hast.“

„Ich wollte, dass du es weißt, falls …“ Er sprach den Satz nicht zu Ende.

„Falls …?“, wiederholte Edith fragend. Ihre Stimme zitterte, doch Lorenz hob nur die Hände, als wüsste er auch nicht, was er mit seiner Aussage hatte bezwecken wollen.

Im nächsten Moment wurde die Haustür geöffnet. Mit schweren Schritten näherte sich jemand. Es war

Franz. Seine Schultern hingen müde herab. Edith schlug entsetzt die Hand vor den Mund.

26. Ungewissheit

„Du wolltest anrufen", flüsterte Edith, als er sich gesetzt hatte, aber Franz schüttelte nur den Kopf.

„Es geht um Heinrich. Sag es mir, was ist passiert?", flehte sie.

„Keine guten Nachrichten. Sie sagen, dass die Delegation nur in halboffizieller Weise in Frankreich unterwegs gewesen war. Der Ministerialrat reiste inkognito. Irgendwann ist der Kontakt abgebrochen, Heinrich hat nicht mehr berichtet. Aber man hatte keine Handhabe, den Verbleib der Männer offiziell zu untersuchen und aufzuklären."

„Und jetzt? Was ist mit ihm geschehen?" Ediths Augen füllten sich mit Tränen.

„Sie wissen es nicht. Insgesamt zehn Personen waren nach Frankreich gereist. Auf der Rückkehr von Gesprächen, welcher Art diese gewesen sind, wollten sie uns nicht sagen, wurde der Konvoi überfallen. Zehn Tote wurden gefunden."

„Oh mein Gott, die arme Ursi!"

„Neun Männer konnten zweifelsfrei identifiziert werden, der Zehnte nicht. Sie vermuten, dass es sich um Heinrich handelt, aber sie wissen es nicht."

„Sein Vater?"

„Er ist tot. Gerade ist auch eine Abordnung bei der Familie."

„Ich muss zu Ursula ..." Edith wollte aufstehen, konnte sich aber nicht rühren.

„Sie will niemanden sehen. Sie hat uns alle fortgeschickt und will nicht glauben, was passiert ist. Sie konnte nicht einmal weinen."

„Was sollen wir nur tun? Was soll aus ihr werden?"

„Der Regierungsassessor sagte, dass die Toterklärung bereits beim Gericht beantragt wurde, damit Ursula und die Kinder versorgt wären. Sie sind hergekommen, um Ursula wieder nach Hause zu begleiten."

„Ist sie etwa schon fort?"

„Nein. Sie hat sich bedankt und ist dann hinauf ins Zimmer gegangen und hat sich eingeschlossen. Sie sagte, wenn sie sich nicht sicher seien, dass es sich bei dem Toten um Heinrich handele, dann sei er es nicht und sie sollen sich umgehend auf die Suche nach ihm begeben."

„Ich muss ihr beistehen. Ich werde zu ihr fahren und so lange warten, bis sie mich zu sich lässt."

„In Ordnung. Wir fahren wieder hin."

Ein Räuspern war zu vernehmen und nun erst wurden sie Lobereichs wieder gewahr. Er hatte die gesamte Zeit schweigend daneben gesessen.

„Mein aufrichtiges Beileid. Ich weiß nicht, was ich sagen soll ..."

Nachdem er unfreiwillig Zeuge der dramatischen Entwicklungen geworden war, fand er sich nur wenige Tage später wieder ein. Er hatte sich nicht angemeldet und auch keinen wichtigen Grund vorgetäuscht, sondern war einfach so am späten Nachmittag in die Fabrik gefahren.

Edith hatte sich sehr über sein Kommen gefreut und nun umrundeten sie gemeinsam die Baustelle. Sie wollte sich davon überzeugen, dass alles seine Ordnung hatte und gut gesichert war.

„Das Unternehmen *Fischbach* hat einen neuen Vorarbeiter eingesetzt und die Arbeiten schnell wieder aufgenommen. Sie fürchteten sich offenbar sehr vor einer Klage. Ich habe mir vorgenommen, wenigstens zweimal am Tag hier vorbeizuschauen.“

„Bei Wind und Wetter?“

„Natürlich. Die Tage werden merklich kürzer. Uns läuft die Zeit davon. Wenn es erst schneit, werden die Arbeiten größtenteils ruhen.“

„Mit Regen ist auch nicht zu spaßen.“ Er zeigte auf die dicke graue Wolkendecke, die verdächtig tief über dem Gelände hing.

„Ja, es riecht nach Gewitter. Spätestens heute Nacht wird sich ein ausgemachtes Unwetter entladen. Ich hoffe, dass die Baustelle von Schäden verschont bleibt. Eine weitere Unterbrechung kann ich mir nicht leisten.“

Edith hatte die Hoffnung, die neuen Räume zu Jahresbeginn wenigstens teilweise in Betrieb nehmen zu können, noch nicht aufgegeben. Sie blieb hinter der Halle stehen und sah sich prüfend um. Lorenz tat es ihr gleich.

„Wenn du mich fragst, sieht alles recht ordentlich aus.“

„Ja. Ich glaube, so kommen wir gut über die Nacht.“
Sie lächelte zufrieden. Soweit sie es beurteilen konnte,
hatten die Arbeiter die Baustelle akkurat hinterlassen.

Langsam gingen sie weiter. Ein paarmal hob Lorenz
an, etwas zu sagen. Schließlich blieb er stehen und wartete, bis auch Edith stehen blieb und sich ihm zuwandte.

„Wie geht es euch?“

Sie hob ratlos die Schultern. „Es ist ein entsetzlicher
Zustand zwischen Hoffen und Bangen. Ursula weigert
sich zu akzeptieren, dass Heinrich tot ist und ohne einen Beweis wird es schwer werden, sie zu überzeugen.“

„Gibt es noch eine Chance, alles aufzuklären?“

„Wenn du mich fragst, wird es schwer werden. Für
die Regierung ist der Fall abgeschlossen.“

„Das ist nicht zufriedenstellend. Konnten sie euch
weitere Einzelheiten mitteilen?“

„Ja, ein paar. Aber ob man diesen Männern trauen
kann? Immerhin war die Delegation halboffiziell unterwegs. Halboffiziell, so ein ausgemachter Blödsinn!
Entweder offiziell oder nicht, ein Dazwischen gibt es
nicht.“

„Erzählst du mir mehr darüber?“

„Also gut … Es war in einem Waldstück, in der Nähe
von Provins. Die Getöteten lagen alle um die Fahrzeuge
herum verteilt. Es soll wie eine Hinrichtung ausgesehen haben, doch niemand will einen möglichen Grund
dafür nennen. Wir alle haben noch keine Ahnung, wie
es weitergehen soll. Nur eines ist klar: Ursula und die
Kinder brauchen uns jetzt.“

„Werdet ihr nach Berlin reisen, um an der öffentli-
chen Trauerfeier teilzunehmen?“

„Woher weißt du davon?“ Ediths Überraschung war groß. Es war eine besondere Verabschiedungs- und Ehrungsveranstaltung für die Toten geplant. Das hatte sie Lorenz gegenüber aber noch mit keinem Wort erwähnt.

Er zog ein zusammengefaltetes Zeitungspapier aus der Innentasche seines Jacketts. Edith entfaltete es.

Zehnfacher Mord mit besonderer Heimtücke stand über einem großen Artikel.

„Die Presse hat Wind von der Geschichte bekommen und schlachtet sie aus.“ Edith beschloss, ihn nicht zu lesen und wollte ihn Lorenz zurückgeben.

„Schon gut, behalte ihn.“

Sie steckte das Papier ein.

„Ursula ist wie in ihrer eigenen Welt. Sie benimmt sich, als hätte es diese Nachricht nie gegeben. Sie spricht nicht darüber und weigerte sich, Heinrichs Tod anzuerkennen. Solange sie in diesem Zustand ist, können wir sie keinesfalls zurück nach Hohenfinow schicken. Vor allem nicht, da sie …“ Edith brach mitten im Satz ab.

Lorenz blieb stehen und musterte sie. „Da sie was?“, hakte er nach.

Nun war auch Edith stehen geblieben. Sie zögerte, ob sie ihn weiter in Ursulas Angelegenheiten einweihen durfte. Da er es aber so oder so bald erfahren würde, konnte sie ihm auch jetzt die Wahrheit sagen.

„Ursula ist schwanger.“ Sie ging weiter, drehte sich jedoch um, als sie bemerkte, dass Lorenz sich nicht wieder in Bewegung setzte.

„Hat es etwa einen anderen gegeben?“

„Du bist wohl verrückt, wie kannst du so etwas nur sagen!" Edith warf ihm einen vorwurfsvollen Blick zu und sprach dann etwas sanfter weiter. „Sie weiß es noch nicht sehr lange. Es muss kurz vor seiner Abreise passiert sein."

Lorenz stand noch immer vor ihr. Der Wind frischte auf, vereinzelte Tropfen fielen vom Himmel. Sie sah hinauf. Die Wolken hatten sich schlagartig verdunkelt.

„Worauf wartest du? Los, wir müssen zurück, bevor das Unwetter losbricht." Sie ging zwei Schritte zurück.

Der Wind nahm plötzlich zu. Lorenz rührte sich nicht, sah sie nur eindringlich an.

„Was hast du?"

„Ich frage mich gerade, was passiert wäre, wenn diese eine Nacht Folgen für uns gehabt hätte."

Edith sah ihn fassungslos an. Ein Blitz zuckte am Himmel, nur wenige Sekunden später erscholl ein durchdringender Donner.

„Nichts wäre passiert!", schleuderte sie ihm entgegen und stapfte über die Wiese in Richtung Tuchfabrik.

Lorenz lief ihr hinterher, hielt sie leicht am Arm fest, sodass sie stehen bleiben musste. So nah war sie ihm lange nicht mehr gewesen. Sie konnte die braunen gezackten Ringe um seine Pupille sehen.

„Wenn wir Freunde bleiben wollen, musst du die Vergangenheit loslassen", erklärte Edith. Sie kämpfte mit aller Macht gegen die Erinnerungen an, in denen seine Küsse und die zärtlichen Berührungen wieder lebendig wurden. „Ich bin eine verheiratete Frau und du wirst bald ein verheirateter Mann sein. Was geschehen ist, ist geschehen, aber zwischen uns wird sich nichts ändern."

Dicke Tropfen klatschten vom Himmel, wieder blitzte es und der Donner folgte umgehend. Er hielt ihren Blick fest. Sie sah den Schmerz in seinen Augen.

„Lorenz, ich bin die Falsche für dich. Heirate! Gründe eine Familie und werde glücklich." Edith sah ihn mit großen offenen und ehrlichen Augen an. „Egal, was passiert. Wir bleiben Freunde", setzte sie hinzu.

„In Ordnung. Wir bleiben Freunde", wiederholte er und ließ ihren Arm los.

Eilig machten sie sich auf den Rückweg, doch sie entkamen dem heftigen Regen nicht mehr. Es war längst nach Feierabend, in der Fabrik war es still, aber das große Tor zur Anlieferung stand noch offen. Sie retteten sich in die trockene Halle. Das Wasser rann ihnen aus den pitschnassen Haaren über die Gesichter, aus den Jacken floss das Wasser wie in Bindfäden auf den Betonboden und sammelte sich in Pfützen. Schwer atmend warteten sie darauf, dass das Wetter sich besserte.

„Ich möchte etwas für dich tun", begann Lorenz das Gespräch noch einmal.

„Was denn?" Sie blickte ihn nicht an, sondern fixierte eines der gegenüberliegenden Fenster.

„Ich möchte deiner Schwester dabei helfen, Gewissheit zu bekommen. Nichts ist schlimmer, als ein Leben in unerfüllter Hoffnung."

„Was schlägst du vor?"

„Ich kenne einen sehr guten Privatdetektiv. Er könnte die Ermittlungen noch einmal aufnehmen und Ursula die Beweise bringen, die sie braucht, um die Wahrheit zu akzeptieren. Ich werde aber nicht tätig, wenn du nicht einverstanden bist."

Nun löste Edith ihren Blick vom Fenster und wandte sich zu Lorenz um. „Das ist eine sehr noble und großzügige Geste. Ich danke dir dafür. Das sollten wir mit Ursula gemeinsam besprechen. Am besten kommst du gleich mit. Wir fahren zum Abendessen hinüber. Es wird sicherlich niemand etwas dagegen haben, wenn ich dich zum Essen einlade."

Lorenz sah skeptisch an sich herunter. „Doch nicht etwa in diesem Aufzug?"

„Ich lasse dir ein Handtuch geben und Hilda kann dein Hemd trocken bügeln. Schau, der Regen hat schon fast wieder aufgehört."

„Ja, zumindest vorübergehend." Er gab sich geschlagen.

Sie warteten noch ein paar Minuten, dann überquerten sie den Hof und betraten das Wohnhaus. Franz wartete bereits ungeduldig auf sie.

Edith brachte Lorenz' Vorschlag behutsam vor dem Dessert an. Zunächst blickte sie in schockierte Gesichter, aber Ursula war diejenige, die es betraf und sie zeigte sich sehr angetan von der Idee.

„Ich bestehe aber darauf, dass Sie an jedem Samstag zum Abendessen vorbeikommen müssen, um mir Bericht zu erstatten. Und kommen Sie ja nicht allein, bringen Sie Ihre Verlobte mit. Es ist unverzeihlich, sie zu vernachlässigen."

Nachdem er sich diskret bei Edith rückversichert hatte, willigte Lorenz ein.

Schon wenige Tage später machte sich Wieland Schwarz, so hieß der Privatdetektiv, auf den Weg nach Frankreich. Er schickte regelmäßig Nachrichten, manchmal telefonierte er auch mit Lorenz und dieser brachte die Neuigkeiten wie vereinbart zu den gemeinsamen Abendessen mit. In Ursula schien eine Veränderung vonstattenzugehen. Sie wurde von Woche zu Woche aktiver und beteiligte sich wieder am gemeinsamen Leben. Sie begann auch wieder Briefe zu schreiben.

„Ich habe Gunter gebeten, sich weiter um das Haus und die Anliegen der Bauern zu kümmern. Ich habe ihm vorgeschlagen, vorübergehend mit der Familie nach Hohenfinow zu ziehen, doch er hatte einen anderen Vorschlag, dem ich auch nichts entgegenzusetzen habe. Regierungsassessor Feinhusen wird eine Weile in unserem Haus wohnen. Er hat sowieso ein eigens für ihn hergerichtetes Gästezimmer und kennt sich gut aus. Gunter fährt in Abständen hin und kümmert sich um alles Weitere.“

Edith war stolz auf ihre Schwester und froh, dass sie Lorenz' Idee nicht abgewehrt hatte. Ursula hatte Schreckliches erlebt und hing in der Ungewissheit fest. Wenn Schwarz ihr erst die notwendigen Beweise brachte, konnte sie endlich wieder nach vorne sehen.

In der letzten Oktoberwoche fuhr Lorenz bereits am frühen Morgen in halsbrecherischem Tempo zur Tuchfabrik. Schon von Weitem tönte die Hupe durch den Nebel. Der Wagen hielt vor dem verschlossenen Tor, Lorenz sprang heraus, rüttelte daran und betätigte stürmisch die Klingel. Sofort brachen die Hunde in lautes Gebell aus. Schließlich öffnete Edith eines der Fenster im oberen Stockwerk, um zu schauen, welche Ursache dieser Tumult hatte.

„Er hat ihn gefunden! Er lebt, er lebt!“, rief Lorenz hinauf und wedelte mit einem Zettel.

„Was?“
„Heinrich lebt! Schwarz hat ihn gefunden!“

27. Endlich Klarheit

Wieland Schwarz war sich sicher, Heinrich von Klein in einer Frankfurter Heil- und Pflegeanstalt für Nervenkranke ausfindig gemacht zu haben. Die Situation sei schwierig, denn er leide an einer ausgeprägten Amnesie und könne sich an nichts erinnern, aber der Detektiv war sich sicher, den richtigen gefunden zu haben.

„Ich muss zu ihm!" Ohne auf ihren Zustand Rücksicht zu nehmen, beschloss Ursula, die Reise noch am nächsten Tag auf sich zu nehmen und Heinrich dort abzuholen. Jedwede Überzeugungsversuche, dieses Unterfangen könnte zu anstrengend sein oder zu Komplikationen in der Schwangerschaft führen, wies sie hartnäckig von sich.

„Ursula, du kannst nicht allein dorthin reisen. Wie willst du das anstellen?"

„Aber ich muss! Ich muss ihn wiedersehen! Heinrich ist nicht tot. Er braucht mich."

Schließlich einigten sie sich darauf, dass Edith, Franz und Lorenz sie begleiteten.

Die Autofahrt nach Frankfurt dauerte dennoch den ganzen Tag und sie erreichten das Hotel, in welchem Schwarz bereits in Lorenz' Auftrag Zimmer reserviert hatte, erst weit nach Einbruch der Dunkelheit. Sie mussten den Besuch der Anstalt auf den kommenden Tag verlegen.

„Es ist kein Wunder, dass die Polizei ihn nicht gefunden hat", erklärte Wieland beim gemeinsamen Abendessen in einem Restaurant. „Wer hätte schon vermutet, dass es ihn aus Frankreich hierhin verschlägt? Sein großes Glück war, dass er sich in deutscher Sprache ausdrücken konnte. So fühlten die Franzosen sich nicht zuständig. Als er hierherkam, hatte er bereits einen Aufenthalt in Stuttgart und einen in Würzburg hinter sich. Die körperlichen Wunden heilten schnell. Er sieht beinahe so gut aus wie auf dem Foto, das Sie mir gegeben haben. Was den Geist angeht, mache ich mir eher Sorgen." Er wandte sich an Ursula, die sich unruhig über den Bauch strich.

„Verehrte Frau von Klein, ich hatte nicht damit gerechnet, Sie ebenfalls hier zu sehen. Ich möchte Ihnen dringend davon abraten, diese besondere Institution in Ihrem Zustand zu betreten. Zudem, das muss ich Ihnen mit aller Deutlichkeit sagen, wird Ihr Mann Sie nicht erkennen."

„Das lassen Sie mal meine Sorge sein. Es wird alles gut werden. Zuerst holen wir ihn dort raus, alles andere wird sich finden." Ursula sprach ihre Worte monoton.

Franz und Edith warfen sich besorgte Blicke zu. Später, als sie sich auf den Heimweg machten, bot Franz der erschöpften Ursula seinen Arm und stützte sie. Edith nutzte die Chance auf ein kurzes Gespräch mit Lorenz. Sie folgten den beiden mit einigen Schritten Abstand.

„Schwarz wirkt ein wenig eigenartig. Ich weiß, diese Frage kommt reichlich spät, aber wie gut kennst du Wieland? Wie hoch ist die Chance, dass er sich irrt?“

„Er ist ein ausgezeichneter Detektiv. Ich glaube, er hat jeden Fall, mit dem man ihn beauftragt hat, aufgeklärt.“

„Aber was, wenn er sich irrt? Ich mag mir gar nicht ausmalen, was dann geschehen wird. Was, wenn Ursula diese Enttäuschung, diesen Schock, nicht verkraftet?“

„Diese Frage werden wir heute nicht mehr beantworten können, aber ich bitte dich, bleib ruhig und vertraue ihm. Ich bin sehr optimistisch, dass Wieland recht hat.“

„In Ordnung.“ Edith hatte sich bei Lorenz eingehakt, ohne darüber nachzudenken. Erst jetzt wurde es ihr bewusst und sie wollte ihm ihren Arm wieder entziehen, doch er hielt sanft dagegen.

„Viel größere Sorgen mache ich mir darum, dass Heinrich sich an nichts mehr erinnern kann. Der Mann hat sehr wahrscheinlich Furchtbares erlebt, weiß nicht einmal, wer er ist oder dass er überhaupt eine Ehefrau hat. Abgesehen davon, dass er in medizinischer Behandlung ist und die Ärzte auch noch ein Wort mitzureden haben, kann deine Schwester ihn nicht einfach mitnehmen und gegen seinen Willen entführen.“

Das sah Edith ein. Lorenz’ Einwand hatte seine Berechtigung.

„Wenn es tatsächlich Heinrich ist, gibt es sicherlich Mittel und Wege, ihn aus der Anstalt zu holen. Es wird vielleicht Zeit brauchen, aber ich bin mir sicher, dass es uns gelingen wird“, vermutete sie.

Lorenz schwieg und blickte nachdenklich umher, während sich die fünf dem Hotel näherten. „Ist dir schon der Gedanke gekommen, dass dieser Zustand Heinrich zu einem anderen Menschen gemacht haben könnte?"

„Nein. Wie meinst du das?"

„Wenn er sich nicht mehr an Ursula und sein Leben mit ihr erinnert, dann hat er wahrscheinlich auch die Liebe vergessen, die ihn einmal mit deiner Schwester verbunden hat."

Eine bedrohliche Enge legte sich um Ediths Kehle. Daran hatte sie nicht gedacht und sie wollte sich nicht vorstellen, wie Ursulas Zukunft unter diesen Umständen aussehen könnte.

„Wir sind da", stellte sie fest, als sie vor dem Hotel standen und sie löste sich eilig von Lorenz. Dann wandte sie sich an ihre Schwester. „Ursula, ich werde in deinem Zimmer übernachten. Auf keinen Fall lasse ich dich allein."

Wieland hatte nicht übertrieben. Die Pflege- und Heilanstalt machte keinen einladenden Eindruck. Das Gelände war von einer dicken, efeubewachsenen Mauer eingefasst. Die Fenster in der grauen Fassade waren durch dicke Gitter gesichert. Wütende Schreie und Wehklagen erfüllten die Luft.

Der Leiter des Instituts, Professor Dr. Hansen stand auf seinem Namensschild, begrüßte die Gäste. Er war durch Wieland bereits informiert worden und gab sich sehr ruhig und freundlich.

„Bitte halten Sie sich an meine Instruktionen. Es dürfen nicht mehr als zwei Personen zu ihm. Keinen Körperkontakt." Dabei sah er besonders auf Ursula. „Der

Patient hat eine ausgeprägte Amnesie. Zu viele verstörende Eindrücke könnten seinen Zustand verschlimmern, sogar eine Psychose hervorrufen."

Nun richtete er seine Worte direkt an Ursula. „Sehr geehrte Frau von Klein, ich habe großes Verständnis für Ihre Situation und kann verstehen, dass Sie enorme Hoffnungen in die bevorstehende Begegnung setzen. Mit Rücksicht auf Ihren momentanen Zustand muss ich darauf bestehen, von dem Besuch abzusehen. Sie haben die Möglichkeit, durch einen gesicherten Raum zuzusehen."

„Nein." Ursula sprach leise und deutlich. „Ich möchte meinen Ehemann bitte besuchen."

Professor Hansen überlegte eine Weile angestrengt, wobei er mit seinem Zeigefinger immer wieder gegen den Bereich zwischen Nase und Oberlippe tippte. Schließlich nickte er und wandte sich nun wieder an alle.

„Ich habe die Fotos des Mannes, den Sie suchen, gesehen. Die Chance, des es sich bei meinem Patienten um Heinrich von Klein handelt, ist groß. Egal wie die Begegnung ausfällt, nehmen Sie Rücksicht auf den Mann und seien Sie behutsam mit Ihren Äußerungen. Ein Leben ohne Erinnerung ist, auch wenn die Patienten gewillt sind, oftmals sehr quälend."

Die Anspannung war kaum auszuhalten. Edith hielt Ursulas Hand, als sie dem Professor weiter durch die Gänge des Gebäudes folgten. Vor einer dicken Metalltür mit der Aufschrift *Besucherraum* blieb er stehen.

„Ich habe mich deutlich ausgedrückt: kein Körperkontakt, halten Sie sich zurück. Wir haben unser Bestmögliches getan, um ihn auf diese Begegnung vorzubereiten, doch niemand weiß, was die nächsten Minuten bringen werden."

Er öffnete die Tür und ließ die beiden Frauen eintreten, folgte ihnen und schloss die Tür hinter sich. Sie fanden sich nun alle drei in einer Art Schleuse wieder. Ursula zitterte wie Espenlaub. Edith hielt ihre Hand, doch sie war selbst so aufgeregt und angespannt, dass sie ihre Schwester nicht zu beruhigen vermochte. Professor Hansen öffnete die nächste Tür. Nun traten sie in das Besuchszimmer. Zwei Menschen warteten dort auf sie. Der eine war ein muskulöser und großgewachsener Krankenpfleger. Er stand mit verschränkten Armen neben dem Tisch für Besuchsgespräche. Davor standen zwei leere Stühle. Dahinter saß ein Mann, zusammengekauert, mit gesenktem Blick. Er war dünner als Heinrich, sein Haar kurzgeschoren. Als er ihnen sein Gesicht zuwandte, konnte Edith eine gewisse Ähnlichkeit mit ihrem Schwager nicht abstreiten, doch sie war sich sicher. Er war es nicht. Edith konnte ihre Enttäuschung nicht in Worte fassen.

„Komm, Ursula, gehen wir lieber", raunte sie, doch ihre Schwester hörte sie nicht.

„Heinrich", flüsterte sie. „Heinrich, du lebst. Ich habe es all die Zeit gewusst." Langsam ging Ursula auf ihn zu.

Edith, die noch immer die Hand ihrer Schwester hielt, folgte ihr. Sie setzten sich auf die Stühle vor dem Tisch.

„Guten Tag, mein Name ist Ursula von Klein", begrüßte sie den Mann. Ihre Stimme war unerwartet ruhig und fest.

Edith verstand die Welt nicht.

„Guten Tag, ich weiß nicht, wer ich bin“, antwortete der Mann niedergeschlagen und blickte auf.

In diesem Moment traf Edith beinahe der Schlag. Heinrich.

„Dein Name ist Heinrich von Klein, du bist mein Mann“, fuhr Ursula fort. „Vor einigen Monaten bist du verschwunden und wir mussten das Schlimmste befürchten, doch ich habe die Hoffnung nie aufgegeben. Es ist so schön, dich wiederzusehen. “

Ursula legte ihre Hände auf den Tisch. Sofort trat der Pfleger einen Schritt näher. Sie zog die Hände wieder zurück und legte sie auf ihrem Bauch ab.

„Es freut mich sehr, Ihre Bekanntschaft zu machen, Frau von Klein. Ich wünschte, ich könnte mich an Sie erinnern.“

Edith sah, dass Ursula um Fassung rang. Sie war sich sicher, dass dieser Augenblick zu viel für sie war. Sie hatte ihr Glück kaum fassen können, den Totgeglaubten wiedergefunden zu haben, doch dass er sie nicht erkannte, musste ein Schock für sie sein und ihr das Herz brechen. Ein Blick zur Seite verriet Edith, dass sie richtig vermutete. Ursula vergoss leise bittere Tränen.

„Ich schlage vor, wir beenden den Besuch für heute und setzen ihn morgen fort“, brachte sich Professor Hansen nun ein. „Es gibt eine Menge Dinge, die Frau von Klein und ich noch besprechen müssen.“

„In Ordnung“, willigte Edith ein und legte ihrer Schwester besänftigend die Hand auf die Schulter.

„Bis morgen, Heinrich“, schluchzte Ursula herzzerreißend.

„Auf Wiedersehen“, entgegnete Heinrich freundlich.

Er hatte einige Narben mehr und an die Geschehnisse vor dem achtzehnten Juni 1928, dem Tag, an dem man ihn in Würzburg als Patient aufgenommen hatte, erinnerte er sich nicht, aber es war zweifelsfrei Heinrich. Er war zurückhaltend und freundlich, verstand, was man ihm sagte und willigte ein, das Krankenhaus zu verlassen. Doch all dies war nicht ohne größeren Verwaltungsaufwand möglich. Die Polizei musste eingeschaltet und die Familie in Berlin selbstverständlich informiert werden.

Endlich kehrte Heinrich nach Kerchheim zurück. Luise hatte die Zeit genutzt und ein weiteres Zimmer für ihn herrichten lassen. So konnte er sich zurückziehen und Ruhe finden. Franz brachte ihm Bücher, die er fleißig las, zwischendurch unternahm er ausgedehnte Spaziergänge mit Gloria. Der Herbst zeigte sich von seiner ungemütlichen Seite. Doch weder heftiger Wind, Regenschauer noch der erste Schnee konnten Heinrich von seinen Ausflügen abhalten. Solange Gloria ihn begleitete, äußerte auch niemand Bedenken, denn beides, Bewegung an der frischen Luft und ihre Gesellschaft taten ihm sichtlich gut. Die Hündin war sehr an Heinrich interessiert und ließ ihn kaum aus den Augen.

Ursula dagegen musste sich immer häufiger Pausen nehmen. Die Hebamme stellte fest, dass das vierte Kind nicht mehr lange auf sich warten lassen würde. Und so war es auch. In der Nacht vom fünften auf den sechsten November wurde Agnes von Klein, ein gesundes Mädchen geboren.

„Möchtest du sie einmal halten?", fragte Ursula Heinrich einige Tage später. Draußen schneite es heftig und sie saßen allein in ihrem Zimmer.

„Ja, das würde ich sehr gern", antwortete Heinrich.

Ursula legte ihm das Baby vorsichtig in den Arm. Sie setzte sich wieder und beobachtete ihn aufmerksam.

Minutenlang rührte er sich nicht. Mit gesenktem Blick hielt er das Kind im Arm. Dann entdecke sie die kleinen Tropfen, die auf das Wickeltuch des Babys fielen.

„Heinrich, du weinst ja", stellte Ursula fest und auch ihr traten die Tränen in die Augen. Glück und Trauer lagen so dicht beieinander.

„Als Alfred geboren wurde, hat es auch geschneit." Heinrich hob den Kopf und lächelte Ursula an.

„Du erinnerst dich wieder daran?" Sie hielt den Atem an und schlug die Hand vor den Mund.

Heinrich nickte.

Erleichterung und große Freude erfüllten das Haus, auch wenn die Fortschritte, die er machte, verhalten waren. Wenn er selbst zwischendurch ungeduldig wurde, unternahm er Ausflüge mit Gloria durch den Schnee.

„Wir dürfen nicht verzagen. Mit der Zeit werden die Erinnerungen wiederkehren. Wenn du erst wieder zu Hause in Hohenfinow bist, werden die Erinnerungen noch leichter ihren Weg zu dir finden." Heinrich machte enorme Fortschritte und Ursula begann allmählich, die Heimreise vorzubereiten.

Sie blieben noch bis zum Dreikönigstag in Kerchheim. Dann war es endlich an der Zeit, den Weg nach Hause anzutreten. Der Doktor, der regelmäßig zu Besuch gekommen war, um sich von Heinrichs Genesungsfortschritten zu überzeugen, hatte keine Einwände gehabt, sondern war ebenfalls davon überzeugt gewesen, dass ihm die Rückkehr helfen würde.

„Alles ist wieder gut", stellte Edith überglücklich fest, als sie den davonfahrenden Autos hinterherwinkten.

Luise wischte sich die Tränen aus den Augen. „Ja, es ist ein großes Glück. Doch wie still und leise es jetzt in meinem Haus sein wird. Wie soll ich mich je daran gewöhnen?"

„Du kommst uns dann endlich mal wieder besuchen. Ich weiß gar nicht, wann ich das letzte Mal in unserem Haus zu Abend gegessen habe. Außerdem spricht nichts dagegen, in diesem Jahr eine längere Reise nach Hohenfinow zu unternehmen. Was das angeht, bist du doch mittlerweile erfahren. Es wird sich sicherlich alles finden."

„Die Kinder werde ich wohl am meisten vermissen", fügte Franz leise hinzu. Er bedachte Edith mit einem sehnsüchtigen Blick. In den letzten Monaten war ihm immer häufiger der Gedanke durch den Kopf gegangen, wie es wäre, doch eigene Kinder zu haben.

„Keine Sorge, du wirst sie wiedersehen. Jetzt, wo die Unternehmenserweiterung fast abgeschlossen ist und die Tuchfabrik in eine neue Ära starten kann, spricht doch nichts dagegen, Tante Luise auf ihrer Reise zu begleiten. 1929 wird ein atemberaubendes Jahr." Edith küsste Franz.

Im nächsten Moment bückte sie sich, griff eine Handvoll Schnee und drückte sie ihrem Mann ins Gesicht. Sie war glücklich.